Béla Bolten

Codewort Rothenburg

Kriminalroman

Impressum

1. Auflage 2012

In den Reben 11
D-78465 Konstanz
belabolten@email.de

ISBN-13: 978-1478140092
ISBN-10: 1478140097

Lektorat: Angela Braun,Schliersee, info@lektoratbraun.com.
Cover-Design: Sabine Herke, www.herkewerke.de

Der Autor im Internet:
belabolten.wordpress.com

Inhalt

Berlin, Frühjahr 1941. Ein mysteriöser S-Bahn-Mörder hält die Stadt in Atem. Als eine weitere Frauenleiche gefunden wird, führen die Spuren Kriminalkommissar Axel Daut aber in eine andere Richtung. Das Opfer arbeitete als Prostituierte in einem noblen Bordell. Warum will offiziell niemand etwas von diesem „Salon Kitty" wissen? Trotz Anweisung von höchster Stelle, den Fall zu den Akten zu legen, ermittelt Daut weiter und betritt eine geheimnisvolle Welt aus Spionage und rauschhafter Begierde, der auch er sich nicht entziehen kann.

Währenddessen schließt sich Dauts Ehefrau Luise ohne sein Wissen einer kommunistischen Widerstandsbewegung an.

Als deutsche Soldaten in Russland einmarschieren und Bomber Nacht für Nacht Tod und Zerstörung nach Berlin bringen, kommt es zu einem dramatischen Finale, an dessen Ende nichts mehr ist, wie es war.

Über den Autor

Béla Bolten, 1957 im Münsterland geboren, lebt und arbeitet am Bodensee. Seit vielen Jahren schreibt er als Ghostwriter Biografien und zeithistorische Sachbücher. »Codewort Rothenburg« ist sein erster Kriminalroman.

Mehr Informationen im Internet:

http://belabolten.wordpress.com/

http://www.facebook.com/BelaBolten I

Eins

Er hatte es sich schlimmer vorgestellt. Unangenehmer. Er sollte sich entspannen, dann könnte er es sogar genießen. Die Kameraden hatten recht, Inge war hübsch. Nicht schön, aber reizvoll. Weniger ihr Gesicht, in dem die Augen etwas zu eng beieinanderstanden und die Wangenknochen zu deutlich hervortraten. Sähe man nur ihren Kopf, könnte man sie für dürr halten. Er sah an ihrem Körper herunter. Sie war alles andere als das. Der Seidenkimono war aufgesprungen, und so hatte er einen freien Blick auf ihre Brüste, ihren Bauch, ihre Beine. Ein seidiges Etwas, eher ein Nichts als ein Höschen, verbarg die Scham zwischen ihren runden Schenkeln. Sie stützte sich auf den linken Unterarm, trank einen Schluck Champagner und sah ihn herausfordernd an.

»Na, Soldat! Genug gesehen?«

Er fühlte sich ertappt. Das Blut schoss ihm ins Gesicht.

»Du bist ja vielleicht ein Held!«

Sie prustete los, und einige Spritzer Sekt trafen seine Nase.

»Wirst ja rot wie ein kleiner Junge, wenn du nur ein paar Tittchen siehst. Hoffentlich wirst du mir beim Rest nicht ohnmächtig!«

Wieder lachte sie lauthals.

»Nimm die Inge«, hatten seine Kameraden gesagt. »Die ist nicht nur hübsch, die hat auch richtig was drauf. Sachen macht die ...«

Mit seiner linken Hand umfasste er ihre rechte Brust. Inge drängte ihren Oberkörper gegen ihn.

»Na endlich. Ich dachte schon, du wolltest nie anfangen.«

Sie nestelte an seiner Gürtelschnalle und zog mit einem

Ruck die Hose herunter. Als sie in seine Unterhose greifen wollte, schlug er ihre Hand weg. Sie riss die Augen auf.

»Aua, du tust mir weh.«

Er hatte zu fest zugepackt. Es war ein Reflex. Aus seinem Unterbewusstsein. Seit Jahrzehnten antrainiert.

Er lockerte den Griff.

»Tut mir leid. Aber ich kann nur ...«

»Ah, der Herr möchte bestimmen, wo's lang geht. Nur zu!«

Sie lachte, hob den Hintern an und zog mit einem Ruck ihr Höschen auf die Knöchel.

»Den Rest kannst du ja wohl selber!«

Wieder gluckste sie, und in diesem Moment wusste er, dass er dieses Lachen schon einmal gehört hatte. Inge spreizte die Schenkel, und der Anblick, der sich ihm bot, lenkte ihn augenblicklich ab. Noch nie hatte er eine Frau gesehen, die an dieser Stelle rasiert war. Das Verlangen sprang ihn an wie ein Tiger sein Opfer. Er wollte diese Frau, die sich ihm so schamlos darbot.

»Dreh dich um«, sagte er in einem barschen Befehlston.

Sie schien es als Spiel aufzufassen.

»Jawohl, Herr Leutnant! Wie der Herr Leutnant befehlen!«

Laszív und provozierend langsam drehte sie sich auf die Seite. Er fasste sie um das Becken, hob sie hoch und brachte sie mit einem Schwung in eine kniende Position. Sie stöhnte auf, es klang nicht schmerzhaft. Mit der Hand fuhr sie sich zwischen die Schenkel, und er spürte stechend, wie groß seine Lust war. Die Hose hatte sich an seinen Beinen verheddert, und er brauchte einige Zeit, sie abzustreifen. Als er seine Unterhose nach unten zog, drehte sie den Kopf.

»Nun mach schon, oder willst du ...«

Ihre Augen weiteten sich, und die Backen fielen in sich zusammen.

»Was ist das denn?«

Sie kreischte mehr als sie sprach und beendete den Satz mit einem hohen, fast quietschenden Kiekser. Sie blickte ihn direkt an. Wieder lachte sie schallend und brüllte los, wobei ihre Stimme fast eine Oktave tiefer zu sein schien als zuvor:

»Das kann doch gar nicht wahr sein. Wann habe ich denn so was das letzte Mal gesehen? Muss schon lange her sein! Das glaubt mir kein Mensch.«

In diesem Moment erinnerte er sich an alles. Er hatte einen Fehler gemacht. Einen folgenschweren Fehler.

Er griff in ihr dichtes, schwarzes Haar und drehte mit einem kräftigen Ruck ihren Kopf nach vorne. Sie schrie auf. Diesmal vor Schmerz. Er verschloss ihren Mund mit seiner Hand. Mit Verwunderung spürte er, dass seine Lust nicht nachgelassen hatte.

»Sei still und tu deine Arbeit«, zischte er.

Dann drängte er sich an sie. Er wusste, dass er die Sache zu Ende bringen musste.

Zwei

War es ein Zeichen beginnenden Altersverfalls, dass er seit ein paar Monaten jede Nacht zwei Mal raus musste, um zu pinkeln? Daut schwang die Beine aus dem Bett und bemühte sich, leise zu sein. Luise hatte in der letzten Zeit einen leichten Schlaf. Einmal wach, schliefe sie garantiert nicht mehr ein. Dann wäre es auch mit seiner Nachtruhe vorbei, denn sie fand mit ihrem dicken Bauch kaum eine entspannte Position und wälzte sich mit lautem Schnaufen und Stöhnen von einer Seite auf die andere. Noch zehn, maximal elf Wochen, wenn alles gut ging! Aber was hieß das schon. Mit der Geburt würde nichts besser, nur schwieriger. Vielleicht ließen ihn diese Sorgen nicht durchschlafen. Daut fand den Gedanken tröstlich, dass ihn die Ängste um seine Zukunft weckten und nicht sein Alter. Er schlich in die Küche und stieß gegen einen Stuhl, der mit lautem Knirschen über die Fliesen rutschte. Verdammte Verdunkelung! Er blieb einen Moment stehen und lauschte. Aus dem Schlafzimmer drang das Schnarchen seiner Frau. Er schloss die Tür so leise es ging und tastete sich zum Waschbecken. Er nestelte an der Unterhose und pinkelte. Seit einer Woche ging er nachts nicht mehr runter auf die Toilette. Seit ihm im Treppenhaus Fräulein Hermsen begegnet war. Wie nackt er sich in seiner blauweiß gestreiften Schlafanzughose vorgekommen war - das Oberteil hatte er ausgezogen, denn dieser Frühling fühlte sich an wie ein Hochsommer. Die Hermsen trug einen dunkelroten Morgenrock. Als sie ihn sah, griff sie sich in die wirr zu Berge stehenden Haare.

»Huch, der Herr Daut! Treibt es Sie nachts auch immer raus?«

Sie lachte gackernd, was ihren Busen in Bewegung brachte. Der Morgenrock glitt auseinander, und darunter kam ein schwarzes, fast durchsichtiges Nachthemd zum Vorschein, das eine Handbreit über dem Knie endete. Daut konnte deutlich die Brustwarzen erkennen. Sie schaute ihm herausfordernd ins Gesicht, nahm ihre Hände herunter und schloss betont langsam den Mantel. Er murmelte eine Entschuldigung und drängte sich an ihr vorbei. Ließen ihn die drei oder vier Bier, die er zuvor getrunken hatte, wanken, oder machte sie einen Schritt auf ihn zu? Für einen Moment berührten sich ihre Körper, was sie erneut zum Gackern brachte. Daut roch ihren leicht säuerlichen Atem. Es wunderte ihn, dass ihm der Mundgeruch nicht unangenehm war. Sie lächelte ihn an und drehte sich ohne ein Wort um. Die Treppe hinaufsteigend, drohte sie ihm mit dem Zeigefinger und kicherte wie ein Schulmädchen. Auf der Toilette musste er sich erst abregen, eher er sein Geschäft verrichten konnte.

Seitdem pinkelte er in der Küche ins Waschbecken. Er bildete sich ein, Fräulein Hermsen lausche hinter der Tür, um ihn abzupassen.

Als er fertig war, drehte er den Wasserhahn auf, um das Becken auszuspülen. In den Leitungen rumorte es, als müsse eine geheime Kraft das Nass aus tiefen Höhlen unter dem Haus nach oben pumpen. Endlich spuckte der Kran Wasser in kurzen Stößen aus, die nach einer Ewigkeit zu einem dünnen Strahl wurden. Er nahm den Schwamm vom Beckenrand und wischte alles gründlich aus. Während einer Schwangerschaft war Luise besonders geruchsempfindlich und hielte ihm morgen eine Gardinenpredigt, stieg ihr nur der geringste Uringeruch in die Nase.

Er beugte den Kopf unter den Wasserhahn und trank einen Schluck. Pfui Teufel! Er spuckte die ekelhafte Brühe aus. Was sie hier in Berlin Trinkwasser nannten - grauenhaft! Wie die Wohnung mit der Toilette einen halben Stock tiefer im Treppenhaus. Wie die ganze Stadt. Es war Zeit, etwas zu ändern. Auf jeden Fall musste er sich um eine andere Bleibe kümmern. In drei Monaten würden sie zu fünft sein. Dann wäre es hier zu eng. Sie hatten das dritte Kind nicht gewollt. Wer konnte ahnen, dass Luise mit neununddreißig Jahren noch einmal schwanger würde. Am liebsten zöge er fort aus der Stadt. Zurück in die Heimat. Aufs Land. Daut würgte erneut. Der ekelhafte Geschmack im Mund wollte nicht verschwinden. Er bückte sich und öffnete die Schranktür unter dem Waschbecken. Ein Griff, und er fand, was er suchte. Den Wacholderschnaps hatte ihm sein Vater vor ein paar Wochen in einem Paket mit Schinken und Blutwurst geschickt. Er klemmte die Flasche zwischen Holzhand und Brust, zog den Korken heraus und nahm einen ordentlichen Schluck. In langsamen Bewegungen ließ er die scharfe Flüssigkeit im Mund kreisen, ehe sie die Kehle herunterrann und dabei eine brennende Spur hinterließ. Daut schüttelte sich wie ein nasser Hund. Eine Gänsehaut überzog seinen Arm, weniger vom Alkohol als von der warmen Erinnerung, die dieser Geschmack in ihm wachrief. Einen Moment war er geneigt, die Flasche noch einmal anzusetzen, drückte dann aber mit einer entschlossenen Bewegung den Korken in den Flaschenhals. Im selben Augenblick klopfte es an der Tür. Daut blickt zur Uhr über dem Küchentisch. Zehn nach vier. Es klopfte erneut, diesmal lauter.

»Axel, mach auf, ich bin es!«

Daut stöhnte auf. Draußen stand sein Kollege Rösen, und das verhieß Unheil. Langsam, um jegliches Knarren zu vermeiden, öffnete er die Tür. Rösen schlüpfte herein.

»Wir haben eine Tote in Charlottenburg.«

»Der S-Bahn-Mörder?«

»Wäre ich dann hier?«

»Stimmt. Wir sind ja nur für den sonstigen Abschaum dieser Stadt zuständig. Auf jeden Fall hättest du mich nicht mitten in der Nacht zum Sonntag aus dem Schlaf schrecken müssen.«

Rösen verzog das Gesicht zu einem Grinsen.

»Du siehst nicht so aus, als hätte ich dich aus dem Bett geholt. So wie du riechst, hast du gerade noch an der Flasche gehangen.«

Daut ärgerte sich, dass er den Schluck Wacholder genommen hatte, anstatt sich die Zähne zu putzen. Er trank gerne einen über den Durst und mitunter auch ein bisschen mehr. Wenn Luise wütend war, warf sie ihm das vor. Aber tranken nicht alle zu viel? Oft stand am Werderschen Markt schon tagsüber die Weinbrandflasche auf den Schreibtischen. Es war eine Zeit zum Trinken. Außerdem musste Rösen still sein. Er sah aus wie ausgekotzt, scheinbar war er noch nicht im Bett gewesen. Der Kollege riss Daut aus seinen Gedanken.

»Es ist eine Frau, Axel. Jung. Hübsch ...«

»Und tot«, fiel Daut ihm ins Wort. »Sie ist nicht die Erste – und sicherlich auch nicht die Letzte.«

Kaum hatte er es ausgesprochen, bedauerte er seinen Zynismus. Die verfluchte Stadt und die Arbeit hatten ihn verändert. Er mochte sich nicht, wenn er so redete.

»Kommst du jetzt mit, oder muss ich mir allein da draußen die Beine in den Bauch stehen?« Rösen wendete sich zur Tür.

Daut machte eine wegwerfende Handbewegung:

»Gib mir fünf Minuten.«

Drei

»Verdammt, macht das Licht aus, ihr Idioten! Oder wollt ihr, dass die Tommies uns in Klumpatsch hauen?«

Krachend schloss der Mann das Fenster und zog das Verdunkelungsrollo herunter. Vor der stockfinsteren Fassade des Häuserblocks in der Gervinusstraße wirkte der von vier Scheinwerfern erleuchtete Tatort wie eine Oase in einer düsteren Wüste, trotz der finsteren Geschehnisse, die sich hier kurz zuvor abgespielt haben mussten. Direkt hinter ihnen rumpelte die erste S-Bahn des Tages in den Bahnhof Charlottenburg. Daut drehte sich zu dem unbekannten Fensterrufer um. Obwohl er längst wieder in seiner hermetisch abgedunkelten Wohnung verschwunden war, rief er hinauf:

»Keine Sorge - viel zu spät!«

Gleich würde es hell werden, dann kamen die Flieger nicht mehr. Überhaupt war es in den vergangenen Wochen erstaunlich ruhig gewesen. Die Engländer konzentrierten sich auf andere Städte. Aber die Angst ging um in Berlin. Nicht nur wegen der Luftangriffe, mehr noch wegen der S-Bahn-Morde. Am Tatort herrschte die übliche Betriebsamkeit. Sechs Männer liefen herum. Was für den Laien chaotisch wirken mochte, folgte einer seit Jahren eingespielten Choreografie. Jeder wusste, was er zu tun hatte. Den Platz rund um die Leiche absuchen, jeden noch so alltäglich wirkenden Gegenstand sicherstellen, denn er könnte sich später als wichtige Spur entpuppen. Der Fotograf schob immer neue Lampen in sein Blitzgerät. Die Tote musste von allen Seiten abgelichtet werden. Den Platz selber konnte er festhalten, wenn das Tageslicht ausreichte. Der Arzt beugte sich über den Leichnam. Die Frau war um die dreißig Jahre alt und ausgesprochen elegant gekleidet, was in dieser Gegend nicht verwunderte. Sie lag rücklings auf dem Rasen, die Beine ausgestreckt, die Hände auf dem Bauch gefaltet. Sie schien etwas in den Fingern zu halten, was Daut aus der Entfernung nicht erkennen konnte. Er ging nicht näher heran. Das brachte nichts. Allenfalls wurden die Kollegen wütend und ihm übel. Er konnte keine Toten sehen. Er hatte mehr gesehen, als einem Menschen zuzumuten waren. Der kleine Finger an der linken Hand juckte. Er blickte hinunter. In der Eile hatte er den unpassend eleganten, schwarzen Lederhandschuh übergezogen, den Luise ihm vor Jahren zum Geburtstag geschenkt hatte. Das Jucken wurde stärker. Manchmal half es, wenn er sich auf das geschnitzte Stück Holz konzentrierte, das sich genau an der Stelle befand, an der ihn der Juckreiz peinigte. Er schloss die Augen und stellte sich seinen kleinen Finger vor. Was wohl mit ihm passiert war? Hatte man seine Hand auf den Müll geworfen, wo sich ein Schwein daran gütlich tat? Ein tröstlicher Gedanke, dass sein nutzlos gewordenes Körperteil noch einen Zweck erfüllte. Sie hielt ein Tier am Leben, dessen Fleisch am Ende als Mettwurst auf dem Holzbrett eines flandrischen Bauern landete. Das Jucken hörte nicht auf. Die Prothese abzunehmen, würde helfen, aber das kam nicht infrage. Niemals entfernte er seine stets mit einem der Situation angemessenen Handschuh bekleidete Ersatzhand vor den Augen fremder Menschen. Nur Luise sah ihn ohne das fein bearbeitete Stück Holz. Ihm blieb jetzt also nur, das unangenehme Gefühl zu ignorieren.

Das Auto eines Bestattungsunternehmens fuhr vor. Zwei in schwarze Uniformen gekleidete Männer trugen eine

Wanne an die Leiche heran. Die Kollegen waren fertig.

Rösen trat neben ihn. Er zog ein Zigarettenetui aus der Tasche und bot Daut einen Glimmstängel an. Schweigend rauchten sie zwei, drei Züge. Daut mochte Rösen. Er war ein klar denkender, zielstrebiger junger Mann. Sein Privatleben war ihm zwar aus dem Zügel gelaufen, aber was ging ihn das an. Er war gerne mit dem Kollegen zusammen, vor allem, weil er wusste, wann er zu schweigen hatte. Einem Schlesier war Schweigsamkeit nicht unbedingt in die Wiege gelegt, und so konnte der wortkarge Westfale Daut sich einbilden, Rösen rede nur deshalb so wenig, um Rücksicht auf ihn zu nehmen. Daut hasste Geplapper. Die Welt war voll von sinnlosem Geschwätz, da tat es gut zu schweigen.

Rösen schnippte die Asche auf den Boden. »Sieht nicht nach dem S-Bahn-Mörder aus.«

Daut nickte und zog die Luft zwischen den Zähnen ein.

»Dann ist es also unser Fall.«

Vier

Schwarz genoss diesen Moment jeden Tag aufs Neue. Vor allem jetzt im Frühling war es ein wunderbarer Augenblick, die Verdunkelungsrollos aus ihren Ösen zu lösen und nach oben schnappen zu lassen.

»Es werde Licht!«

Am liebsten wäre er durch den Raum getanzt. Er konnte sicher sein, dass außer ihm niemand in den Büros war. Die Nachtschicht hatte die Zentrale vor einer Stunde verlassen. Mit müdem Blick aus rot geränderten Augen waren die Männer nach Hause zu ihren Familien geschlurft. Sie lagen längst in ihren Betten und fanden keinen Schlaf, weil ihnen nicht aus dem Sinn ging, was sie gehört hatten. Man musste standhaft sein, um das zu überstehen. Schwarz fragte sich, ob dieser Einsatz das Eheleben seiner Männer änderte. Wahrscheinlich, sie waren doch keine Maschinen. Was mochten die Frauen über diese Wandlungen ihrer Ehegatten denken? Die meisten würden sich freuen.

Er öffnete das Fenster. Draußen zwitscherten die Vögel. Der Tag war neu. Alles war neu, wie gerade erst erschaffen. Und er war der Schöpfer. Schwarz drehte sich einmal um die eigene Achse, um die aufkommende Euphorie im Zaum zu halten. Er durfte mit sich zufrieden sein, aber er war keineswegs gesättigt. Das hier war erst der Anfang. Sein Dienstrang als Untersturmführer war nicht das Ziel, sondern der Ausgangspunkt seiner Karriere. Da war mehr drin. Viel mehr. Schließlich war die Aktion von A bis Z seine Idee, sein Kind. Was waren sie anfangs skeptisch gewesen! Er hatte sie alle überzeugt. Nur der Brigadeführer war zu feige, die Operation alleine durchzuziehen. Er sicherte sich ab. Ganz oben.

Schwarz wusste bis heute nicht, ob Heydrich letztendlich die Initialzündung gab oder doch der Reichsheini. Vielleicht auch beide. Auf jeden Fall hatten sie volle Rückendeckung. Und doch wäre es beinahe gleich am Anfang schiefgegangen. Wer konnte auch ahnen, dass es so schwer war, geeignete Mitarbeiterinnen zu finden. Monate hatten sie gesucht, ausgesiebt, als untauglich verworfen. Erneut gesucht, wieder ausgemustert. Endlich hatten sie ihre Truppe beisammen, und der Begriff traf es haargenau. Sie waren eine schlagkräftige Kampftruppe, bereit, das Äußerste zu geben. Sie kämpften auf einem besonderen Terrain, mit außergewöhnlichen, doch extrem wirkungsvollen Waffen. Ihr Gefecht war für den Sieg nicht weniger wichtig als der Einsatz der Männer an den Fronten im Norden oder Westen. Eines Tages würde man das erkennen. Schwarz drehte sich zum Schreibtisch um. Die letzte Nacht war ruhig, anscheinend war der Frühjahrsansturm vorüber. Der Begriff amüsierte ihn. Anzügliche Gedanken flogen hier förmlich durch die Luft.

Lediglich vier Ordner lagen säuberlich aneinanderlegt auf der Arbeitsplatte. In der nächsten Stunde würde er sich einen Überblick verschaffen. Er erwartete nichts Außergewöhnliches. Über spektakuläre Erkenntnisse hätte man ihn schon in der Nacht informiert, und er hätte seinerseits den Brigadeführer angerufen. So war es vereinbart. Die gestrige Schicht hatte nur Alltagsroutine gebracht. Er schlug die Deckblätter der Ordner auf, um zu sehen, über wen hier akribisch genau noch die letzte Peinlichkeit erfasst war. Drei Offiziere, ein Mitarbeiter aus der Albrechtstraße. Er überflog das erste Protokoll. Agentin Inge. Gute Frau, grundsolide, bürgerliche Existenz, über jeden Zweifel erhaben. Als er zur zweiten Seite umgeblättert hatte, verzog er den Mund zu einem Grinsen. Ja, ja, nicht jedem war eine stattliche Männlichkeit gegeben. Damit hatte er zumindest keine Probleme.

Fünf

In Dauts Magen rumorte es. Er hatte noch nicht gefrühstückt. Vielleicht war es auch das allgemeine Unwohlsein, das ihn seit einigen Wochen überkam, wenn er sein Büro am Werderschen Markt betrat. Draußen hatte ein frühsommerhafter Sonntag begonnen, was seine Stimmung genauso wenig hob wie die Aussicht, in den kommenden Stunden nichts Anständiges zu essen zu bekommen. Am liebsten wäre er nach Hause gefahren und hätte sich zu Luise und den Kindern an den Küchentisch gesetzt. Aber das kam nicht infrage. Er konnte sich keine Eskapaden leisten. Sein Chef hatte ihn auf dem Kieker. Er wusste nicht, warum, doch die Signale waren eindeutig. Anfangs dachte er, es läge an der angespannten Stimmung, weil sie den S-Bahn-Mörder immer noch nicht gefasst hatten. Die Nerven lagen blank, und in der Öffentlichkeit gerieten sie unter Druck. Es war wie in der Systemzeit vor 1933, als die Polizei zum Gespött von Sensationsreportern wurde. Auch diesmal blieb ihnen nichts anderes übrig, als die Presse und den Rundfunk einzuschalten. Die Berlinerinnen mussten gewarnt werden. Es erhöhte die Chance, den Mörder zu fassen, wenn die Menschen auf den Straßen, in den S- und U-Bahnen sowie in den Bussen der Stadt die Augen offenhielten. Sie hatten den Geist aus der Flasche gelassen, jetzt bekamen sie ihn nicht mehr zurück. Die Schreiberlinge fragten, warum die Polizei es nicht schaffte, den geistesgestörten Mann zu fassen, der die Stadt in Atem hielt. Eine Antwort gab es nicht. Der S-Bahn-Mörder blieb ein Phantom. Nur in einem stimmten die wenigen Zeugen überein, die ihn gesehen haben wollte. Der Mann trug die Uniform eines S-Bahners. Sieben Morde hatte er begangen, und bei mindestens noch einmal so vielen Versuchen war er rechtzeitig gestört worden, oder das Opfer konnte sich aus seiner Gewalt befreien. In der S-Bahn fuhr die Angst mit. Als ob die Verdunkelung nicht schon Furcht einflößend genug wäre. Die Frauen organisierten sich in Gruppen, um nicht alleine unterwegs sein zu müssen. Ausgerechnet jetzt, wo viele in der Industrie arbeiten mussten, um die ins Feld gerückten Ehemänner und Freunde »an der Heimatfront« zu ersetzen. Die Berliner Polizei allerdings tappte im Dunklen. Es gab keine einzige verwertbare Spur. Ein Spaßvogel äußerte bei einem Kollegentratsch auf dem Flur die Vermutung, alles sei eine Inszenierung des Propagandaministeriums. Schließlich hätte inzwischen zumindest der weibliche Teil der Bevölkerung größere Angst, in einem dunklen U-Bahn-Eingang ermordet als von einer Fliegerbombe getötet zu werden.

Kriminaldirektor Obersturmbannführer Ernst Rudat war genauso nervös wie seine Ermittler und damit gefährlich. Er zeigte es nicht, gab sich nach außen gelassen. Wer ihn kannte, wusste, dass alles Theater war. Rudat hatte Angst. Nur der Erfolgreiche war sicher, Versager wurden aussortiert. Ruckzuck fand man sich außerhalb seines komfortablen Büros wieder. Wie jeder Ängstliche suchte Rudat Schuldige an seiner Misere. Er musste die Nieten in seinen Reihen aussortieren. Aus irgendeinem Grund schien er Daut für eine solche Null zu halten. Sah er in ihm den Dorftrottel, der in der Stadt nicht zurechtkam? Glaubte er, es sei besser für seine Truppe, wenn das Landei Daut sie nicht an erfolgreicher Arbeit hinderte? Auf jeden Fall hatte Rudat vor ein paar Wochen Andeutungen gemacht. Von »raus aus dem Bürostaub« und

»frischer Frontluft« war die Rede. Zum Schluss hatte der Kriminaldirektor mit einem Fingerknöchel auf die Prothese geklopft. Bereits dieses Geräusch ging Daut durch Mark und Bein. Rudat setzte noch hinzu: »Und die Stadt, die ist doch nichts für Sie. Das merke ich doch!«

Daut griff in die Jackentasche und holte ein zerdrücktes Päckchen Ernte 23 hervor. Er schüttelte eine zerknitterte Zigarette heraus und glättete sie auf der Schreibtischplatte. Das Gasfeuerzeug zündete erst beim dritten Versuch. Während er tief inhalierte, konzentrierte er sich auf den vor ihm liegenden Aktendeckel. Wie am Anfang jeder Ermittlung enthielt er wenige Notizen. Was wussten sie vom Opfer? Sie kannten den Namen: Dora Zegg, zweiunddreißig Jahre und – so viel hatte Rösen herausgefunden - verheiratet mit dem Zahnarzt Dr. Wilhelm Zegg. Daut zog die Fotos der Leiche aus einem braunen Umschlag, dabei fiel Asche auf eines der Bilder und verursachte einen Brandfleck. Daut fluchte leise und klopfte die Zigarette auf dem Aschenbecher ab. Dora Zegg war zu Lebzeiten eine Schönheit. Ihre dunklen Haare fielen in Wellen bis auf die Schultern. Das sah man heute kaum noch. Die Mode diktierte andere Frisuren. Die Olympiawelle, den Bubikopf. Selbst Luise hatte sich vor einem Jahr von ihrem Zopf verabschiedet, obwohl Daut, wenn auch nur schwach, protestierte. Vom Gesicht der Toten war nicht mehr viel zu erkennen. Daut kannte diese Verletzungen. Zu viele hatte er davon gesehen. Rechts oberhalb der Nasenwurzel sah man eine große Austrittswunde. Der Schuss muss aus nächster Nähe abgegeben worden sein. Vermutlich aufgesetzt. Es sah aus wie eine Hinrichtung.

Die Kleidung der Frau war teuer. Vorkriegsware. Gekauft in einem der schicken Modeateliers auf dem Kurfürstendamm oder im KaDeWe. Es war die Garderobe einer wohlhabenden Dame. Verdienten Zahnärzte so viel? Daut wusste es nicht und machte sich eine Notiz. Die Zigarette war verglimmt. Er schüttelte die letzte aus dem Päckchen, das er zerdrückt in den Papierkorb warf. Die Leiche lag wie aufgebahrt im Gras. Der Doktor hatte keinen Hinweis gefunden, dass sich der Täter an der Frau vergangen hatte. Dora Zegg hielt ein zerknülltes Stück Papier in der Hand, als hätte sie es gerade wegwerfen wollen.

Daut klemmte die Zigarette in den Mundwinkel und faltete den Zettel auseinander. Es war ein Brief, adressiert an eine »Inge Wilhelmi - Brandenburgische Straße 13«. Die Sütterlinschrift wirkte kindlich ungeübt. Der Verfasser hatte den Bleistift nach etwa der Hälfte des Textes angespitzt, von da an waren die Striche dünner und konturierter. Der Zigarettenrauch trieb Daut Tränen ins Auge. Er nahm den Glimmstängel in die Hand und fixierte den Zettel mit der Prothese auf der Tischplatte. So ein Mist, er trug noch den feinen Handschuh, auf dessen Oberseite ihn ein halbmondförmiger, heller Fleck ärgerte. Er rieb mit dem Daumen über die Stelle, während er las:

»Liebes Ingelein! (Merkst Du, dass es fast wie Engelein klingt?)

Du bekommst bestimmt viele solche Briefe, aber ich kann Dir versichern, dass ich niemals zuvor etwas Vergleichbares geschrieben habe. Wie denn auch, denn ich habe noch nie so etwas erlebt wie mit Dir. Nicht nur das, was Du jetzt denkst.

Obwohl mir noch immer schwindelig wird, wenn ich mich daran erinnere ... Aber darüber darf man nicht schreiben. Ich mag mir nicht einmal vorstellen, jemand könnte erfahren, was wir beide miteinander teilen. Ich hätte nie geglaubt, dass ich so etwas einmal erleben darf.

Du bist ein Wunder, eine Prinzessin aus einem Märchen! Du bist die entzückendste Frau, die ich je gesehen habe! Du hast das liebste Lächeln, die schönsten Augen, die vollsten Lippen, die zarteste Haut!

Ach, liebes Ingelein mein! Könnte ich das doch jemals mit Berechtigung sagen: Mein! Sag mir bitte, nein besser noch: Schreib mir, dass ich mir keine unerfüllbaren Hoffnungen mache. Weise mich nicht zurück. Ich werde Dich auf Händen tragen. Immer! Ewig!

Dein Dich innigst liebender Ludwig.«

Was sollte man davon halten? Zu viele Ausrufezeichen. Zu viele Superlative. Zu viel Schmalz.

Die Frage war: Wer war Inge Wilhelmi?

Sechs

Luise war aufgeregt, als müsste sie eine Prüfung ablegen. Dabei machte alles einen entspannten Eindruck. Gustav und Erna Neebs Wohnung war gemütlich eingerichtet. Ein bisschen groß für zwei Leute. Es wohnten eben nicht alle Menschen in Berlin so beengt wie die Dauts. Allein der Esstisch hätte ihre Wohnung ausgefüllt. Die Neebs brauchten Platz. Sie hatten viele Freunde und gaben große Gesellschaften, so hatte Erna es ihr erzählt.

Luise wurde den Kloß im Hals nicht los. Sie war die Neue, und alle musterten sie. Ein Dutzend Augenpaare starrten sie an. Sie hatte nicht mit so vielen Besuchern gerechnet. Erna hatte von einem Eintopfessen gesprochen, zu dem sie an jedem Sonntag ein paar Freunde einluden. Auf dem Tisch stand eine Schüssel, aus der es köstlich nach Gemüse und Fleisch duftete. Die Neebs boten ihren Gästen also tatsächlich Eintopf an. Axel und sie machten schon über den einen Eintopfsonntag im Monat Witze. Außerdem gab es ihn offiziell nur zwischen Oktober und März, und jetzt war Juni. In den Wintermonaten sollte jeweils am ersten Sonntag in jeder Familie statt eines opulenten Mahls ein einfaches Gericht auf den Tisch kommen, das pro Kopf nicht mehr als fünfzig Pfennig kostete. Die Differenz hatte man an das Winterhilfswerk zu spenden, deren Sammlern niemand entgehen konnte. Zu Hause auf dem Land hielt sich in den ersten Jahren kaum einer daran.

»Sonntags kommt ein Braten auf den Tisch, da kann der Führer sagen, was er will«, hatte ihr Vater gerufen und sich demonstrativ ein großes Stück Fleisch auf den Teller geschoben. Seit sie in Berlin lebten, machten sie wegen der Kinder mit. Sie sollten in der Schule nicht erzählen, dass sich ihre Eltern über das Gerede von der Solidarität in der »Nationalsozialistischen Volksgemeinschaft« lustig machten. Axel fand das Ganze vor allem lästig, denn es bedeutete Arbeit. Vor dem Krieg standen auf dem Potsdamer Platz am Eintopfsonntag lange Tischreihen. Unter einem Transparent mit der Losung »Berlin isst heute sein Eintopfgericht« saß die Familie Goebbels in trauter Eintracht mit Schauspielern und Opernsängern. Manchmal kam sogar der Führer persönlich und löffelte gelangweilt Erbsensuppe. Dabei schwafelte er vom »Sozialismus der Tat«. Auf den Bürgersteigen liefen Beamte mit Sammelbüchsen herum, um die Gaffer zu Spenden für das Winterhilfswerk zu animieren.

»Ich kann mir eine schönere Sonntagsbeschäftigung vorstellen«, sagte Axel jedes Mal, wenn er zum »Möhrendurcheinander für den Führer« eingeteilt wurde.

Erna Neeb spürte Luises Unsicherheit und umfasste ihre Schultern mit dem Arm.

»Ich möchte euch Luise vorstellen. Ich kenne sie seit ein paar Monaten und bin sicher, dass sie eine Bereicherung für unsere Treffen sein wird.«

Luise hätte fast einen Knicks gemacht, beließ es aber zum Glück bei einem freundlichen Blick in die Runde. So machte sie sich bei all diesen Hauptstädtern nicht sofort zum Narren.

»Hoffentlich kennt sie unsere Regeln«, dröhnte ein kräftiger Zwei-Meter-Riese, der das linke, kurze Tischende einnahm. Dabei lächelte er Luise allerdings gewinnend an, die immer noch an dem Kloß im Hals würgte und nur schweigend nickte. Ja, sie kannte die Regeln, und ihr war nicht wohl dabei, dass sie Axel nichts erzählen durfte. Erna hatte sie in den vergangenen Monaten immer wieder auf die Probe gestellt, sie nach ihrer Meinung über dieses und jenes gefragt. Zum Beispiel, was sie davon halte, dass sich Susette Lesser nicht mehr aus dem Haus traute. Luise erinnerte sich noch gut an das Gespräch. Erna hatte ihr erklärt, dass die Jüdin, die ihr Warenhaus schon vor Jahren hatte schließen müssen, das Land verlassen wollte. Kein Wunder, dachte Luise, bei den brüllenden Horden, die monatelang Tag für Tag vor ihrem Haus gestanden hatten. Als sie fragte, warum sie denn nicht auswanderte, antwortete Erna:

»Vor zwei Jahren machte ihr ein mitfühlender Mensch ein anständiges Angebot für das Haus. Das Geld hätte gereicht, um Deutschland zu verlassen, aber man verweigerte ihr die Genehmigung zum Verkauf. Jetzt ist ihr nichts mehr geblieben. Wenn es nicht ein paar Frauen gäbe, die ihr regelmäßig etwas zu essen brächten, würde sie verhungern.«

Als Luise spontan anbot, auch zu helfen, sah sie die Zufriedenheit in Ernas Blick. Zum Glück merkte sie nicht, wie froh Luise war, dass später nie mehr davon die Rede gewesen war.

»Komm, hier ist noch ein Platz frei.«

Erna schob Luise vorsichtig in Richtung Tischende.

»Bei Werner bist du gut aufgehoben. Er ist ein sanfter Riese.«

Kaum hatte Luise sich neben den sympathischen Mann gesetzt, begann er, sie auszufragen. Wo sie geboren sei, was sie nach Berlin getrieben habe, wie es ihr in der Stadt gefalle. Harmlose Fragen, passend zu einem sonntäglichen Mittagessen unter Freunden.

An der Längsseite des Tisches sprang eine attraktive junge Frau in einem eleganten Kostüm auf, ging zum Wohnzimmertisch und nestelte eine Zigarette aus der Packung. Nachdem sie sie in Brand gesetzt hatte, ging sie mit ausladenden Schritten im Zimmer auf und ab. Ihr welliges, zum Bubikopf geschnittenes Haar wippte auf und nieder. Dabei sprach sie mit einer angenehmen, leicht rauchigen Stimme.

»Dass ihr hier so ruhig sitzen könnt, wo sich endlich etwas tut! Genau heute in einer Woche beginnt das Ende dieses Spuks. Die Rote Armee wird siegen. Mag sein, es dauert ein bisschen - aber am Ende!«

Vom anderen Ende des Tisches widersprach ein schlanker, hochgewachsener Mann mit aristokratischen Gesichtszügen und einem fast kränklich wirkenden, blassen Teint:

»Da sei dir mal nicht so sicher, Libs. Was man von der Heeresleitung hört, klingt anders. Die hohen Herren gehen zwar auch davon aus, dass der Spuk schnell zu Ende ist. Nur nicht so, wie du es hoffst. Blitzkrieg - wenn du verstehst, was ich meine.«

Die Frau blieb stehen, winkelte den Arm mit der Zigarette ab und blickte ihren Gesprächspartner aus blitzenden Augen an. Luise überlegte, ob die beiden flirteten oder eine Art Machtkampf austrugen.

»Ach was, Harro! Stalin ist vorbereitet. Seit Monaten schicken wir und viele andere Genossen ihm die Aufmarschpläne. Erna, wann habt ihr zuletzt gesendet?«

Erna Neeb schüttelte den Kopf, und Luise wusste sofort, dass darüber vor ihr nicht gesprochen werden sollte. Vertrauen hin oder her. Werner legte ihr die Hand auf den Unterarm und flüsterte:

»Unser streitbares Ehepaar. Im Prinzip sind sie ein Herz

und eine Seele, auch wenn es im Moment nicht so aussehen mag.«

Der Mann ihr gegenüber schien zu merken, dass sie von ihm sprachen, denn er prostete Luise mit dem Glas Sherry zu, an dem er die ganze Zeit genippt hatte.

»Willkommen in unserer Runde, Luise! Ich hoffe, ich darf Sie so nennen, denn hier benutzen wir nur das vertraute Du. Manchmal sind sogar die Vornamen falsch, trotzdem gebietet es meine anerzogene Höflichkeit, mich vorzustellen.« Dabei erhob er sich halb im Sessel und deutete eine Verbeugung an.

»Gestatten: Harro. Die wie immer aufgeregte Dame ist meine Frau Libertas - gemeinhin Libs genannt.«

Er wandte sich wieder seiner Frau zu.

»Leider kann ich deinen Optimismus nicht teilen, meine Liebe. Ich habe mich gestern mit Koljatschew getroffen. Er sagte, dass Stalin die Warnungen nicht ernst nimmt. Er lache darüber. In seinen Augen seien das alles - die Damen mögen den Ausdruck verzeihen - Latrinenparolen.«

Seine Frau hob die Augenbrauen und nahm einen Zug aus der Zigarette, ehe sie erwiderte: »Papperlapp. Koljatschew ist ein ganz, ganz kleines Licht in der Botschaft. Was weiß der schon, was Stalin denkt. Vielleicht ist das Ganze ein Ablenkungsmanöver, damit wir nicht mitbekommen, wie gut sich die Genossen Rotarmisten vorbereiten.«

Luise stand der Mund vor Staunen offen. Worüber redeten diese Leute? Wenn sie es richtig verstand, glaubten sie an einen unmittelbar bevorstehenden Krieg mit Russland. Und diese nervöse, schick und teuer gekleidete Frau war sich sicher, dass Deutschland diesen Krieg verlöre. Mehr noch:

Sie hoffte darauf. Waren diese Leute Kommunisten? Luise kannte keine Roten, daheim gab es keine. Halt, das stimmte nicht. Einen gab es in ihrer kleinen Stadt. Otto Münser, den hatte die SA 1926 halb totgeschlagen. Seitdem sprach er nicht mehr. Als wolle sie Luise Gedanken bestärken, sagte Libertas, als sie sich wieder an den Tisch setzte:

»Was immer geschehen mag, in einem Sieg der Sowjetunion liegt unsere einzige Chance!«

Luise senkte den Kopf über ihren Teller und löffelte den Eintopf. Zum Glück unterhielt sich ihr Tischnachbar angeregt mit einem jungen Mann. Das Gespräch der beiden nahm Luise nur als Geräuschteppich wahr, zu sehr war sie mit ihrer Verwirrung beschäftigt. Als das Dessert abgetragen war, trat Gustav Neeb neben sie.

»Kommen Sie, Luise, gehen wir ins Wohnzimmer. Sie sehen ein bisschen ratlos aus.«

Er lächelte sie väterlich an, und Luise traute sich endlich zu sprechen.

»Sagen Sie, Herr Neeb ...«

»Gustav, bitte.«

»Gut, Gustav. Ich verstehe nicht, warum alle glauben, dass es zum Krieg mit Russland kommt. Da gibt es doch diesen Vertrag ...«

»Den Vertrag zwischen dem Deutschen Reich und der Sowjetunion gibt es, da hast du recht, Luise. Hitler brauchte ihn, um den Rücken freizuhaben. Sein Ziel war und ist der Osten. Hast du *Mein Kampf* gelesen?«

Luise schüttelte den Kopf.

»Da steht klipp und klar, dass Deutschlands Todfeind der russische Bolschewismus ist, mit dem man um die Weltherrschaft ringen muss.«

»Als er das geschrieben hat, war Hitler ein junger Mann. Jetzt ist er Führer einer Nation.«

»Wir haben verlässliche Informationen, Luise. Von Menschen in hohen Positionen, die genauso denken wie wir.«

Neeb stand auf und holte ein Büchlein aus einem Sekretär an der Stirnwand des Wohnzimmers. Das Heft war aus dünnem, billigem Papier und passte bequem in eine Hosentasche. Neeb drückte es Luise in die Hand, die es aufblätterte.

»Vielleicht überzeugt dich das.«

Luise schlug das Heft auf.

»Ein Sprachführer?«

Neeb nickte.

»Schau mal genauer hin.«

Luise blätterte die dritte Seite auf und las die russischen Übersetzungen von Redewendungen wie *Wo ist der Kolchos-Vorsitzende? Bist du Kommunist? Hände hoch oder ich schieße! Ergebt euch!* Was zum Teufel sollte ein Besucher in Stalins Riesenreich damit anfangen?

Gustav Neeb registrierte ihren fragenden Blick.

»Das Buch hat uns ein Druckereiarbeiter zugespielt. Es handelt sich um einen geheimen Auftrag vom Heer. Sie haben Zehntausende Exemplare gedruckt und ausgeliefert. Verstehst du jetzt, warum wir überzeugt sind, dass es Krieg mit der Sowjetunion geben wird?«

Luise nickte stumm. Während sie schweigend ihren Kaffee trank, drehten sich die Gespräche der anderen vor allem um die Frage, wie sie nach einem Angriff auf Russland an aktuelle Informationen kommen sollten. Die russische

Botschaft würde unweigerlich geschlossen, und sie hätten keine Kontaktleute mehr. Außerdem ging es um einen Sender, der beiseitegeschafft werden musste. Und um einen Flieger, der Probleme hatte. Zumindest wollten ihm alle helfen. Luise verstand von all dem nichts.

Nach dem Essen trug Erna Kaffee auf, und Gustav schenkte großzügig Weinbrand in die Gläser. Die Stimmung änderte sich, auf einmal war es wie ein Kaffeeklatsch im Familienkreis.

»Spiel doch was, Libs«, rief der Hüne vom Kopfende des Tisches.

«Ja, hol das Instrument«, fielen alle ein und klatschten.

Ein paar Sekunden später stellte die Frau eine Ziehharmonika auf ihre jungenhaft gespreizten Beine. Nach ein paar Takten erkannte Luise das Lied, klatschte in die Hände und sang mit: »Ich wollt', ich wär' ein Huhn.« Es folgte ein sentimentales Stück mit spanischem Text, von dem Luise nur »Rio negro« verstand. Der bullige Mann sang schunkelnd mit und rief am Schluss: »Hör auf mit diesem Schlagerquatsch, Libs. Spiel was Richtiges!«

Die Angesprochene richtete sich kerzengerade auf und intonierte einen Marsch, den außer Luise alle im Raum zu kennen schienen und lautstark mitsangen:

»Und weil der Mensch ein Mensch ist,
drum braucht er was zu essen, bitte sehr!
Es macht ihn ein Geschwätz nicht satt,
das schafft kein Essen her.

Drum links, zwei, drei!

Drum links, zwei, drei!
Wo dein Platz, Genosse, ist!
Reih dich ein in die Arbeitereinheitsfront,
weil du auch ein Arbeiter bist.«

In diesem Stil ging es weiter, und alle sangen immer lauter und fröhlicher. Die Gesichter glühten, und niemand schien sich zu sorgen, dass sie jemand auf der Straße hörte. Die nächste halbe Stunde verging in ausgelassener Stimmung. Am Ende, als alle schon zum Aufbruch gerüstet waren, griff Libertas in ihre Jackentasche und holte ein Foto heraus:

»Schaut euch das an! Das ist das neue, offizielle Porträt des Reichsheinis. Er sieht so etwas von dämlich aus, oder?«

Unter dem Gelächter aller anderen versuchte sie, Himmlers Gesichtsausdruck zu imitieren. Nur Luise war nicht zum Lachen zumute.

Sieben

»Was hältst du von Luise?« Erna wischte noch einmal über den weißen Porzellanteller mit Goldrand, bevor sie ihn Gustav in die Hand drückte, der das Geschirr genau musterte, eher er es trocken zu reiben begann.

»Sie ist unsicher, aber das ist normal.«

Er stellte den Teller in den Küchenschrank und fuhr lächelnd fort: »Mit den Schulze-Boysens zusammenzutreffen, ist ein Kulturschock für eine brave Hausfrau vom Lande.«

Erna gefiel nicht, dass ihr Mann abfällig über Luise sprach. Das war sonst nicht seine Art. Sie hatte die junge Frau ins Herz geschlossen. Vielleicht war es einfach ihr Beschützerinstinkt, doch sie spürte, dass die neue Freundin ihr Vertrauen dankbar erwiderte. In einem allerdings hatte Gustav recht – Luise war unbedarft. Sie hatte erst angefangen nachzudenken. Als man ihre Nichte abholte, dieses fröhlich dahinschnatternde Mädchen mit dem typisch runden, mongoloiden Gesicht, kamen die ersten Zweifel. Erna erzählte ihr eines Nachmittags, was sie von den Anstalten wusste, in denen Behinderte auf rätselhafte Weise starben. Getötet wurden. Luises Weltbild geriet dadurch gehörig ins Wanken. Nicht mehr lange, und sie würde zu Taten bereit sein.

Gustav nahm den nächsten Teller und inspizierte auch ihn genau.

»Dass ihr Mann Polizist ist, gefällt mir nicht. Ich finde, wir sollten es den anderen sagen, damit sie entscheiden können, was und wie viel sie von sich preisgeben.«

»Ja, du hast recht, Gustav. Aber lass uns das nicht überbewerten. Absolute Sicherheit gibt es ohnehin nicht.«

Schweigend erledigten sie die weitere Hausarbeit. Was gab es auch noch zu sagen. Die Unsicherheit war Teil ihres Lebens geworden. Wer garantierte ihnen, dass nicht einer ihrer Freunde sie morgen an die Gestapo verriet? Erna schüttelte diesen Gedanken ab. Wie sollte man weiterleben, wenn man hinter jedem vertrauten Gesicht Verrat witterte. Sie taten, was sie konnten, um sich abzusichern. Vor allem mussten sie mehr werden. Viel mehr! Nur dann könnten sie etwas bewirken. Luise war kein Unsicherheitsfaktor, da war sich Erna sicher. Wie weit sie bereit wäre zu gehen, war eine andere Frage. Aber das wusste man nie. Wer hätte geahnt, dass aus dem Ringer Werner Seelenbinder ein so aktiver Gegner der Verbrecherbande würde. Erna säuberte das Waschbecken und drehte dabei den Kopf zu ihrem Mann, der die alte Zuckerdose, die sie als Hochzeitsgeschenk von seiner Mutter bekommen hatten, fast zärtlich in den Schrank stellte.

»Hast du gemerkt, wie gut sich Luise mit Werner verstanden hat?«

»Ja, es ist kaum zu glauben, wie einfühlsam dieser Koloss sein kann. Wir sollten ihn darin bestärken, auf unsere neue Freundin einzuwirken. Ihm war es ja auch nicht in die Wiege gelegt, Flugschriften herzustellen und zu verteilen.«

Gustav ging ins Wohnzimmer und begann, die Stühle zurechtzurücken, die wahllos im Raum standen, als hätten die Gäste die Wohnung fluchtartig verlassen.

»Sag mal«, rief er in die Küche hinüber, »konntest du mit Werner und Harro über den Jungen sprechen?«

Luise trat ebenfalls in die gute Stube und half ihrem Mann.

»Nur kurz, sie werden sich kümmern. Harro hat mit Kurt gesprochen. Er glaubt, dass die Genossen dem Jungen helfen werden, wenn wir ihn als Kurier einsetzen. Mir ist zwar nicht wohl dabei, aber was bleibt uns anderes übrig.«

»Es wird schon gut gehen, meine Liebe. Wir müssen die Genossen verstehen. Das Risiko ist groß, das geht man nur ein, wenn es noch einen anderen Grund gibt, als nur das Leben eines Menschen zu retten.«

Luise spürte einen Stich. Sie wusste, dass Gustav recht hatte, und trotzdem konnte sie nicht glauben, dass er so über das Schicksal ihres Buben sprach. Wurden sie nicht langsam wie die anderen, denen ein Leben - sogar das eines geliebten Menschen - immer weniger wert war? Bevor sie etwas erwidern konnte, fragte ihr Mann: »Wie spät ist es?«

Luise nickte stumm, was Aufforderung genug war, den schweren Koffer aus dem Buffetschrank zu holen. Gustav ächzte, als er ihn auf den Tisch wuchtete. Er klappte den Deckel auf und betätigte einen Schalter an dem darin eingebauten schwarzen Kasten. Ein rotes Lämpchen glimmte auf.

»Hoffentlich funktioniert das Ding überhaupt«, sagte Luise, während sie ihrem Mann zärtlich über den Arm streichelte.

»Findest du nicht, dass es langsam gefährlich wird, tagein, tagaus die gleichen Worte zu senden? Irgendwann müssen doch selbst die Dümmsten von der Abwehr begreifen, um was es geht.«

»Was sollen wir sonst tun, so lange wir nicht wissen, ob uns jemand hört? Ich hoffe nur, dass Harro bald einen anderen Funker findet.«

Gustav war für diese Aufgabe ungeeignet. Nie im Leben

hatte er sich für Technik interessiert. Er war ein Schöngeist, aber das zählte jetzt nicht. Luise faltete den abgegriffenen Zettel auseinander und legte ihn auf den Tisch. Gustav begann, langsam und rhythmisch die Tasten zu drücken. Man hörte nur noch das Klacken des Hebels, der hoffentlich das Morsesignal in die Welt sandte.

Acht

Rösen jagte den P4 im zweiten Gang über die Ost-West-Achse in Richtung Großer Stern. Vor zwei Jahren hatte man zum Geburtstag des Führers die Siegessäule vom Königsplatz am Reichstag hierher versetzt. Jetzt glänzte die Goldelse auf ihrem erhöhten Sockel in der Sonne. Von einer »Via Triumphalis« hatten die Zeitungen geschrieben, von Germania, der Welthauptstadt. Vom angestrebten Glanz sah man im Moment nicht viel. Nur wenige Autos waren unterwegs. Die Benzinrationierung zwang die meisten Leute, den Wagen stehen zu lassen. Daut war es recht, so kamen sie schnell voran. Der Tag war ohnehin ohne Ergebnisse verstrichen. Vor allem die Befragung des Ehemanns der Toten hatte nichts Konkretes ergeben. Daut hatte mit gehörigem Respekt an der Tür geklingelt. Man wusste nie, wie Angehörige auf eine Todesnachricht reagierten, und er war kein guter Seelsorger. Deshalb überließ er Rösen das Gespräch. Seine Sorge erwies sich als unbegründet. Dr. Wilhelm Zegg war um einiges älter als seine Frau, Daut schätzte ihn auf mindestens fünfundvierzig Jahre. Er trug eine angesichts der schwülen Hitze unpassende graue Strickjacke und wirkte eher wie ein subalterner Beamter als ein erfolgreicher Arzt. Die Praxisräume, in die er die beiden Polizisten führte, erweckten einen schäbigen Eindruck. Daut hakte in Gedanken seine Frage ab, ob Zahnärzte Reichtümer aufhäufen könnten. Als Rösen Zegg eröffnete, dass seine Frau Opfer eines Gewaltverbrechens geworden war, blitzte für eine Sekunde etwas wie Trauer in seinen Augen auf, machte aber augenblicklich wieder einem gleichgültigen Blick Platz.

Als sie den Großen Stern passiert hatten, fragte Daut:

»Was hältst du von Zegg?«

Rösen kurbelte am Lenkrad und nahm gleichzeitig die Zigarette aus dem Mund. »Ein seltsamer Vogel ist er auf jeden Fall. Anscheinend war es ihm völlig gleichgültig, dass seine Frau, mit der er immerhin ein paar Jahre verheiratet war, brutal ermordet wurde.«

»Ich weiß nicht«, erwiderte Daut. »Mir kam es eher so vor, als wundere es ihn nicht. Mich störte mehr seine Verschwiegenheit. Der Kerl weiß mehr, als er uns gesagt hat.«

»Meinst du, er könnte der Täter sein?«

»Du weißt selbst, dass die Wahrscheinlichkeit dafür spricht. Wie viele Fälle, die zuerst mysteriös aussehen, erweisen sich später als Familiendramen? Andererseits sind derartige Opa-Typen selten Mörder. Wir sollten ihm noch mal auf den Zahn fühlen, wenn er begriffen hat, dass seine Frau ihn nicht mehr unter Druck setzen kann.«

Rösen lachte auf. »Du hast recht. Mir kam es auch so vor, dass er ziemlich unter dem Pantoffel steht.«

»Stand, mein Lieber. Stand.«

Es dämmert bereits, als Rösen den Wagen in die Brandenburgische Straße lenkte. Er parkte an der Ecke Paderborner Straße. Sie schlenderten zur Hausnummer 13, einem sechsstöckigen Bau aus der Kaiserzeit, der schon bessere Zeiten gesehen hatte. Der Putz unter den Fensterbänken blätterte, und das Schaufenster des Schuhgeschäfts im Erdgeschoss war fast blind. Sie betraten das Ladenlokal, und es dauert nur Sekunden, bis ein grauhaariger Mann Mitte sechzig im Arbeitskittel aus der hinteren Werkstatt kam. Er wischte sich die Hände an der grauen Schürze vor seinem Bauch ab und fragte dienernd, was die Herren wünschten.

»Nur eine Auskunft«, sagte Daut und bemerkte den Blick des Schusters, der auf den Fleck auf dem Lederhandschuh starrte, der durch Dauts Reinigungsversuche eher dunkler geworden war. Das edle Stück sah mitgenommen aus.

»Wir sind auf der Suche nach Inge Wilhelmi.«

»Nie gehört«, brummte der Mann.

»Sind sie sicher?«, mischte sich Rösen ein. »Nach unseren Informationen wohnt sie hier.«

Der amtliche Ton zeigte fast immer Wirkung - auch jetzt. Der Schuster zuckte zusammen und beugte leicht den Rücken.

»Am besten fragen Sie den Blockwart. Wenn diese Frau hier wohnt, wird er es wissen. Oder klingeln Sie bei Frau Senft, der neugierigen Schnepfe entgeht nichts.«

Sie hatten den Laden schon fast verlassen, als der Schuster mehr brummte als artikulierte:

»Ich würde es mit Sattelfett probieren. Wirkt immer.«

Auf Rösens fragenden Blick schüttelte Daut nur den Kopf.

Der Blockwart war nicht zu Hause, und so stiegen sie in den dritten Stock und klingelten an der Wohnung von Cordula Senft. Den zur Tür schlurfenden Schritten nach musste es eine ältere Frau sein, umso überraschter war Daut, einer Mittdreißigerin gegenüberzustehen. Er hatte selten eine so unattraktive Frau gesehen. Das Haar hing in stumpfen Strähnen herunter, die Zähne waren gelb vom Nikotin, und auf der Bluse leuchteten rote Flecken, als hätte sie Kirschen entkernt.

»Wat jibst?«, knurrte sie, und den Polizisten schlug eine Wolke aus Nikotin und billigem Fusel entgegen.

Daut hielt ihr den Dienstausweis vors Gesicht, als könne er sich damit gegen die Ausdünstungen schützen, und fragte direkt nach Inge Wilhelmi.

»Kenn ick nich. Wohnt hier nich.«

Als sie die Tür zuschlagen wollte, setzte Rösen seinen Fuß dazwischen.

»Sind Sie sicher? Wir haben andere Informationen.«

»Mir doch ejal, wat ihr habt, Männeken. Wenn ick saje, dat ick keene Inge Dingsbums nich kennen tu, dann kenn ick die nich. Is dat klar? Im übrijen: Det hier wa mal een ehrenwertes Haus. Is aber schon länger her. Heute kannsse nich sicher sein, wer dir allet auf der Treppe bejegnet. Loofen so viele Weiber zum Meyer, dat de dich wundern tust, womit der die alle bejlückt, wa?«

Sie lachte rau und kehlig. Bevor sie Daut einen weiteren Schwall Atem ins Gesicht blasen konnte, machte er einen Schritt zurück und fragte: »Meyer? Welcher Stock?«

»Jibt nur eenen, wenn ich mir nich irre. Janz oben unterm Dach juchhee.«

Als sie endlich vor der Wohnungstür im obersten Stockwerk ankamen, schwor sich Daut, weniger zu rauchen oder mehr spazieren zu gehen. Oder beides. Er bat Rösen mit einer Geste, ein paar Sekunden zu warten, ehe er klingelte. Derart atemlos wollte er einem Zeugen nicht gegenübertreten. Sofort nach dem ersten Schellen wurde die Tür geöffnet. Ein etwa fünfzigjähriger, mürrisch dreinblickender Mann mit Halbglatze blaffte sie an.

»Wenn ihr fürs Winterhilfswerk sammeln wollt, könnt ihr gleich wieder gehen. Da waren erst gestern welche da.«

Daut zückte seinen Ausweis und bat, eintreten zu dürfen.

»In meine Wohnung? Warum das denn?«

»Name?«, brummte Rösen, der einer autoritären Befragung in diesem Fall eindeutig mehr Chancen einräumte.

Der Mann im Türrahmen brachte so etwas wie ein Lächeln zustande.

»Meyer, mit Ypsilon, wenn ich bitten darf.«

»Vorname?« Rösen klang immer ungehaltener.

»Hans. Warum interessiert Sie das?«

Daut übernahm das Gespräch, um es nicht völlig aus dem Ruder laufen zu lassen. Ernst Rösen war ein guter Polizist, aber manchmal hatte er seine Gefühle nicht im Griff. Das schlesische Temperament. Da kam ein münsterländisches Kaltblut weiter.

»Wir suchen Inge Wilhelmi, die in diesem Haus wohnen soll. Frau Senft aus dem dritten Stock meinte, Sie wüssten etwas über sie.«

Meyer, der allenfalls einen Meter siebzig groß war, wippte auf die Zehenspitzen, zog die Schultern nach oben und reckte den Kopf, was ihm das groteske Aussehen eines zu klein geratenen Waldschrats gab.

»So, so, die Frau Senft. Will mal wieder alles ganz genau wissen, die alte Ziege. Und den Tratsch glauben Sie? Was haben Sie gesagt? Sie sind Polizisten?«

Rösen schnaubte und drückte Daut mit dem Arm zur Seite.

»Jetzt passen Sie auf, Mann. Wir ermitteln hier in einer Mordsache, und von lustigen Zwergen wie Ihnen lassen wir uns nicht das Leben schwer machen. Wenn Sie so weitermachen, haben Sie ganz schnell eine Beamtenbeleidigung am

Hals. Außerdem ist mein Kollege hier Hauptsturmführer Daut. Wenn Sie nicht sofort kooperieren ...«

Rösen ließ das Ende des Satzes im Raum stehen. Daut gefiel es nicht, wenn jemand seinen SS-Dienstrang ins Spiel brachte. Er trug die schwarze Uniform höchstens ein- oder zweimal im Jahr, wenn es sich gar nicht vermeiden ließ. Andererseits wirkte der Hinweis meistens Wunder, was die Kooperationsbereitschaft der Menschen anging, und der Zwerg vor ihm in der Haustür ging ihm gehörig auf die Nerven.

Meyer ließ sich nicht so leicht beeindrucken. Er stieg noch einen Zentimeter höher auf die Zehenspitzen und brachte ein Grinsen zustande.

»Dann will ich mal nicht so sein, Herr Hauptsturmführer. Ich betreibe hier seit vielen Jahren eine Künstleragentur.«

Er nestelte an der Brusttasche seiner Weste herum und reichte Daut eine Visitenkarte. *Hans Meyer - Agent.* Das war alles. Keine Adresse, keine Telefonnummer.

Daut steckte die Karte in die Jackentasche.

»So, so, Künstleragentur.«

»Genau, Herr Hauptsturmführer.«

Im Gegensatz zu den meisten Menschen schwang in Meyers Stimme nicht die typische Mischung aus ein bisschen Ehrfurcht und einer großen Portion Angst, als er Daut mit seinem SS-Dienstrang ansprach. Es klang eher, als mache er sich lustig.

Wieder zog Rösen das Gespräch an sich.

»Und Inge Wilhelmi ist Ihre, wie nennen Sie sie? Kundin?«

»Ich habe Klientinnen, Herr Inspektor«.

Meyer sprach Rösens Dienstgrad verächtlich aus, als wäre es unter seiner Würde, sich mit einem Polizisten so niedrigen Ranges abzugeben. Folgerichtig wandte er sich wieder an Daut.

»Meine Klientinnen besuchen mich oft hier in meiner Agentur. Aber, und das wollen Sie sicher wissen, eine Inge Wilhelmi ist nicht darunter.«

Daut wurde langsam ungeduldig. Das Gespräch führte zu nichts.

»Gut, Herr Meyer, dann müssen wir Sie noch bitten, uns Ihre Klientinnenkartei zu überlassen.«

Er betonte das *»-innen«* süffisant. Meyer reagierte nicht amüsiert.

»So weit kommt es noch, dass ich meine Mädels an die Schmiere verrate. Ihr könnt mich mal.«

Krachend fiel die Tür ins Schloss. Als Daut bemerkte, dass Rösen sich bereitmachte, mit körperlicher Gewalt in die Wohnung einzudringen, hielt er ihn zurück. Irgendetwas stimmte nicht mit diesem Zwerg. Aber des Rätsels Lösung würden sie nicht hinter dieser Tür finden.

Neun

Kurz vor zehn schloss Daut seine Wohnungstür auf. Das Geräusch seines knurrenden Magens übertönte das leise Gebrabbel, das aus der Küche kam. Die Kinder waren noch wach. Luise erlaubte ihnen in der letzten Zeit häufiger, länger aufzubleiben, damit sie ihren Vater überhaupt zu Gesicht bekamen. Seit die ganze Stadt den S-Bahn-Mörder jagte, war er kaum einen Abend vor neun Uhr zu Hause. Als er die Küche betrat, lächelte er unweigerlich. Die deutsche Musterfamilie. Ilse und Werner saßen am Tisch, die Kleine las in einem Buch, während Werner die Elastolin-Spielfiguren aufstellte. Der SA-Spielmannszug mit Tambourmajor, Pfeifern, Trommlern und Trompetern marschierte an einem im offenen Mercedes stehenden Führer vorbei. Die Szenerie kam Daut unnatürlich vor, denn der Miniaturführer streckte den Arm korrekt zum Gruß aus, während das Original ihn nur anwinkelte als wolle er sagen: Nun lasst mich doch alle zufrieden mit diesem ewigen *Heil*.

Luise saß am Fenster und stopfte im matten Schein der Stehlampe Strümpfe. Als Walter seinen Vater sah, sprang er auf, griff sich eine der Figuren vom Tisch und stürmte auf ihn zu.

»Schau mal, Papa, den Schellenbaumträger habe ich heute eingetauscht gegen zwei einfache SA-Männer. Toll, was?«

Daut streichelte ihm mit der Hand über den Kopf, ging zu Luise und drückte ihr einen Kuss auf die Wange. Sie streichelte ihm stumm den Arm. In der letzten Zeit sah sie mitgenommen aus. Diese Schwangerschaft fiel ihr schwerer als die beiden zuvor.

»Hunger?«, fragte sie und drückte sich mit beiden Händen

aus dem Sessel.

»Mein Magen beschwert sich schon seit Stunden. Was gibt es Gutes?«

»Gutes ist relativ in diesen Tagen.«

Luise seufzte tief, und Daut entging die Doppeldeutigkeit nicht. Wurde seine Frau schwermütig? Das sah ihr überhaupt nicht ähnlich, im Gegenteil. Er bewunderte sie für ihr sonniges Gemüt, mit dem sie selbst schwierigste Situationen spielend zu meistern schien. Als er sie vor fast siebzehn Jahren auf dem Schützenfest das erste Mal sah, bezauberte ihn vor allem ihr Lachen. Sein Leben war deprimierend. Obwohl er damals schon sieben Jahre mit der Prothese lebte, hatte er sich noch immer nicht mit ihr abgefunden. Er hasste dieses Stück Holz, das er zu verstecken suchte, so weit es ging. Er traute sich nicht, Luise zum Tanz zu bitten. Warum sollte sich diese fröhliche, junge Frau mit einem Krüppel und einfachem Schutzpolizisten abgeben? Sie konnte doch haben, wen sie wollte. Er glaubte zu träumen, als sie plötzlich vor ihm stand und lächelnd fragte: »Wollen Sie niemals tanzen? Warum sind Sie dann auf diesem Fest?«

Luise erzählte noch heute mit breitem Lachen, wie ungläubig er sie angestarrt hatte. Immerhin stand er auf und machte eine Verbeugung. Dabei wäre es geblieben, wenn sie ihn nicht am Arm gefasst und auf die Tanzfläche geführt hätte. Wie selbstverständlich nahm sie die gewohnte Tanzposition ein, und als er nicht wusste, was er tun sollte, griff sie seine Prothese und legte die gesunde Hand auf ihre Taille. Wie gut sie sich anfühlte. Und wie gut sie roch! Sie ließen keinen Tanz aus, bis die Kapelle pausierte. Außer Atem gingen sie an die Theke, und Daut bestellte Sekt. Er konnte sich nicht erinnern, wann er zuletzt dieses prickelnde Zeug getrunken hatte, aber Bier oder Schnaps erschienen ihm unpassend. Als er Luise das Glas reichte, dröhnte von hinten eine Stimme.

»Na, mein Mädchen, willst du uns deinen Kavalier nicht wenigstens vorstellen?«

Gustav Hülskamp war ein beeindruckender Mann, nicht nur, weil er in der Schützenuniform noch gewichtiger aussah, als er war. Der Hut mit der Feder ließ ihn einen halben Meter größer erscheinen. Hülskamp zählte überdies zu den Honoratioren der Stadt, gehörte ihm doch die größere und bedeutendere der beiden Apotheken am Marktplatz, was sich unschwer am schweren, golden glänzenden Löwen über dem Eingang ablesen ließ. Daut wäre am liebsten im Boden versunken und versteckte seine Prothese hinter dem Rücken. Dort ergriff Luise die Holzhand und trat lachend neben ihn.

»Würde ich ja gerne, Paps, aber dazu muss er sich erst einmal mir vorstellen.«

Lachend zog sie ihn zurück auf die Tanzfläche, einen völlig konsternierten Apotheker zurücklassend, der Daut plötzlich auf Normalmaß zu schrumpfen schien.

Sie tanzten, bis die Kapelle auch durch weitere Trinkgelder nicht mehr zum Weiterspielen zu bewegen war. Axel begleitete Luise nach Hause. Vor dem imposanten Eingangsportal der Apotheke gab sie ihm einen flüchtigen Kuss auf die Wange.

»Danke für den wunderschönen Abend.«

Eher er etwas sagen konnte, war sie im Haus verschwunden.

Zwei Tage später fand Daut ein Paket im Briefkasten des elterlichen Hofes, wo er noch immer sein Jungenzimmer bewohnte. Sein Gehalt als einfacher Wachtmeister reichte nicht für eine anständige Wohnung. Es enthielt einen in Seidenpapier eingeschlagenen Handschuh aus hellblauem, traumhaft weichem Leder. Nur den linken! Dazu eine Karte: »Ich finde, er passt wunderbar zu Deinen Augen. L.«

Von diesem Tag an waren sie ein Paar, auch wenn es noch über zwei Jahre dauern sollte, bis sie heirateten. Wäre Luise nicht schwanger geworden, hätten ihre Eltern dieser unstandesgemäßen Ehe nie zugestimmt. Den Handschuh besaß Daut immer noch. Er trug ihn nur einmal im Jahr, am zweiten Augustwochenende, an dem in der Heimat das Schützenfest stattfand. Als er Luise nach einigen Tagen fragte, wie sie den Lederwarenhändler überzeugt habe, ihr nur einen einzelnen Handschuh zu verkaufen, antwortete sie:

»Ich musste beide kaufen. War aber auch besser so. Wenn du ihn mir zurückgeschickt hättest, so hätte sich mein Vater über das Weihnachtsgeschenk gefreut.«

Glucksend entwand sie sich seiner spielerischen Drohung.

»Soll ich dir die Kartoffeln aufwärmen oder in die Pfanne geben?« Luise riss ihn aus seinen Gedanken.

»Sind noch Eier da?«

»Ja, zwei habe ich noch.«

»Dann mach mir Bratkartoffeln mit Rührei.«

Während seine Frau ihm das Essen zubereitete, ließ er sich von den Kindern ihre Tageserlebnisse erzählen. Anschließend aß er schweigend, und Luise brachte die Kleinen ins Bett. Als sie ins Wohnzimmer zurückkam und sich neben ihn auf das Sofa setzte, legte sie eine Dose Penatencreme auf den Tisch. Daut reichte ihr den Arm. Sie band mit geübten Griffen die Prothese ab und massierte die Druckstellen mit einer kleinen Portion der wohltuenden Paste.

»»War es ein schwerer Tag?«

»Nicht schlimmer als sonst.«

»Der S-Bahn-Mörder?«

»Nein, es gibt einen neuen Fall.«

Daut erzählte ihr in aller Kürze die Ereignisse des Tages. Er merkte, dass sie nicht bei der Sache war. Ihre Bewegungen an seinem Arm wurden immer langsamer.

»Müde? Du scheinst mir fast einzuschlafen.«

Sie schüttelte den Kopf.

»Nein, es ist nur alles so verwirrend.«

Daut legte seinen Arm um ihre Taille. Während er sie früher fast umfassen konnte, reichte es jetzt nur bis zur Hälfte.

»Der Kleine wächst und wächst.«

»Hast du nicht auch Angst, in was für eine Welt wir dieses Kind setzen, Axel?«

Luise wartete seine Antwort nicht ab, sondern sprach langsam und leise weiter.

»Ich war heute bei den Neebs zum Mittagessen. Was ich da gehört habe! Langsam weiß ich überhaupt nicht mehr, was ich glauben soll. Da war ein hohes Tier aus dem Luftfahrtministerium zu Gast, der behauptete, dass es bald Krieg mit Russland geben wird. Und mit bald meinte er, in ein paar Tagen.«

Daut zog den Arm zurück und setzte sich ruckartig auf.

Seit dem Tod ihrer Nichte Clara hatte sie häufig seltsame Ideen. Gefährliche Ideen!

»Was du da redest, Luise«, sagte er barsch und bereute im nächsten Moment seinen Tonfall. Deutlich leiser und milder fuhr er fort:

»Du weißt doch, dass es einen Vertrag mit Russland gibt.«

Luise setzte sich aufrecht hin und funkelte ihn kämpferisch an.

»Verträge kann man brechen, Axel. Es wäre nicht das erste Mal.«

»Nein, Luise, in diesem Fall wird das nicht passieren. Der Führer ist doch nicht dumm. Meinst du im Ernst, dass er einen Zweifrontenkrieg riskiert?«

Luise zuckte mit den Schultern. Daut vermisste ihr Lächeln.

Zehn

Die Tage zogen sich wie Gummi. Die Stadt hielt den Atem an. Noch immer gab es keine Spur vom S-Bahn-Mörder, obwohl ihn die gesamte Berliner Polizei jagte. Fast jedenfalls, denn Rösen und Daut waren die einzigen Beamten, die sich mit einem anderen Fall beschäftigten. Sie spürten förmlich, wie der Druck von Tag zu Tag wuchs. Das Monster, das in den vergangenen Monaten sieben Frauen auf brutale Weise vom Leben in den Tod befördert hatte, war ein öffentliches Thema. Die Zeitungen schrieben darüber, im Radio berichtete man über die Anstrengungen der Polizei und bat um die Aufmerksamkeit der Bevölkerung. Über die Ermordung von Dora Zegg gab es dagegen nicht eine einzige Zeile zu lesen. Im Propagandaministerium war man der Ansicht, dass ein Mörder genug sei. Ein zweiter verrückter Mann, der unschuldige Frauen bedrohte, passte nicht zum Bild des sicheren Deutschland, in dem man endlich mit dem Berufsverbrechertum aufgeräumt hatte. Deshalb verwunderte es Daut nicht, als Rudat bei der Andeutung, dass es mit zwei Beamten schwer werden könnte, den Täter zu fassen, nur tadelnd die Augenbraue hob. Es gab keine Unterstützung für sie. Wenn sie den Mörder von Dora Zegg nicht fassten - was machte das schon? Im Moment interessierte nur ein Verbrecher in der Stadt.

Seit fünf Tagen rannten sich Rösen und Daut die Hacken ab auf der Suche nach weiteren Bekannten oder Verwandten von Dora Zegg. Ohne Ergebnis. Die Frau blieb seltsam gesichtslos, sie ging zwar zu Versammlungen der Frauenschaft, hatte darüber hinaus aber keine Freundinnen, besuchte keine Feiern, hatte nicht einmal mehr Verwandte, die ihnen weiterhelfen konnten.

Gestern hatten sie den Ehemann erneut und ausführlich vernommen. Er schilderte, dass sich das Paar schon lange auseinandergelebt hatte.

»Dora liebte nur einen: den Führer! Sie war närrisch in dieser Beziehung. Nicht, dass Sie mich falsch verstehen, Herr Kommissar. Natürlich respektiere und verehre ich den Herrn Reichskanzler genau wie alle aufrechten Deutschen. Aber bei Dora, das war etwas anderes. Für sie gab es nichts als die *Bewegung*. Dafür tat sie alles.«

Als Zegg danach schwieg und den Blick auf ein Foto seiner Frau richtete, das auf dem Wohnzimmertisch stand, versuchte Daut, das Gespräch nicht abreißen zu lassen. Hier rührten sie an einen wichtigen Punkt, das spürte er.

»Was meinen Sie damit, dass sie *alles* für die Bewegung tat?«

Zegg riss sich von dem Bild los.

»Meine Frau war von Anfang an dabei. Sie ist keine von diesen Märzgefallenen, diesen Opportunisten, die erst nach Hitlers Wahl zum Reichskanzler auf den fahrenden Zug sprangen, als sie merkten, dass ihre Karrieren sonst abrupt enden würden.«

Daut spürte einen Stich in der Magengegend. Warf Zegg nicht einen spöttischen Blick in seine Richtung? Bevor er darüber nachdenken konnte, sprach der Mann weiter.

»Dora trat in die Partei ein, als Hitler noch nicht der Führer, sondern der Vorsitzende einer unbedeutenden Splittergruppe war, dem niemand eine Zukunft voraussagte. Dora hingegen glaubte daran mit ganzem Herzen. Sie ging zu Versammlungen, nahm lange Fahrten in Kauf, um *ihn* reden zu hören. Oh ja, sie vergötterte ihn schon damals. Ich erinnere mich, dass es mich manchmal geradezu eifersüchtig machte, wie sie von ihm sprach. Sie hatte so einen Glanz in den Augen, wenn Sie verstehen, was ich meine.«

Daut nickte ihm aufmunternd zu, und Zegg fuhr fort.

»Später übernahm Dora Ämter in der Reichsfrauenschaft. Sie war oft drei oder vier Abende in der Woche nicht zu Hause. Mir machte das nichts, im Gegenteil. Ich war froh darüber. So war sie beschäftigt und trauerte nicht.«

Obwohl Daut ahnte, worum es ging, fragte er nach: »Welchen Grund zur Trauer hatte sie denn?«

Zegg räusperte sich.

»Wir konnten keine Kinder bekommen. Genauer gesagt: Dora konnte es nicht. Am Anfang litt sie darunter, aber als sie ihre Begeisterung für die Bewegung entdeckte, kam sie darüber hinweg. Und mir war es recht. Ich hatte meine Arbeit, und sie war beschäftigt. Manchmal sahen wir uns nur an zwei Abenden in der Woche, und dann redeten wir über andere Dinge. Mich interessiert Politik nicht, müssen Sie wissen. Vor etwa einem Jahr eröffnete mir Dora, dass sie für mehrere Wochen verreisen müsse. Nach Bayern. Als ich genauer wissen wollte, wohin sie führe und was sie dort täte, blaffte sie mich nur schnippisch an. *Das geht dich nichts an. Das ist eine geheime Reichssache.* Damals habe ich nur den Kopf geschüttelt. Aber jetzt ...«

Daut war überzeugt, dass Wilhelm Zegg nicht mehr über seine Frau und ihre Aktivitäten wusste. Nach diesem Gespräch gab es mehr offene als beantwortete Fragen. Was hatte Dora Zegg über mehrere Wochen in Bayern gemacht? Was tat sie, wenn sie an den meisten Abenden in der Woche unterwegs war? Die Reichsfrauenschaft traf sich höchstens einmal in der Woche - wenn überhaupt. Was für ein Doppelleben führte diese attraktive Frau, und warum verheimlichte sie es vor ihrem Mann?

Die Durchsuchung der Wohnung, die sie mit Genehmigung des Ehemannes so rücksichtsvoll und vorsichtig wie möglich durchführten, brachte auch keine Erkenntnisse.

Jetzt saßen sie schon zwei Tage im Auto und observierten das Haus in der Brandenburgischen Straße - soweit man davon überhaupt sprechen konnte, denn obwohl sich Rösen und Daut abwechselten, blieb das Gebäude doch immer noch für einige Stunden unbewacht. Daut ärgerte sich über dieses unprofessionelle Verhalten. Aber was sollten sie machen, sie waren nur zu zweit, und vierundzwanzig Stunden schafften sie nicht lückenlos. Dabei war die Künstleragentur Meyer ihre einzige Chance, in dem Fall überhaupt noch weiterzukommen. Sie mussten herausfinden, wer diese Inge Wilhelmi war, an die der Brief in Dora Zeggs Manteltasche adressiert war. Die Künstleragentur war allerdings auch so eine merkwürdige Angelegenheit. Sie schien nicht zu existieren. Es gab keinen Eintrag beim Gewerbeamt, auch sonst keine Unterlagen, es existierte nicht einmal ein Telefonanschluss unter diesem Namen. Geisterhaft, wie der ganze Fall.

Bereits am Montag hatten sie versucht, den ominösen Hans Meyer strenger ins Gebet zu nehmen. Ohne Erfolg, denn er war ausgeflogen. Seitdem herrschte Totenstille in der Wohnung.

Daut wickelte die Schmalzstulle aus dem Brotpapier und biss hinein. Was hätte er jetzt für einen leckeren Schweinebraten seiner Mutter gegeben. Wann hatte er den zuletzt gegessen? Weihnachten, das sie wie jedes Jahr daheim verbrachten. Langsam gingen auch ihre Dauerwurst- und Schinkenvorräte zur Neige. Es wurde Zeit, dass er seine Eltern besuchte. Sie würden sich freuen, vor allem, da sein kleiner Bruder Georg seit einem halben Jahr im Feld stand. Mutter hatte ihm noch vor ein paar Tagen geschrieben, wie einsam sie sich oft fühle.

Hoppla, was war das denn? Die Frau ging direkt auf ihn zu. Sie war Mitte zwanzig und trug ein elegantes, nachtblaues Kostüm. Auf dem Kopf saß keck eine marineblaue Kappe, die ihr blondes, in Bubikopfform frisiertes Haar regelrecht strahlen ließ. Und diese Schuhe! So etwas sah man nicht mehr oft in Berlin. Die Frauen hatten sich daran gewöhnt, in bequemen Tretern zu gehen, damit ihnen die Füße nach dem stundenlangen Schlangestehen für ein bisschen Frischgemüse nicht so schmerzten. Diese Frau konnte sich Daut absolut nicht in einer Reihe mit kopftuchtragenden Muttchen vorstellen. Klack, klack, klack machten die Absätze auf dem Pflaster, als sie am Wagen vorbeistolzierte und direkt auf das Haus Nummer 13 zusteuerte. Daut stieg aus dem Auto und ging hinter ihr her. Sie stieg behände die Stufen hinauf. Er konnte ihr nicht folgen, hörte aber auch so, wie sie im obersten Stock erfolglos an die Tür klopfte. »Machen Sie schon auf, Meyer. Sie müssen doch da sein. Sie können mich doch jetzt nicht hängenlassen.«

Daut erreichte außer Atem den letzten Treppenabsatz.

»Wer kann Sie nicht hängenlassen?«

»Was zum Teufel geht Sie das an?«

Daut zog seinen Ausweis.

»Gestatten, dass ich mich vorstelle: Hauptsturmführer Axel Daut, Kriminalpolizei Berlin.«

Er benutzte bewusst seinen SS-Dienstrang. Wenn die Frau vor ihm das war, was er vermutete, wäre sie an den Umgang mit Polizisten gewohnt. Ein SS-Offizier würde ihr mehr Respekt abnötigen. Die Dame riss den Arm zum Hitlergruß nach oben.

»Heil Hitler, Herr Hauptsturmführer. Ich möchte zu Herrn Meyer. Er ist mein Agent. Ich bin Schauspielerin, müssen Sie wissen.«

Dabei senkte sie den Kopf ein paar Zentimeter und bedachte ihn mit einem gekonnten Augenaufschlag, der in groteskem Gegensatz zum immer noch erhobenen Arm stand.

»So, so, Schauspielerin. In welcher Rolle kann man Sie denn bewundern, Frau ...?«

»Fräulein.«

Wieder dieser Augenaufschlag.

»Fräulein Emma Gutjahr. Leider bin ich im Moment ohne Engagement, deshalb besuche ich ja Herrn Meyer.«

»Dann wollen wir doch mal sehen, wie gut Sie sind, Fräulein. Ihre Bühne für die nächsten Stunden befindet sich am Werderschen Markt.«

Elf

»Später, mein Großer! Später!«

Normalerweise hätte Luise brennend interessiert, was Walter ihr so dringend zeigen wollte. Heute aber brauchte sie erst einmal Ruhe. Sie ging schnurstracks ins Schlafzimmer, zog die Schuhe aus und ließ sich aufs Bett fallen. Kaum eine Minute später kam Ilse herein.

»Was ist los, Mama? Ist dir nicht gut? Liegt es am Baby? Strampelt es so sehr? Darf ich mal fühlen?«

Ilse war ungeheuer aufgeregt, weil sie ein Geschwisterchen bekommen würde. Walter nahm es gelassener, er war zu groß, um noch seine Hand auf den Bauch seiner Mutter zu legen und dem Getrampel nachzuspüren.

Luise kniff Ilse in die Nase.

»Nein, meine Kleine. Alles ist gut. Ich muss mich nur ein bisschen ausruhen. Lass mich nur eine Viertelstunde in Ruhe, ja? Dann mache ich uns was zu essen.«

Ilse sprang vom Bett, ihre beiden Zöpfe wippten in die Höhe. Als sie im Flur stand, warf sie ihrer Mutter einen Handkuss zu und schloss leise die Tür.

Die beiden waren wunderbar. Was würde Ilse nur ohne ihre Kinder anfangen. Axel war so selten daheim. Die Arbeit forderte ihn völlig, und nach Feierabend ging er in der letzten Zeit immer häufiger mit Kollegen aus. Sie war ja auch keine besonders gute Ehefrau. Seit sie schwanger war, hatten sie nicht mehr miteinander geschlafen. Luise hatte einfach keine Lust mehr. Es bereitete ihr Schmerzen, wenn er in sie eindrang. Es gab ja auch noch andere Arten, beieinander zu sein, aber das hatten sie noch nie gemacht. Als sie mit Axel und Ilse schwanger war, hatten sie auch enthaltsam gelebt.

Ob Axel etwas vermisste? Bestimmt, doch er zeigte es nicht. Er war ein guter Mann. Auch Walter wuchs immer mehr zu einem heran. Er wurde so schnell erwachsen. Viel zu schnell. Axel hatte recht. Man konnte nur hoffen, dass der Krieg zu Ende war, bevor er alt genug wurde, einberufen zu werden. So wie dieser Bildhauer, den sie heute bei Erna Neeb kennengelernt hatte.

»Komm doch auf einen Kaffee vorbei«, hatte die Freundin morgens gesagt, als sie gemeinsam in der Schlange vor Hausers Lebensmittelladen standen. Es sollte Erdbeeren geben, aber als sie endlich an die Reihe kam, waren sie ausverkauft.

»Wir feiern Abschied von einem Freund«, hatte Erna noch hinzugefügt.

Der Freund hieß Kurt und stammte aus Stuttgart. Schon mit vierzehn war er nach Berlin gekommen, um bei einem Holzschnitzer in die Lehre zu gehen, trotzdem hörte man den schwäbischen Dialekt noch deutlich. Als Luise das Zimmer betrat, stand er auf und begrüßte sie mit einem formvollendeten Handkuss. An Erna gewandt sagte er:

»Ja sag emol, wie kunnt ihr mir a so schöns Frauenzimmer so lang vorenthalten. Jetzt isses aweng zu spät!«

Die Runde lachte, Kurts Frau am lautesten. Sie klopfte ihm auf den Arm:

»Ja, mein Lieber, schöne Frauen wirst du nicht mehr so viele um dich haben in der nächsten Zeit. Keine Aktmodelle mehr ...«

»Ich dachte, Kurt arbeitet nur noch abstrakt«, mischte sich Erna Neeb mit erhobenem Zeigefinger ein. Der Angesprochene antwortete lachend: »Ja, des scho! Aber a abschdragde Kunschd braucht aweng a Muse.«

Neben dem Ehepaar Neeb waren noch die beiden streitlustigen Harro und Libs sowie der kräftige Werner anwesend, die Luise bereits von ihrem letzten Besuch kannte. Gustav deutete auf den Schrank von einem Mann, der den Ohrensessel vollständig ausfüllte.

»Ich glaube, mit unserem Ringerass Werner hast du dich Sonntag gut unterhalten, Luise.«

Sie nickte, obwohl sie erst jetzt erfuhr, dass er Sportler war. Sie hätte sich das denken können, bei diesem Körperbau.

Auf dem Sofa, direkt neben Erna, saß ein ungefähr dreißig Jahre alter Mann.

»Und das ist unser Sorgenkind.«

Mehr sagte ihre Freundin nicht. Kein Name. Luise wagte nicht zu fragen. Der Angesprochene zog die Augenbrauen leicht an, als würde er einen spöttischen Blick auf Luise werfen. Dabei wollte er nur die Panik verbergen, die sie in seinen weit geöffneten Pupillen deutlich erkannte.

Kurt wischte sich eine Träne aus dem Augenwinkel.

»Habt ihr nichts Ordentliches zu trinken hier? Das wird in nächster Zeit auch schwierig. Ihr wisst doch, ich mag keinen Wodka.«

Es dauerte eine Weile, bis die ausgelassene Heiterkeit abebbte und Libertas fragte: »Hast du denn keine Möglichkeit mehr zu fliehen?«

»Dafür ist es zu spät. Hätte ich geahnt, dass sie mich alten Säckel noch einberufen, hätte ich mir sicher irgendein Türchen offengehalten. Aber so ... Das Einzige, was mir übrig bleibt, ist, über die Köpfe unserer Genossen zu schießen.«

Luise brauchte einen Moment, bis sie verstand. Hatte er Genossen gesagt? War dieser gut aussehende, charmante Künstler Kommunist? Ein Bolschewik? Sie traute sich nicht zu fragen. Sie traute sich nicht einmal, irgendein Wort in dieser Runde zu sagen. Sie kam sich klein und ungebildet vor.

Der Ringer sprang auf.

»Du kannst viel mehr tun! Erzähl deinen Kameraden an der Front die Wahrheit.«

Er griff in die abgewetzte Aktentasche, die neben dem Ohrensessel stand, und zog einen zu einem winzigen Päckchen gefalteten Stapel bedruckter Zettel heraus.

»Der druckfrische Informationsdienst von Robert. Sind leider nur zwanzig Exemplare, die meisten habe ich schon in Marienfelde in der Fabrik verteilt, und für Charlotte wird es auch immer schwieriger, an Papier zu kommen.«

Gustav Neeb nahm dem massigen Mann das Päckchen ab.

»Das ist viel zu gefährlich. Wenn Kurt in die Kaserne kommt, wird er von oben bis unten gefilzt. Sie würden die Blätter sofort bei ihm entdecken. Die müssen wir hier in Berlin verteilen.«

Der Künstler war schon aufgesprungen, um die Papiere in Empfang zu nehmen.

»Aber ihr wisst, dass ihr euch auf mich immer verlassen könnt. Das kannst du auch Uhrig sagen. Wenn er etwas für uns an der Front hat, nur her damit. Ich bringe es unter die Leute. Macht euch nicht zu viel Sorgen um mich. Was wir dringend brauchen, ist eine Lösung für unseren Helden.«

Er wies auf das *Sorgenkind*, und Luise glaubte, einen sarkastischen Unterton in der Stimme des Bildhauers zu hören.

Erna Neeb legte dem jungen Mann die Hand auf den Arm.

»Dafür ist gesorgt, Kurt. Er ist in ein paar Stunden aus der Schusslinie. Wir haben da ...«

Sie brach mitten im Satz ab. Luise sah aus den Augenwinkeln, wie Gustav Neeb einen Finger an den Mund legte und ein Nicken in ihre Richtung andeutete. Er vertraute ihr nicht. Obwohl es keinen Grund gab, schämte sich Luise und spürte, wie ihr die Röte ins Gesicht stieg. Als wüsste Erna, was in ihr vorging, stand sie auf und sagte fröhlich:

»So, jetzt haben wir genug politisiert. Jetzt wollen wir unseren Freund gebührend verabschieden. Ich hole den Wein.«

Die Ankündigung wurde mit allgemeinem Gejohle begrüßt, und anschließend tranken sie und Schumacher erzählte Anekdoten aus längst vergangenen Zeiten. Von Reisen nach England und Spanien, von Begegnungen mit anderen Künstlern, deren Namen Luise nichts sagten. Keiner dieser Maler oder Bildhauer hielt sich noch in Deutschland auf.

»Der hat es richtig gemacht«, sagte Schumacher jedes Mal. »Der ist rechtzeitig weg.«

Zum Schluss nahm Libs die Ziehharmonika und stimmte Lieder an, von denen Luise nur die wenigsten kannte. Alle anderen sangen lauthals mit.

Nach zwei Stunden hatten sie sich fröhlich und ausgelassen voneinander verabschiedet.

»Bis Sonntag!«

»Ja, bis Sonntag. Das wird ein besonderer Tag!«

»Oh ja, das wird es. Ganz bestimmt!«

Man spürte, dass alle in gespannter Vorfreude waren, und Luise merkte, dass sie mitfieberte. Jetzt, wo sie hier auf dem Bett in ihrer Wohnung lag, verstand sie nicht mehr, was um sie und mit ihr geschah. In was war sie da nur hineingeraten? In eine Gruppe von Verrätern? Andererseits saßen dieser Harro und seine Frau Libertas in hohen Positionen. Da kam man doch nicht hin, wenn man gegen die Regierung arbeitete. Wenn man sie allerdings so reden hörte ... vor allem Libertas. Ständig brauste sie auf und musste von ihrem Mann im Zaum gehalten werden. Er schien viel ruhiger, sprach bedächtig und überlegt. Aber auch, was er sagte, ließ an Klarheit nichts zu wünschen übrig. Luise war sich sicher, dass er Hitler und seine Paladine hasste. Allesamt, wie sie da waren.

Zwölf

Emma Gutjahr saß aufgelöst auf dem wackligen Holzstuhl vor Dauts Schreibtisch. Sie war ein zähes Luder, das musste er zugeben. Vor einer halben Stunde hatte er Rösen aus dem Zimmer geschickt. Er wollte die Zügel anziehen, ihm blieb keine Wahl. Diese Emma war die einzige Spur in einem Fall, der sich immer mehr im Nebel auflöste. Fünf Tage waren seit der Tat vergangen, und sie waren noch immer keinen Schritt weiter. Er musste aus ihr rausquetschen, was herauszuholen war - und noch ein bisschen mehr. Daut trat hinter die Frau und schob seine Finger in ihren blonden Bubikopf. Auf ihren Armen bildete sich eine Gänsehaut. Gut so! Sie bekam Angst. Daut griff in die Hosentasche und holte ein Klappmesser heraus, das er seit Kindertagen immer bei sich trug. Er ließ die Klinge herausspringen und schnitt langsam eine Strähne des dicken Haares ab. Er blickte von oben auf ihren Kopf.

»Eine unechte Blondine. So etwas gefällt dem Führer aber gar nicht!«

Daut drehte die abgeschnittene Locke zwischen den Fingern und ließ sie in ihren Schoß fallen. Ihre Beine hielt sie eng geschlossen. Der Rock war einige Zentimeter nach oben gerutscht, und er sah, dass sie echte Seidenstrümpfe trug. Ein süßes Parfüm stieg ihm in die Nase, vermischt mit einer leichten Schweißnote. Angstschweiß. Daut fuhr mit der Klinge an ihrer Wange entlang.

»Die Männer mögen Ihr hübsches Gesicht, oder?«

Emma Gutjahr senkte den Kopf und blickte auf ihre Schuhe. Ihre Schultern zuckten. Daut wusste, er hatte sie so weit. Sie hatte sich entschieden zu reden.

»Es stimmt nicht, was ich Ihnen erzählt habe, Herr Kommissar. Dieser Meyer ist zwar mein Agent, aber ich bin keine Künstlerin. Er vermittelt mich nicht an Filmstudios oder Theater, sondern an ...«, sie zögerte einen Moment,

»... an Männer.«

»Sie arbeiten also als Prostituierte.«

»Wenn Sie es so nennen wollen. Aber es sind alles Herren aus bester Gesellschaft. Und was bleibt mir auch anderes übrig. Mein Mann ist im Herbst 1939 gefallen. Wir haben drei Kinder, ich brauche das Geld.«

Das erste Mal seit Beginn der Befragung blickte Emma Gutjahr auf. Sie wollte Daut bezirzen, aber er sah nichts als Kälte und Berechnung.

»Was sind das für Männer? Namen! Adressen!«

Sie senkte den Blick.

»Das kann ich Ihnen nun wirklich nicht sagen, Herr Kommissar. Die Männer haben Einfluss.«

»Was glaubst du, wo du hier bist?«

Daut musste noch etwas Härte zulegen. Er packte die Lehne und kippte den Stuhl so weit nach hinten, dass er fast zu Boden fiel. Emma Gutjahr schrie auf.

»Glaub bloß nicht, dass wir dir nichts tun. Wenn ich will, lasse ich dich für die nächsten Monate verschwinden, und wenn du wieder auftauchst, wird sich garantiert kein Mann mehr nach dir umdrehen.«

Er ließ den Stuhl krachend auf alle vier Beine fallen. Sie schlug die Hände an den Kopf, als wolle sie sich die Ohren zuhalten. Die Frau hatte Talent zur Schauspielerei. Daut drehte den Stuhl mit Schwung um, griff ihr unter das Kinn und hielt ihren Kopf hoch. Jetzt blitzte nur noch Angst aus den Augen der Frau.

»Ich kenne die Namen der Männer nicht und weiß auch nicht, wo sie wohnen. Das müssen Sie mir glauben, Herr Kommissar.«

»Wo triffst du die Freier?«

»In meiner Wohnung.«

Es klang, als frage sie Daut, ob er mit dieser Behauptung zufrieden war.

»Lüg mich nicht an!«

Wieder drehte er abrupt den Stuhl, jetzt saß sie in Richtung Tisch. Er legte die Holzprothese in ihren Nacken.

»Weißt du, das Dumme ist, dass ich in dieser Holzhand überhaupt kein Gefühl habe. Ich kann sie einfach nicht kontrollieren.«

Mit Wucht drückte er den Kopf der Frau auf die Tischplatte.

»Ups, tat das weh? Tut mir leid, aber wie gesagt, ich habe keine Gewalt über diese Hand. Sie macht, was sie will.«

Mit der rechten Hand griff er in die Haare der Frau, zog den Kopf nach oben und bog ihn so weit zurück, dass sie ihn anschauen musste. An der Stirn hatte sie eine Schramme, vermutlich von einem Holzsplitter, der sich von der alten Tischplatte gelöst hatte. Ein dünner Blutfaden lief direkt über den Nasenrücken. Bevor er heruntertropfen konnte, verwischte Daut ihn mit dem Zeigefinger auf ihrer Stirn. Er zog sie aus dem Stuhl und schleppte sie zum Waschbecken, über dem ein Spiegel hing.

»Da, schau! Mach dich sauber, du Nutte!«

Als er das Entsetzen in Emma Gutjahrs Blick sah, verabscheute sich Daut. Er hasste Gewalt, doch er hatte keine andere Wahl. Er musste diesen verdammten Fall lösen. Er musste sich unentbehrlich machen. Entbehrliche wurden woanders eingesetzt. Und er wollte kein Held mehr sein. Das war er schon für den Kaiser gewesen. Für Führer, Volk und Vaterland - nein danke!

In Emma Gutjahrs Gesicht las er, dass sie kapituliert hatte. Sie stützte sich mit beiden Händen auf das Waschbecken. Ihr Oberkörper zitterte.

»Ich arbeite nicht nur für Meyer, sondern auch in einem Etablissement.«

»Im Puff gehst du also anschaffen. Warum sagst du das nicht gleich? Name? Adresse?«

Emma Gutjahr stemmte sich vom Waschbecken hoch und schaute Daut an. Ihr Gesicht war verzerrt. Sie presste die Lippen aufeinander, als wolle sie ihren Mund endgültig versiegeln. Vor wem oder was hatte sie so viel Angst, dass sie Dauts körperlichen Angriffen widerstand? Er stand auf. Mit dem vor sich gehaltenen Messer ging er auf sie zu. Als das Messer noch fünf Zentimeter von ihrem Gesicht entfernt war, spie Emma Gutjahr die Worte aus:

»Pension Schmidt. Giesebrechtstraße 11.«

Daut nickte mit dem Kopf. Er drehte sich um, ging zur Tür und brüllte hinaus:

»Abführen, die Dame! Schutzhaft!«

Dreizehn

Mit lautem Krachen fiel der Luftschutzkoffer zu Boden. »Verdammt!«, entfuhr es Daut. Wieso stand das blöde Ding auch immer direkt am Eingang. Hoffentlich war Luise nicht aufgewacht. Es war spät geworden. Er blickte auf die Küchenuhr. Viertel nach elf. Das Verhör dieser Hure hatte ihn aufgewühlt. Es war ihm vorgekommen, als stünde er neben sich. Hatte er sie tatsächlich geschlagen? Wie weit wäre er gegangen, wenn sie weiter geschwiegen hätte? Hätte er ihr das Gesicht zerschnitten? Er war sich nicht sicher. Als er die Frau aus dem Raum führte, beobachtete er den Blick des Wachtmeisters. Keine Reaktion. Im Gegenteil, er griff Emma Gutjahr brutal am Arm und führte sie ab. Auf dem Flur begegnete ihnen Rösen. Auch er war nicht erstaunt über die Blessuren im Gesicht der Frau. Brutalität gehörte zum Polizeialltag. Dabei war Emma Gutjahr nicht einmal eine Verdächtige, allenfalls eine Zeugin, und selbst das stand nicht fest. Vielleicht hatte sie mit dem Mordfall Dora Zegg überhaupt nichts zu tun. Dauts Bestürzung war aber längst ohnmächtiger Wut gewichen. Die kleine Nutte hatte bis zum Schluss gelogen, denn in den Akten der Sittenpolizei gab es kein Bordell in der Giesebrechtstraße, und den Kollegen entging nichts, was in der seichten Unterwelt Berlins passierte. Als Daut zwei Mal nachfragte, bekam er zur Antwort:

»Wenn *wir* das Etablissement nicht kennen, existiert es auch nicht.«

Daut ärgerte sich über die Überheblichkeit der Kollegen, aber als Rösen meinte, morgen sei auch noch ein Tag und jetzt sollten sie lieber ein Bier trinken gehen, willigte er ein. So waren sie, wie so oft in den vergangenen Monaten, in

Rösens Stammkneipe gelandet. Das »Rübezahl« lag in der Kanonierstraße, einen kurzen Spaziergang von den Büros am Werderschen Markt entfernt. Trotz der Nähe zu den Ministerien für Post, Finanzen, Ernte und Landwirtschaft sowie dem Auswärtigen Amt verliefen sich nur selten Staatsbedienstete in das kleine, rauchgeschwängerte Lokal. Von den Mitarbeitern der Reichskanzlei ganz zu schweigen. Ihnen war es hier nicht fein genug. Daut mochte die Kneipe. Der Wirt stammte aus Schlesien, genau wie Rösen. Und wie die Hälfte der Berliner, dachte Daut, so oft begegnete einem in der Reichshauptstadt ihr Dialekt mit seinen vielen ans Wortende angehängten a-Lauten. Die Kneipe war Rösens Wohnzimmer. Seit ihn seine Frau vor einem Jahr wegen eines anderen verlassen hatte, wohnte er in einem möblierten Zimmer zur Untermiete. Statt selbst zu kochen, ließ er sich im »Rübezahl« mit heimatlichen Genüssen verwöhnen und ertrank seinen Liebeskummer und sein Heimweh nach Breslau.

Wie viele Mollen hatte Axel getrunken? Drei? Oder waren es vier? Auf jeden Fall spürte er sie, denn er hatte den ganzen Tag kaum etwas gegessen. Obwohl im Rübezahl immer das eine oder andere ohne Bezugsschein auf der Speisekarte stand, und so sehr ihn die Speisen auf Rösens Teller auch anmachten, dafür wollte er nicht auch noch sein Geld ausgeben. Es reichte schon so hinten und vorne nicht.

Aus dem Kinderzimmer drang ein Lichtschein in die ansonsten dunkle Wohnung. Er öffnete die Tür und spähte hinein. Walter war noch wach.

»Wo ist Mutter?«

»Im Bett, es ging ihr nicht gut. Ist das bei jeder Frau so,

wenn sie ein Baby bekommt? Werden alle so komisch?«

Daut blieb an der Tür stehen, Walter sollte seine Fahne nicht riechen.

»Wie meinst du das?«

»Manchmal sagt Mami stundenlang keinen Ton. Sitzt einfach nur da. Und wenn ich sie was frage, hört sie nicht richtig zu. Hoffentlich wird das besser, wenn das Baby da ist.«

»Bestimmt! Ganz bestimmt, Walter. Jetzt mach das Licht aus. Du musst schlafen.«

Daut tappte im Dunklen in die Küche und knipste die Stehlampe an. Er schnitt sich einen ordentlichen Kanten Brot ab, dazu ein Stück Speck. Was würden sie nur machen, wenn er nicht der Sohn eines Bauern wäre? Irgendetwas zu essen fiel immer für sie ab. Papa sollte nur aufpassen, dass er sich nicht eines Tages beim Schwarzschlachten erwischen lässt. Damit war nicht zu spaßen, und Daut fürchtete, dass alles immer knapper würde, je länger der Krieg andauerte. Wie im letzten Krieg. Da gab es am Ende auch nichts mehr zu beißen. Daut kaute bedächtig, wie es ihm seine Mutter beigebracht hatte. Jeden Bissen zehn Mal. Als er fertig war, ging er zum Waschbecken und pinkelte. Gerne hätte er einen Schluck Wasser getrunken, aber der Gedanke an den abgestandenen, ekligen Geschmack vertrieb den Durst. Er schnallte die Prothese ab und betrachtete die roten Druckstellen. Sein Stumpf schien in letzter Zeit empfindlicher zu sein. Er sollte den korrekten Sitz der Ersatzhand prüfen lassen, spätestens dann, wenn sie den Fall gelöst hatten. Jetzt war dafür keine Zeit. Schade, dass Luise schon schlief. Eine Massage würde ihm guttun. Seufzend schaltete er das Licht aus und schlich ins Schlafzimmer. Hoffentlich blieb es ruhig heute Nacht. Der letzte Alarm war fast beängstigend lange her. Mit jedem Tag, den die Engländer nicht in Richtung Berlin flogen, stieg die Wahrscheinlichkeit eines Angriffs. Sie waren bisher gut weggekommen. Reine Glückssache. Die Angriffe galten fast immer dem Flughafen, und so weit war Tempelhof nicht entfernt von der Insel. Daut musste lächeln. Selbst in seinen Gedanken strich er das Adjektiv »rot«, wenn er von seinem Viertel sprach. Die *Rote Insel,* so hieß das Viertel früher. So wie der *Rote Wedding*. Rote gab es nicht mehr. Nicht in ihrem Viertel jedenfalls. Ein paar mochten sich in der Stadt verstecken, wer wusste das schon. Viele konnten es nicht sein, und die wenigen trauten sich nicht mehr, etwas Politisches zu sagen.

Er kroch vorsichtig ins Bett und legte den Arm um Luises Hüfte. Sie rückte einen Zentimeter von ihm ab, was ihm einen leichten Stich versetzte. Er hob den Kopf und gab ihr einen flüchtigen Kuss auf die Wange.

»Schlaf schön, Liebes!«

Sie antwortete mit einem leisen Brummen.

Vierzehn

Das Messingschild am Hauseingang Giesebrechtstraße 11 war blank poliert. *Pension Schmidt* in schwarzen, schlichten Buchstaben. Es war kurz nach elf am Samstagmorgen, als Daut den Klingelknopf betätigte. Aus dem Inneren hörten sie eine helle Glocke anschlagen.

»Für einen Puffbesuch ist das nicht gerade die richtige Zeit«, meinte Rösen. Daut schwieg und versuchte, den pochenden Kopfschmerz zu verdrängen.

Erst nach dem zweiten, diesmal energischeren Klingeln öffnete eine junge Frau die Tür. Sie trug die typische schwarze Hausmädchentracht mit weißer Schürze. Daut hielt ihr seine Dienstmarke vors Gesicht und stürmte ohne ein Wort der Erklärung an ihr vorbei.

»Manieren sind das!« Das Mädchen war verärgert, aber keiner der beiden Polizisten sah einen Grund, sich zu entschuldigen. Stattdessen bellte Rösen im Befehlston:

»Holen Sie den Chef dieses Etablissements. Unverzüglich!«

»Es gibt keinen Chef. Aber wenn Sie Kitty Schmidt sprechen möchten ...«

»Halten Sie hier keine Volksreden, wir wollen die oder den sprechen, dem dieser Laden hier gehört.«

Das Mädchen rang sichtlich damit, die Beherrschung nicht zu verlieren.

»Wen darf ich melden?«

Daut platzte der Kragen.

»Sie dürfen Ihrer Chefin mitteilen, dass sie genau eine Minute Zeit hat, ihren Hintern hierherzubewegen. Andernfalls lassen wir sie abführen und ins Präsidium bringen.«

Das Dienstmädchen machte einen Knicks. Daut hatte das Gefühl, in einen schlechten UFA-Film geraten zu sein.

»Bitte nehmen Sie doch Platz, die Herren. Ich werde sehen, ob Frau Schmidt Zeit für Sie hat.«

Bevor die Polizisten etwas sagen konnten, war sie durch eine Seitentür verschwunden.

Daut blickte sich im Raum um. Sie standen in einer Art Vestibül mit Stuckdecke und Stuckverzierungen an den Wänden. An den Fenstern hingen bordeauxrote Brokatvorhänge, zwei große Fayence-Spiegel reflektierten das Licht. Im Dunkeln musste das einen tollen Effekt mit dem riesigen Kristallleuchter geben.

Rösen pfiff leise durch die Zähne.

»Nobel geht die Welt zugrunde.«

Er machte zwei Schritte auf eine auf gedrechselten Füßen ruhende Mahagonitruhe zu. Als er den Deckel öffnete, erschien wie von Zauberhand durch einen versteckten Mechanismus angehoben der versenkte Boden. Durch den Kristallspiegel, der in die Innenseite des Deckels eingelassen war, wirkte die Bar noch beeindruckender. Rösen hob Flasche auf Flasche an und studierte die Etiketten.

»Das nenne ich ein Getränkeangebot. Da sollte sich der Wirt im Rübezahl ein Beispiel nehmen.«

Er zog den Stöpsel einer Cognacflasche in Karaffenform und schnupperte am Flaschenhals. Die Tür öffnete sich geräuschlos.

»Ich sehe, Sie haben Geschmack. Darf ich Ihnen ein Glas anbieten?«

Daut überging das eine Spur zu süffisant vorgetragene Angebot.

»Erst einmal sollten Sie sich vorstellen, Frau ...«

»Schmidt. Kitty Schmidt. Ich habe das Vergnügen, diese Pension zu leiten.«

Die Stimme klang sanft, fast seidig. Daut musterte die Frau von oben bis unten. Selten hatte er einer so eleganten Erscheinung gegenübergestanden. Obwohl sie nur in einen bodenlangen Morgenmantel gehüllt war, wirkte sie wie eine Grande Dame. Der Federkragen schmeichelten ihrem Gesicht und mochte die eine oder andere Falte am Hals verdecken. In der Taille war das teure Kleidungsstück eng geschnürt und betonte die perfekte Figur. Ihre Füße steckten in mit Strasssteinen besetzten Schuhen, deren Hacken die höchsten waren, die Daut jemals gesehen hatte. Es grenzte an eine artistische Leistung, dass sie darin so entspannt stehen und gehen konnte.

»Willkommen in meiner bescheidenen Hütte.«

Kitty Schmidt lächelte Daut an, machte einen Schritt auf ihn zu und streckte ihm den Handrücken entgegen. Erwartete sie etwa einen Handkuss? Er riss den rechten Arm hoch:

»Heil Hitler, Frau Schmidt.«

Mit einem amüsierten Grinsen ließ die Angesprochene den Arm sinken und wandte sich Rösen zu.

»Dürfte ich jetzt auch erfahren, mit wem ich das Vergnügen habe?«

Daut glaubte seinen Augen nicht zu trauen, aber Rösen ergriff wie selbstverständlich die ihm entgegengestreckte Hand und beugte sich zu einem formvollendeten Handkuss darüber. Anschließend schlug er zu allem Überfluss noch die Hacken zusammen.

»Gnädige Frau, darf ich mich vorstellen. Kriminalinspektor Ernst Rösen. Und das ist mein Kollege Kriminalkommissar Axel Daut.«

Kitty Schmidt strahlte Rösen an.

»Es freut mich zu sehen, dass man in unserer Kriminalpolizei noch etwas auf Manieren hält. Auch wenn Ihr Kollege da noch ein bisschen Nachholbedarf hat.«

Bevor Rösen sich auch noch für ihn entschuldigte, griff Daut ein.

»Wir sind nicht hier, um nett mit Ihnen zu plaudern, Frau Schmidt. Wenn Sie denn wirklich so heißen.«

Die Frau drehte sich erstaunt zu Daut um.

»Seit meiner Geburt trage ich diesen wunderbaren, deutschen Namen. Wenn Sie wollen, lasse ich gerne meine Papiere holen.«

Als Daut nur mit den Schultern zuckte, wandte sie sich wieder an Rösen.

»Was kann ich für Sie tun? Wir helfen der Polizei immer gerne.«

Bevor die Polizisten antworten konnten, schlug sie theatralisch die Hand an die Stirn. »Wie unhöflich von mir. Sie haben ja einen langen Weg hinter sich und sind sicher durstig. Ludwiga, bring uns eine Flasche Nummer eins, sei so gut.«

Bevor Daut protestieren konnte, hatte das Mädchen, das zuvor unbemerkt in den Raum geschlichen war, die Tür von außen geschlossen.

Rösen zog ein Foto von Dora Zegg aus der Tasche. »Kennen Sie diese Frau?«

Kitty Schmidt nahm das Foto in die Hand und kniff die Augen zusammen. Die Frau brauchte eine Brille und war zu eitel, sie zu tragen. Daut musste schmunzeln. Sie betrachtete das Bild zwei Sekunden, ehe sie bedächtig antwortete:

»Nein, diese Frau habe ich noch nie gesehen. Sollte ich sie denn kennen?«

»Wir gehen davon aus, dass sie in Ihrem - wie soll ich sagen? - *Etablissement* gearbeitet hat.«

Die Bordellchefin setzte ein strahlendes Lächeln auf.

»Herr Kommissar, wir brauchen ja nicht um den heißen Brei herumzureden. Die besonderen Dienstleistungen, die unser Haus anbietet, dürften Ihnen bekannt sein. Dazu sollten Sie aber wissen, dass ich alle meine Mädchen kenne. Und dieses habe ich noch nie gesehen.«

Rösen legt das Foto von Emma Gutjahr auf den niedrigen, runden Tisch.

»Und was ist mit der hier?«

»Oh ja, das ist die Emma«, kam es wie aus der Pistole geschossen.

Daut zog die Augenbrauen hoch.

»Sie geben also zu, dass die Frau auf diesem Foto für Sie arbeitet?«

»Sehen Sie, Herr Inspektor - wie war noch mal Ihr Name?«

»Inspektor reicht völlig. Oder wenn Ihnen das lieber ist: Hauptsturmführer.«

»Wie Sie wünschen. In meinem Salon entspannen sich die Männer bei einem Glas exquisiten Champagner und guten Gesprächen in netter, weiblicher Gesellschaft. Alles ganz diskret, wenn Sie verstehen, was ich meine ...«

Bevor sie weitersprechen konnte, öffnete sich die Tür, und das Mädchen, das die Schmidt Ludwiga genannte hatte, schob einen Servierwagen herein. Darauf stand ein

Sektkübel mit einer Flasche, außerdem drei Gläser. Mit einer herrischen Geste schickte die Bordellchefin das Mädchen hinaus.

»Ich kümmere mich selbst.«

Gekonnt füllte sie die Gläser und reichte sie den Polizisten.

»Prost, meine Herrn. Genießen Sie dieses göttliche Gesöff. So einen guten Champagner bekommen Sie heute nirgendwo mehr in Berlin!«

Während Rösen mit genießerischem Schlürfen einen Schluck nahm, hielt Daut das Glas ohne zu trinken in der Hand.

»Das heißt also, Emma Gutjahr arbeitet für Sie, und Dora Zegg nicht?«

»Genau so ist es, Herr Kommissar. Besser gesagt, sie hat gearbeitet. Sie ist seit Jahren nicht mehr für uns tätig. Leider war sie unzuverlässig, und das können wir uns nicht leisten.«

Sie stand auf und ging zum Sekretär, der sich an der Längswand des Raumes befand. Aus einer Schublade nahm sie ein in Schweinsleder gebundenes Album und legte es vor Daut auf den Tisch.

»Sehen Sie, hier finden Sie alle Mädchen, die unseren Gästen zum Zeitvertreib zur Verfügung stehen. Blättern Sie einfach darin, vielleicht bekommen Sie ja auch mal Lust ...« Sie lächelte Daut eine Spur zu anzüglich an. Als sie seinen mürrischen Blick sah, fuhr sie sachlich fort: »Diese - wie hieß sie noch einmal? - werden Sie dort nicht finden.«

Daut stellte das Glas auf den Tisch und schlug das Album auf. Rösen trat hinter ihn, und gemeinsam sahen sie sich das äußerst spezielle Angebot der Pension Schmidt an.

Es gab Damen jeden Alters und jeder Größe. Es gab Spindeldürre und Nudeldicke. Es gab Blonde, Brünette und Schwarzhaarige. Alle Frauen waren aufreizend gekleidet. Manche trugen durchsichtige Wäsche, die mehr zeigte als verbarg. Die meisten hatten hochhackige Schuhe an den Füßen, die in von zierlichen Strumpfhaltern oder seidenen Strumpfbändern gehaltenen Strümpfen verschiedenster Farben steckten. Zwei oder drei waren in Lederkorsetts geschnürt, aus denen die Brüste herausquollen. Eine langhaarige Blondine steckte in einem Gummianzug, der ihren Körper wie eine zweite Haut umschloss. Es gab Frauen in Kellnerinnenkleidung, in Schwesterntracht und in den verschiedensten Uniformen, von denen allerdings keine Einzige der Kleidervorschrift entsprach.

»Na, Hauptsturmführer, welche ist denn nach Ihrem Geschmack? Hier hat noch jeder Topf sein Deckelchen gefunden.«

Daut schlug das Album zu und kippte seinen Champagner herunter. Diese Frau ging ihm auf die Nerven mit ihrem Getue.

»Vorsichtig mit solchen Bemerkungen, Frau Schmidt! Wir können auch anders! Beim nächsten Mal sehen wir uns in meinem Büro. Und da gibt es keinen Champagner!«

Daut sprang auf und warf Rösen einen kurzen Blick zu.

»Wir gehen.«

Die beiden Polizisten stürmten aus dem Raum.

Als die Männer gegangen waren, nahm Kitty Schmidt das Stutenbuch mit einem Seufzer der Erleichterung vom Tisch. Sie legte es auf die Schreibablage, zog eine der sechs Schubladen des zierlichen Sekretärs auf und holte ein postkartengroßes Foto heraus. Sie platzierte das Bild im Aschenbecher auf dem Rauchtisch, riss ein Streichholz an und setzte das Foto in Brand, das sich augenblicklich zu wellen begann.

»Schade um dich, meine Kleine. Aber wir leben in gefährlichen Zeiten. In *sehr* gefährlichen Zeiten.«

Fünfzehn

Rösen und Daut schwiegen, während sie von der Giesebrechtstraße zum Werderschen Markt fuhren. Als sie die Bürotür hinter sich geschlossen hatten, lachte Rösen laut auf.

»Mensch, Axel. Was war das denn?«

Daut schaute den Kollegen konsterniert an. Gefühlsausbrüche waren hier fehl am Platz. Rösen wollte sich aber nicht beruhigen.

»Das glaubt uns doch kein Mensch. Mitten im Krieg, mitten in der Reichshauptstadt steht ein Bordell, wie es feiner nicht sein kann. Hast du dir die Einrichtung genauer angesehen? Alles vom Edelsten. Und wie kommen die bloß zu einem solchen Champagner? Das stinkt doch zum Himmel!«

Daut wunderte sich über Rösens Kennerschaft bezüglich der Puffbrause. Das war nicht ihre Gehaltsklasse. Doch ansonsten gab er ihm recht. Der Laden war piekfein, und die Chefin sah weiß Gott nicht wie eine Hure aus. Eher wie eine Dame.

»Stiefel noch mal rüber zur Sitte. Das gibt es doch nicht, dass die den Laden nicht kennen. Und wenn sie weiter mauern, mach ihnen Dampf. Kannst ja dezent darauf hinweisen, dass es sich nicht gut macht, wenn sie eine Mordermittlung behindern. Versuch einfach, über diese Pension Schmidt herauszukriegen, was du kannst. Wie lange gibt es sie schon, wer verkehrt dort und so weiter. Und wir müssen alles über diese Kitty Schmidt wissen. Die ist doch nicht astrein, die Dame. So fein sie auch tun mag.«

Kaum hatte Rösen das Büro, immer noch grinsend, verlassen, betrat ein uniformierter Beamter den Raum.

»Heil Hitler, Herr Hauptsturmführer. Diese Nachricht kam gerade für Sie rein. Ist angeblich dringend.«

Er legte einen Zettel auf den Schreibtisch, grüßte erneut und verschwand.

Daut nahm das zusammengefaltete Blatt Papier.

Eilige Terminsache!!

13:03 Uhr: Anruf von Untersturmführer Karl Schwarz, Referat VI, Reichssicherheitshauptamt.

Er bittet Hauptsturmführer Axel Daut dringend und umgehend zu einer Besprechung im Fall der Tötung von Dora Zegg in sein Büro in der Meineckestraße 10. Es liegen Erkenntnisse vor.

Daut kratzte sich verwundert am Kopf. Obwohl er die Nachricht drei Mal las, blieb sie rätselhaft. Er nahm das Abteilungs- und Dienststellenverzeichnis des RSHA aus der Schublade, blies den Staub vom Deckblatt und schlug es auf. Als er die Abteilung VI gefunden hatte, war er verwirrter als zuvor. Was hatte die Auslandsabwehr des Sicherheitsdienstes mit seinem Fall zu tun? Und dann noch dieser Befehlston: »Dringend« und »umgehend«. Dabei stammte die Nachricht von einem niedrigeren Dienstrang. Dieser Untersturmführer hatte ihm gar nichts zu befehlen. Für einen Moment überlegte Daut, die Nachricht einfach zu ignorieren. Wenn dieser Schwarz etwas von ihm wollte, sollte er doch herkommen. Andererseits hatten sie in diesem Fall so gut wie nichts in der Hand. Warum sollte er sich nicht anhören, was der Mann ihm mitzuteilen hatte. Außerdem täte ihm ein bisschen frische Luft gut. Daut stand auf, nahm seinen Hut vom Haken und verließ das Büro, ohne eine Nachricht zu hinterlassen.

Wie er die Kooperationsbereitschaft der Kollegen von der Sitte einschätzte, war Rösen eine Weile mit den Nachforschungen beschäftigt. Bis dahin wäre er längst zurück.

Als er das Dienstgebäude verließ, atmete Daut tief durch. Heute war seit Langem der erste Tag, an dem es nicht unerträglich schwül war. Die Luft war sauber und frisch, als wäre die Stadt über Nacht einer Generalreinigung unterzogen worden. Er verwarf den Gedanken, die U-Bahn zu nehmen. An so einem schönen Tag schien es ihm ein Frevel, unter der Erde zu verweilen. Rösen hatte den alten P4 um die Ecke in der Wallstraße abgestellt. Daut liebte das Auto, auch wenn es nicht zu den Meisterwerken der Ingenieurskunst zählte. Es gab schnellere und bequemere Fahrzeuge, aber die Höchstgeschwindigkeit von fünfundachtzig Stundenkilometern reichte ihm völlig. Sie benutzten nur selten die neue Autobahn, meistens bewegten sie sich in der Stadt. Als er den Anlasser mit dem Fuß betätigte, sprang der Wagen sofort an. Er tätschelte anerkennend über das Lenkrad, legte mit einem leichten Krachen den Gang ein und fuhr los. Er kurbelte das Fenster herunter und legte den Unterarm auf den Rahmen. Der Wind kühlte seinen Kopf. Von der Wallstraße bog er links in »die Linden« ab und gab Gas. So zügig konnte man früher nie durch Berlin kommen. Er erinnerte sich noch, wie sich der Verkehr in den Jahren vor dem Krieg regelrechte aufstaute. Manchmal stand man sogar für ein paar Minuten am Brandenburger Tor, das er jetzt rasch durchquerte. Auf der Ost-West-Achse gab er Gas. Die Nadel des Tachometers zitterte bei der Sechzig-Kilometer-Marke. Über den Kleinen und den Großen Stern fuhr er Richtung Charlottenburg. Am Straßenrand waren Arbeiter damit beschäftigt, Girlanden an den neu errichteten Laternen zu befestigen. Es stand wohl ein Staatsbesuch bevor. Als er den Tiergarten passiert hatte, schaute er auf die Uhr. Kurz nach eins hatte dieser Schwarz in seiner Dienststelle angerufen. Jetzt war es noch nicht einmal zwei Uhr. Sollte er doch noch ein bisschen schmoren! Er bog am Knie links in die Hardenbergstraße ein und parkte den Wagen an der Ecke zur Knesebeckstraße. Ein kleiner Spaziergang war an so einem Tag genau richtig. Er mochte Charlottenburg. Hier hatte er das Gefühl, noch im alten Berlin zu sein, das ihn so fasziniert hatte. Was war er damals doch für ein Landei, als er sich 1935 um eine Stelle in der Reichshauptstadt bewarb. Was heißt bewarb! Er selber wäre nie auf die Idee gekommen, denn er fühlte sich wohl als Kriminalassistent, und die kleine Kreisstadt kam ihm, dem Sohn eines Kötters, wie der Nabel der Welt vor. Es erstaunte ihn, dass er es überhaupt so weit gebracht hatte. Ohne Kolbergs Hilfe hätte er das nie erreicht. Richard Kolberg. Daut lächelte beim Gedanken an den Kameraden, der sich schuldig fühlte an seiner Kriegsverletzung. Er hatte den Befehl gegeben, aus dem Graben zu stürmen. Fast alle anderen starben an diesem Tag. Daut überlebte. Nur die linke Hand war nicht zu retten. Als er nach drei Tagen im Lazarett aus dem Koma erwachte, erinnerte er sich an nichts. An seinem Bett saß sein Leutnant Richard Kolberg, der seit dem Sturmbefehl ein gebrochener Mann war. Richard kümmerte sich um ihn. Er brachte ihn zur Polizeischule, und er besorgte ihm seine erste Stelle. Daut liebte seine Arbeit von Anfang an. Er kannte die Menschen, sprach ihre

Mundart, verstand ihre Sorgen. Richard aber wollte mehr für ihn. Als Hitler zum Reichskanzler gewählt wurde, redete er auf Daut ein. »Der Mann ist die Zukunft Deutschlands! Wenn du etwas werden willst, musst du in die Partei eintreten.«

Daut verstand nichts von Politik, sie interessierte ihn nicht. Wenn Hitler redete, lief ihm oft ein kalter Schauer über den Rücken. Andererseits versprach er, endlich mit dem Berufsverbrechertum aufzuräumen. Nicht, dass es in seiner kleinen Stadt Berufsverbrecher gab, aber was man aus den Großstädten so hörte ... Daut hatte nur ein Ziel: die Uniform auszuziehen und Kriminalbeamter zu werden. Nicht in einer Großstadt, sondern daheim. Im Februar 1933 stellte er den Aufnahmeantrag in die NSDAP. Erfolgreich, er wurde Mitglied Nummer 1.925.877.

»Mensch, hast du Glück gehabt«, sagte Kolberg und meinte damit den Aufnahmestopp kurze Zeit später, der den Massenansturm von Opportunisten in die Partei stoppen sollte. Dabei war er doch auch nichts anderes. Er steckte sich das Parteiabzeichen ans Revers und merkte bald, dass es ihm mehr Respekt verschaffte als sein Polizistenstatus. Kolberg war es auch, der ihm von den freien Stellen in Berlin erzählte. Zur Olympiade brauchte man Polizisten. Dass er sich bewarb, lag aber am beharrlichen Zureden seines Schwiegervaters. Gustav Hülskamp hatte sich auch nach sechs Jahren nicht damit abgefunden, dass er einen kleinen Beamten zum Schwiegersohn hatte. Eine Versetzung nach Berlin konnte ihn endlich vorwärtsbringen. Und wenn nicht, war er wenigstens weit genug weg von der kleinstädtischen Gesellschaft, in welcher der Apotheker eine wichtige Rolle spielte. War er erst einmal in der Reichshauptstadt, würde er ihm nicht mehr ständig über den Weg laufen. Bald stieß auch Luise ins gleiche Horn: Berlin, das sei doch aufregend. Und die Olympiade! Also bewarb er sich auf die Stelle eines Kriminalsekretärs bei der Reichskriminalpolizei in Berlin. Er rechnete sich kaum Chancen aus. Warum sollten sie ausgerechnet auf ihn warten? Umso überraschter war er, als er eine Woche später eine Zusage erhielt. Ohne weitere Prüfungen sollte er am 1. Januar 1936 seinen Dienst in Berlin antreten.

Bald geschah, was niemand für möglich gehalten hätte, am wenigsten er selbst. Axel Daut, der Sohn des münsterländischen Kötters Wilhelm Daut, machte Karriere. Den Vorgesetzten gefiel seine sachliche, schweigsame Art. Womöglich hielten sie für Überlegenheit, was nur Unsicherheit gepaart mit westfälischer Dickköpfigkeit war. Bereits nach anderthalb Jahren war er Kriminalinspektor. Als Himmler zum Reichsführer SS und Chef der Deutschen Polizei ernannt wurde, erließ er ein Dekret, wonach alle Kripobeamten die Möglichkeit bekamen, in die SS einzutreten. So, wie er der Partei beigetreten war, sah er auch diesmal keinen Grund, sich zu verschließen. 1939 überreichte ihm Arthur Neebe persönlich die Ernennungsurkunde zum Kriminalkommissar. Verbunden damit war seine Beförderung zum Hauptsturmführer.

Berlin war eine neue Welt. Zwar fraß ihn die Arbeit oft regelrecht auf, doch zwischendrin gab es wunderbare Momente. Wenn Luise und er mit den Kindern in den Zoo gingen oder ins Strandbad Wannsee. Oder wenn er abends mit dem Fahrrad vom Werderschen Markt nach Hause fuhr durch die prachtvoll erleuchtete Stadt. Alles perdu, wie die

Berliner sagten. Heute lag nachts alles in tiefstem Dunkel, und niemand rührte sich gerne aus dem Haus. Es konnte jederzeit Alarm geben, und dann wollte man bei den Liebsten daheim sein.

Daut hatte inzwischen die Kantstraße erreicht und bog links auf den Kurfürstendamm Richtung Zoo ein. In der Ferne donnerte es. Da war es endlich nicht schwül, da zog gleich ein Gewitter auf. Selbst das Wetter war nicht mehr wie früher. Daut beschleunigte seine Schritte. Der kürzeste Weg zur Meineckestraße führte über die Fasanenstraße. Kaum war er rechts in die Straße abgebogen, sah er die Ruine. Sofort stiegen die Erinnerungen auf. Er würde diese Nacht nie vergessen. Daut warf einen kurzen Seitenblick auf das mit einem Bretterzaun abgetrennte Grundstück. Warum ließen sie bloß die Ruine der Synagoge stehen, wie sie war? Ein ausgebranntes Skelett. Daut kannte die Antwort, und es schauderte ihn.

Schnell lenkte er seine Schritte Richtung Meineckestraße und versuchte, auf andere Gedanken zu kommen. Die Vergangenheit muss man ruhen lassen. Es war ohnehin alles anders geworden seit Kriegsbeginn. Und er hatte einen Fall zu lösen.

Als er in die Meineckestraße bog, wurde ihm erneut klar, in welcher feinen Gegend er sich befand. Dass es Kollegen gab, die hier residierten! Andererseits war es das passende Quartier für die Herren Spione. Die fühlten sich immer als etwas Besonderes.

Das Haus Meineckestraße 10 stammte aus der Zeit der Jahrhundertwende. Wahrscheinlich war es einmal das Wohnhaus vornehmer Bürger gewesen. Dauts Blick fiel auf ein verwittertes, mit einem Hakenkreuz fast unkenntlich gemachtes Schild am Nachbarhaus. Mit Mühe entzifferte er, dass hier der »Jüdische Kulturbund« und ein »Palästina-Amt« untergebracht waren, von denen er noch nie gehört hatte. Welch seltsame Nachbarschaft für eine Abteilung des Reichssicherheitshauptamtes. Kopfschüttelnd betrat er das immer noch hochherrschaftliches Flair ausstrahlende Treppenhaus. Vom Portier, der gelangweilt hinter seiner Glasscheibe saß und im »Völkischen Beobachter« las, erfuhr er, dass Schwarz im dritten Stock residierte. Er überlegte einen kurzen Moment, den Aufzug zu nehmen, entschied sich aber für die Treppen. Hatte er sich nicht geschworen, sich mehr zu bewegen? Heute könnte ein guter Tag sein, damit zu beginnen. Er mäßigte sein Tempo, um nicht außer Atem zu sein, wenn er diesem Schwarz gegenübertrat.

Die Bürotür war nur angelehnt. Daut klopft einmal und betrat das leere Vorzimmer. Im Hintergrund hörte er eine Stimme. Vermutlich telefonierte Schwarz. Als er sich in die Tür stellte, blickte der Mann auf, winkte ihn zu sich heran und beendete das Gespräch. Anschließend sprang er auf, strich sich den Rock seiner perfekt sitzenden SS-Uniform glatt und grüßte.

»Heil Hitler, Hauptsturmführer.«

Daut hob stumm den rechten Arm. Der Mann war ihm unsympathisch, ohne dass er den Grund benennen konnte. Lag es an der Körpergröße? Sein Gegenüber war einen Kopf kleiner als er, und Daut hatte ein tief sitzendes Vorurteil gegen kleine Männer. Oder war es das teigige, runde Gesicht, dem nicht einmal die dicke Nase eine Kontur geben konnte?

Schwarz wies ihm schweigend einen der beiden, neben

einem kleinen Rauchtisch stehenden Sessel zu und kam sofort zur Sache.

»Wie mir zugetragen wurde, haben Sie heute die Pension Schmidt aufgesucht. Darf ich erfahren, was Sie dort herauszubekommen hofften?«

Daut richtete sich kerzengerade in seinem Sessel auf und blickte auf sein Gegenüber hinunter. Er spielte nur ungern seinen Dienstrang aus, aber bei diesem Würstchen hier blieb ihm nichts anderes übrig.

»Zunächst bin ich mit Fragen dran, Untersturmführer.« Das letzte Wort dehnte er etwas länger als nötig.

»Wer hat Ihnen die Information über meinen Besuch in der Pension Schmidt zugetragen? Welches Interesse haben Sie am Fall Dora Zegg? Und was geht Sie dieser Puff überhaupt an?«

»Ich kann verstehen, dass Sie sich diese Fragen stellen, Herr Kommissar.« Schwarz vermied, seinen SS-Dienstgrad zu gebrauchen, wie Daut zufrieden bemerkte. Eins zu null für ihn.

»Aber ich kann Ihnen auf diese Fragen leider nicht antworten. Hier geht es um höhere Interessen.«

Daut griff in die Jackentasche und holte ein leuchtend orangefarbenes Päckchen Ernte 23 hervor. Er wartete, bis Schwarz ihm Feuer gegeben hatte, und inhalierte einen tiefen Zug.

»Wenn Sie nicht antworten, hören Sie auch nichts von mir.«

Er führte die Zigarette langsam erneut zum Mund und schlug die Beine lässig übereinander.

Als Schwarz zu sprechen begann, hatte sich die Atmosphäre gewandelt. Aus Distanz war Feindseligkeit geworden. Der SD-Mann spuckte die Worte geradezu heraus.

»Gut, wenn Sie nicht reden wollen ... Wir wissen es ohnehin. Sie haben herausgefunden, dass Dora Zegg eine Hure war. Und dass sie im Etablissement von Frau Schmidt gearbeitet hat. Damit ist die Sache klar. Die Nutte Dora Zegg wurde umgebracht. Vielleicht von einem eifersüchtigen Geliebten, vielleicht von einem Freier, der sich betrogen fühlt. Was spielt das für eine Rolle? Eine Schmeißfliege weniger in dieser Stadt. Niemand weint ihr eine Träne nach, nicht einmal ihr Mann. Warum lassen Sie die Sache nicht einfach auf sich beruhen? Statt Ihre Energie auf die Suche nach dem Mörder dieser Hure zu richten, sollten Sie wie alle Ihre Kollegen die ehrbaren deutschen Frauen vor dem S-Bahn-Monster schützen. Meinen Sie nicht auch, das wäre sinnvoller?«

Daut zuckte bei den letzten Worten zusammen. Warum überkam ihn das Gefühl, einem Ranghöheren gegenüberzustehen? Das Gegenteil war der Fall, trotzdem fühlte er sich seltsam unterlegen. So war es ihm früher häufig ergangen, wenn er mit Älteren zusammen war, die mehr wussten als er und dieses Wissen gegen ihn ausspielten. Er durfte sich nicht einschüchtern lassen und reagierte mit deutlich erhobener Stimme:

»Über den Sinn und Unsinn meiner Arbeit haben Sie, Untersturmführer Schwarz, nicht zu befinden. Also frage ich Sie noch einmal: Was haben Sie mit der Pension Schmidt zu tun?«

Schwarz sprang aus dem Sessel.

»Ich bin nicht befugt, Ihnen darüber auch nur ein Sterbenswörtchen zu sagen, Herr Kriminalkommissar. Geheime

Reichssache!«

Er schlug die Hacken zusammen und verließ den Raum. Daut war konsterniert. Ließ ihn dieser Kerl hier stehen wie einen dummen Schuljungen. Und wieder dieser Begriff »Geheime Reichssache«. Davon hatte Dora Zegg doch gesprochen, als ihr Mann sie nach Sinn und Zweck ihrer Bayernreise fragte. Was war bloß mit diesem Bordell los?

Als Daut auf die Straße trat, hatte sich das Gewitter verzogen. Er schlenderte langsam in Richtung seines Autos. Was für ein wunderbarer Frühsommertag. Es war warm, und die Menschen spazieren über den Ku'damm, als wäre tiefster Frieden. Das Café Möhring hatte ein paar Stühle aufs Trottoir gestellt. Daut beschloss, noch ein Stück den Boulevard hinaufzulaufen. Beim Gehen konnte er am besten nachdenken. Warum hatte das Reichssicherheitshauptamt, konkreter der SD, Interesse an dem Bordell? War an den immer wieder kursierenden Gerüchten doch etwas dran, dass sich die höchsten Herren der Partei und des Staates ihre privaten Vergnügungsstätten hielten? Bei einem feuchtfröhlichen Kollegenabend im Aschinger hatte ihm vor ein paar Monaten Brockschmidt von der Sitte so etwas erzählt. Es gäbe sogar einen speziellen Klub für die »Hinterlader«. Offizieller Name: »Preußisches Stallkasino«, von allen aber nur »der Stall« genannt. Da käme man nur rein, wenn man von zwei Bürgen eingeladen würde. Die Burschen dort seien ausgesucht hübsche Jungs. Alle erstklassiges »arisches Zuchtmaterial«, aber eben andersherum.

Brockschmidt, der schon reichlich angetrunken war, hatte ihm vertraulich zugeflüstert:

»Da gehen ein paar hohe Tiere ein und aus. Du würdest dich wundern.«

Als Brockschmidt andeutete, dass auch Graf von Helldorf dazugehörte, wunderte sich Daut allerdings nicht. Der Polizeipräsident war ein Hallodri ersten Grades. Bei ihm war alles denkbar.

War die Pension Schmidt so eine Art Gegenstück zum »Stall«? War bei einem wilden Abend alles aus dem Ruder gelaufen? War am Ende der Täter ein hohes Tier? Daut mochte nicht weiterdenken. Es waren ohnehin zu viele offene Fragen, sie brauchten endlich konkrete Anhaltspunkte.

Als er nach oben blickte, sah er, dass er eben am Bezirkspostamt vorbeigelaufen war. Als inspirierte ihn das Postschild, schoss ihm ein Gedanke in den Kopf. Daut betrat das Gebäude und fragte sich bis zum Leiter dieses Postamtes durch. Der große, dürre Mann mit seinem spitzen Gesicht, das an ein Frettchen erinnerte, sah aus wie eine lebende Karikatur des deutschen Beamten. Als Daut ihm seine Dienstmarke vor die lange Nase hielt, nuschelte der Postler seinen Namen derart leise, dass er ihn nicht verstand. Ohne nachzufragen - er sah den Mann vermutlich nie wieder -, fragte er ihn nach der Künstleragentur Meyer in der Brandenburgischen Straße.

»Kommen da viele Briefe?«

Das Gesicht seines Gegenübers hellte sich ein wenig auf. Vermutlich war er erleichtert, dass er die Frage sofort beantworten konnte.

»Oh ja, Herr Kommissar, sehr viele sogar. Immer an die Damen, nie an den Meyer selbst. Der Meyer hat uns sogar eine Liste gegeben, auf der alle seine Künstlerinnen aufgeführt sind, damit wir die Briefe auch richtig zustellen. Mindestens zwanzig Namen stehen da drauf.«

Daut stieß einen leisen Pfiff durch die Zähne aus, den das Frettchen mit einem unverständigen Blick quittierte.

»Schicken Sie mir eine Abschrift in mein Büro am Werderschen Markt. Aber dalli! Mein Name ist ...«

Der Postler unterbrach ihn freudig erregt.

»Die Liste können Sie gleich mitnehmen. Wir haben selbst eine Abschrift angelegt. Nur für den Fall, dass etwas mit dem Original passiert. Könnte ja jemand Kaffee darauf verschütten.«

Als er Dauts irritierten Blick sah, bemerkte der Mann, dass er dabei war, sein Amt in Misskredit zu bringen. Deshalb schob er nach:

»Also die Abschrift ... na ja ... eben aus Sicherheitsgründen.«

Sechzehn

Rösen las Zeitung und trank Muckefuck, als Daut das Büro betrat. Ohne aufzusehen, sagte er:

»Während ich im Archiv rumkrame, brauchte der Herr Kommissar wohl ein bisschen frische Luft, was? Oder gab es bei Aschinger was Leckeres zu essen? Ach ja, ich vergaß, der Herr geht ja nicht auswärts speisen.«

»Quatsch nicht rum«, sagte Daut und griff sich die Packung Nil, die auf dem Tisch lag.

»Bitte bedien dich«, schnauzte Rösen.

»Danke.«

Daut bemühte sich um einen versöhnlichen Ton.

»Du glaubst nicht, wo ich gerade war.«

Er nahm einen Zug und fuhr fort, ohne auf die Antwort des Kollegen zu warten. »Bei der Auslandsabwehr.«

Er schob Rösen den Zettel mit der Nachricht von Schwarz zu. Nachdem er das Gespräch in der Meineckestraße rekapituliert hatte, nahm sich auch Rösen eine Zigarette.

»Wenn *du* es mir nicht erzählen würdest, ich hielte es für einen Witz. Die Auslandsabwehr hat wahrlich andere Probleme, als sich um eine ermordete Prostituierte zu kümmern.«

»Umso mysteriöser ist das Ganze.«

»Und es wird noch rätselhafter.«

Rösen machte eine Kunstpause, um die Spannung zu erhöhen. Insgeheim ärgerte er sich, dass Daut ihm mit seinem Erlebnis beim SD die Schau stahl.

»Es gibt nämlich nichts über diese Pension Schmidt. Und wenn ich nichts sage, meine ich nichts! Die Sitte hat keine Unterlagen. Es gibt unzählige Bordelle in Berlin, man glaubt es nicht, aber offiziell gibt es keinen Laden namens ‹Pension

Schmidt›. Alle Etablissements werden von den Kollegen genauestens überwacht, und die Gesundheitsbehörden führen regelmäßige Kontrollen durch. Aber wie gesagt: Pension Schmidt - Fehlanzeige. Auch nichts über Kitty Schmidt. Ich habe sie nur im Personenstandsregister gefunden. Weißt du, wie alt die Dame ist?«

Rösen blies Daut Rauch ins Gesicht und wartete, bis dieser mit dem Kopf schüttelte.

»Sie kam 1882 auf diese aus den Fugen geratene Welt.«

Daut stieß einen anerkennenden Pfiff aus. Die Dame ging also stramm auf die sechzig zu, und er hatte sie auf Mitte vierzig geschätzt.

»Unglaublich, oder?«, setzte Rösen seinen Redeschwall fort. »An regelmäßigem Champagnerkonsum schon am Vormittag muss also was dran sein.«

Er drückte seine Zigarette aus.

»Als ordentlicher Polizist bin ich dann noch mal ins Archiv. Und siehe da, eine Kleinigkeit gibt es doch. Gegen unsere saubere Frau Schmidt wurde bereits ermittelt. Die Akte gibt es zwar nicht mehr, aber ein altgedienter Kollege, der jetzt sein Dasein da unten im Keller fristet, konnte sich erinnern, als er das Foto sah. Na ja, die Frau hinterlässt eben bleibende Eindrücke. Sie hat damals versucht, Geld ins Ausland zu schaffen und sich abzusetzen. Er meinte, die Ermittlungen seien auf Weisung von ganz oben eingestellt worden. Da hält jemand die Hand über die feine Dame.«

Rösen wartete einen Moment, ehe er triumphierend hinzusetzte:

»Und jetzt kommst du!«

Daut grinste ihn an. Er hatte ja auch noch eine Überraschung in der Hinterhand und erzählte von seinem Besuch im Postamt und den vielen Adressatinnen, die ihre Briefe über die Agentur Meyer erhielten. Er zog die zusammengefaltete Liste aus der Jackentasche und legte sie auf den Schreibtisch. Mit der in einem weinroten Nappalederhandschuh steckenden Prothese tippte er auf den siebten Namen: »Inge Wilhelmi«.

Rösen nickte anerkennend mit dem Kopf.

»Na sieh mal einer an, da hat uns der feine Herr Meyer belogen. Dumm nur, dass er seit Tagen nicht mehr aufgetaucht ist. Ich würde ihn zu gerne mit diesem Dokument konfrontieren.«

»Da wäre ich gerne dabei. Andererseits sollten wir vorsichtig sein, Ernst. Es kommt mir vor, als hätten wir in ein Wespennest gestoßen.«

»Lass uns Feierabend machen, Axel. Wie wäre es noch mit einem Bierchen?«

»Meinetwegen. Aber nicht wieder ins Rübezahl. Ich kann diesen schlesischen Dialekt nicht mehr hören. Ich habe ihn ja schon den ganzen Tag in den Ohren.«

Siebzehn

»Aufwachen, Papa! Aufwachen!«

Walter rüttelte an Dauts Schultern. Er blinzelte mit einem Auge, schloss es aber sofort wieder. Es war spät geworden, gestern beim Aschinger.

Als er mit Rösen den Gastraum betrat, herrschte eine gute Stimmung. Sie suchten sich ein Plätzchen im hinteren Teil und redeten und tranken. Auf einmal klang ein Lied herüber. Ein paar Soldaten auf Fronturlaub hatten die Theke okkupiert und tranken Molle auf Molle. Einer aus der Gruppe setzte sich ans Klavier. Es folgte ein Wunschkonzert. Jeder Soldat brüllte dem Pianisten sein Lieblingslied zu, er wählte eines aus, und die ganze Gaststube grölte mit. »Das Leben ist ein Würfelspiel«, »Wir lagen vor Madagaskar«, »Rot scheint die Sonne, fertig gemacht«, »Oh du schöner Westerwald«, das Panzerlied »Ob's stürmt oder schneit« und natürlich »Lili Marleen«. Daut hatte eine schreckliche Stimme, und doch sang er lauthals mit. Es tat so gut, ausgelassen zu sein, auch wenn mancher Liedtext alles andere als fröhlich war. Plötzlich wurde es unruhig im vorderen Teil der Gaststätte. Ein Stuhl fiel zu Boden. Daut sprang auf, um zu sehen, was los war. Ein torkelnder SA-Hauptsturmführer brüllte in Richtung der Soldaten. »Männer, jetzt will ich aber was Ordentliches hören. Nicht immer diesen sentimentalen Quatsch!«

Er riss sich mit der Linken die steife Mütze vom Kopf und reckte den rechten Arm hoch. Mit krächzender Stimme begann er mehr zu brüllen als zu singen:

»SA marschiert ...«

Der Pianist begann, den Mann zu begleiten. Immer mehr

Gäste sprangen auf, drückten den Rücken durch und streckten den rechten Arm schräg nach oben. Das alte Kampflied der SA kannten alle. Bald brüllte der ganze Saal!

Daut setzte sich nicht mehr hin. Er blickte Rösen an, der stumm nickte. Sie warteten ab, bis das Lied zu Ende war, und verließen das Lokal durch die Hintertür, während drinnen das nächste Kampflied angestimmt wurde - diesmal der SS gewidmet.

Als er die frische Nachtluft einatmete, merkte Daut, wie betrunken er war. Auch Rösen schwankte bedenklich. Trotzdem sprang er auf die Straße, als eine Droschke um die Kurve bog. Fast wäre er unter die Räder gekommen. Als der Fahrer noch laut fluchte, hielt Rösen ihm den Dienstausweis vor die Nase.

»Das ist ein Polizeieinsatz. Ihr Wagen ist konfisziert. Bringen Sie den Hauptsturmführer hier in die Sedanstraße. Aber ruckzuck, wenn ich bitten darf.«

Der angestrebte Befehlston misslang, weil Rösen das Wort *konfisziert* fast nicht über die Lippen brachte und außerdem permanent kicherte.

Der Droschkenfahrer ließ sich ohnehin nicht beeindrucken.

»Sedanstraße? Wo is'n dette?«

»In Schöneberg, du Simpel.«

Daut wuchtete sich schnaufend in den Wagen.

»Fahren Sie los, Mann, bevor mein Kollege hier richtig sauer wird. Die Sedanstraße zweigt von der Kolonnenstraße ab, wenn Ihnen das etwas sagt.«

»Mensch, Meesta, warum sagste denn nich gleich, dette uf de Rote Insel willst.«

Der Fahrer hatte den Satz kaum ausgesprochen, da gab er Gas, und Daut zog eilig die Tür zu.

Walter gab keine Ruhe:

»Steh auf, Papa. Mama ist auch schon wach und sitzt am Radio. Da ist irgendwas passiert. Gleich kommt die Sondermeldung.«

In der Küche dröhnte das Radio. Daut wälzte sich stöhnend aus dem Bett und schleppte sich aus dem Schlafzimmer.

Luise saß mit aufgestützten Armen und hochrotem Kopf am Tisch. Walter stand am Küchenschrank und hantierte mit dem Empfänger. Nur Ilse fehlte, sie spielte im Kinderzimmer.

Im Radio lief das Frühkonzert. Mitten in einem schmalzigen Tango setzte ein Trommelwirbel ein, gefolgt von einer gellenden Fanfare. Der Refrain des Horst-Wessel-Liedes. Walters Körper straffte sich, es sah aus, als wolle er mitsingen.

»Sei still«, zischte Luise.

Eine wohlbekannte Melodie löste die Fanfare ab: Das Hauptthema aus Liszts »Les Préludes« kündigte jeden Wehrmachtsbericht an. Die Musik wurde langsam ausgeblendet, und ein Sprecher verkündete mit getragener Stimme:

»Der Großdeutsche Rundfunk veröffentlicht in Kürze eine Sondermeldung!«

Danach ging das Ganze von vorne los. Trommelwirbel, Horst-Wessel-Fanfare, Liszt, Sprecher.

Daut war verärgert.

»Und deswegen weckt ihr mich! Gibt es wenigstens Kaffee?«

Luise deutete auf den Herd, wo eine Emaillekanne stand, von deren Rand schon ein Stück abgesplittert war.

»Wenn du das Gebräu so nennen willst.«

Daut schlurfte zum Herd und goss sich eine Tasse ein. Die braune Flüssigkeit würde ihn zwar nicht wach machen, aber wenigstens seinen Durst löschen. Was hatte er einen Brand! Er nahm einen Schluck.

»Verdammt, ist das heiß!«

Er pustete in die Tasse, um den Muckefuck abzukühlen, und setzte sich neben Luise.

Plötzlich ertönte aus dem Lautsprecher unmittelbar nach dem Ansager die schnarrende Stimme des Reichspropagandaministers. Goebbels verlas eine Erklärung des Führers. Er sprach wie immer seltsam abgehackt, unbetont und schnell. Daut hatte das Gefühl, er nuschele heute noch mehr als sonst. Vielleicht lag es aber auch nur an seinem Kater, dass nur Bruchstücke der Rede in sein Hirn vordrangen.

»Wenn ich bisher durch die Umstände gezwungen war zu schweigen, so ist doch jetzt der Augenblick gekommen, wo ein weiteres Zusehen ... ein Verbrechen am deutschen Volk, ja, an ganz Europa wäre. Deutsches Volk! In diesem Augenblick vollzieht sich ein Aufmarsch, der in Ausdehnung und Umfang der größte ist, den die Welt bisher gesehen hat ... Ich habe mich ... heute entschlossen, das Schicksal und die Zukunft des Deutschen Reiches und unseres Volkes wieder in die Hand unserer Soldaten zu legen. Möge uns der Herrgott in diesem Kampf helfen.«

Wovon redete der Kerl da? Daut verstand die Zusammenhänge nicht. Neben ihm flüsterte Luise.

»Sie hatten recht! Sie hatten tatsächlich recht. Er ist so

wahnsinnig und beginnt einen Krieg mit Russland.«

Also davon sprach der hinkende Gnom. Daut wandte sich Luise zu. Sie hatte das Kinn in die aufgestützten Hände gelegt. Aus dem Gesicht war jede Farbe gewichen. Ihre Augen blickten starr geradeaus. Sie bemerkte nicht, dass ihr Mann sie anschaute. Hatte sie Angst? War sie verzweifelt? Nein! Daut kannte seine Frau. Was er sah, war keine Verzweiflung. Es war Entschlossenheit.

Achtzehn

Luise sah sich im Wohnzimmer um und entdeckte keine unbekannten Gesichter. Anscheinend waren an diesem Sonntag die gleichen Menschen bei Neebs zu Gast wie eine Woche zuvor. Nur Kurt, der Künstler, fehlte. Er war eingerückt. Alle saßen im Wohnzimmer, hielten ein Glas in der Hand und unterhielten sich leise mit dem Sitznachbarn. Dabei waren sie doch alle so überzeugt gewesen, dass am heutigen Tag deutsche Truppen in Russland einmarschierten. Jetzt war genau das eingetreten, doch es gab keinen Triumph. Im Gegenteil, es schien eine seltsame Melancholie im Raum zu herrschen. Sie knüpften große Hoffnungen an diese Wendung des Krieges. Sie glaubten, dass die entscheidende Schlacht begonnen hatte. Die Auseinandersetzung, an deren Ende ein neues, freies Deutschland stehen könnte. Und ein besiegtes und gebrochenes Land, dachte Luise. Sie wusste nicht, wo sie sich setzen sollte, kam sich seltsam deplatziert vor. Als sie auf einen freien Stuhl neben Gustav Neeb zusteuerte, brach das Gemurmel ab. Der Ringer Werner erhob sich und sein Glas.

»Trinken wir auf die ruhmreiche Rote Armee. Trinken wir auf den Genossen Stalin.«

Nur zögernd erhoben alle ihre Gläser. Luise war froh, dass sie noch nichts zu trinken in der Hand hatte. Auf Stalin trinken? Darauf, dass die Russen möglichst viele deutsche Soldaten töteten? Sie kannte einige Männer, die im Feld standen. Axels kleiner Bruder Max fiel ihr ein. Aber der war Koch bei einer Artillerieeinheit, da würde ihm schon nichts passieren. Libertas riss sie aus ihren Gedanken. Sie sprang auf und rief laut und mit fester Stimme:

»Ja, trinken wir! Trinken wir auf das neue Deutschland, das in der Zukunft entstehen wird. Ein Deutschland, in dem der Mensch des Menschen Freund ist.«

Alle stimmten begeistert zu, riefen Bravo, klatschten oder klopften mit dem Fingernagel ans Glas. Luise lief ein Schauer über den Rücken, und eine Träne entwischte ihr aus dem rechten Auge. Dass sie aber auch so nah am Wasser gebaut hatte! Dabei war Libertas Trinkspruch genauso pathetisch wie die Rede vieler Parteigenossen, wenn sie über Deutschland sprachen. Alle rissen sich das Land unter die Finger, und keiner fragte die einfachen Leute. Andererseits hatte die Erklärung des Hinkebeins heute Morgen im Radio sie so gar nicht angerührt. Im Gegenteil, angewidert war sie gewesen von der Hetze, die aus jedem Satz herauszuhören war.

Luise setzte sich neben Gustav Neeb, der ihr väterlich über den Arm strich.

»Wir sind heute alle ein bisschen aufgewühlt, Luise. Du darfst nicht alles auf die Goldwaage legen, was gesagt wird.«

Die aufgeregte Stimmung legte sich langsam, und die Gespräche kreisten um die Ansprache des Propagandaministers und die Frage, wie bald es zu einer Entscheidungsschlacht im Osten kommen könne. Als wäre das unausweichlich. Als könne der Feldzug nicht anders verlaufen.

Wenig später rief Erna Neeb zu Tisch, und sie nahmen das Essen fast schweigend ein. Als wäre alles gesagt. Als der Kaffee aufgetragen wurde, stand Harro auf und holte seine Aktentasche von der Garderobe. Mit der Tasche in der Hand blieb er vor dem Tisch stehen, als wolle er zu einer Rede ansetzen.

»Wir sollten aber nicht vergessen, dass wir noch Aufgaben vor uns haben. Und ab heute wird es Tag für Tag schwieriger sein, sie zu erledigen. Unsere Kontaktleute verlassen die Stadt, und die Jagd auf uns beginnt. Es gibt Gerüchte aus der Abwehr, dass sie einer ‹Roten Kapelle› auf der Spur sind. Was glaubt ihr, wer damit gemeint ist?«

Schweigend blickte er in die Runde. Niemand sagte ein Wort, nur Gustav Neeb nickte langsam mit dem Kopf. Luise schaute zu Harro auf, der in seiner Uniform wie aus dem Ei gepellt aussah. Ihr kam die Geste feierlich vor, mit der er ein Schriftstück aus der Tasche zog.

»Aber jetzt erst einmal etwas anderes. Ich habe hier einen Befehl, den ich euch gerne vorlesen möchte. Offiziell gibt es ihn nicht, er wurde nur mündlich an alle Kommandeure im Osten erteilt. Ein guter Freund hat mir eine der wenigen Abschriften zugespielt.«

Er hielt das Schriftstück in die Höhe. Luise erkannte den Adler mit dem Hakenkreuz. Die Seite war eng mit Schreibmaschine beschrieben. Schulze-Boysen drehte das Schriftstück, sodass alle im Raum es sehen konnten. Umständlich nestelte er eine Brille aus der Brusttasche und setzte sie auf.

»Der offizielle Titel lautet *Richtlinien für die Behandlung politischer Kommissare im Gebiet Barbarossa*. Ich lese euch nicht alles vor, sondern nur die wichtigsten Passagen.«

Er schaute sich um, als wolle er sich der Zustimmung der Anwesenden versichern, eher er mit seltsam tonloser, kalter Stimme vorlas.

Im Kampf gegen den Bolschewismus ist mit einem Verhalten des Feindes nach den Grundsätzen der Menschlichkeit oder des Völkerrechts nicht zu rechnen. Insbesondere ist von den po-

litischen Kommissaren aller Art als den eigentlichen Trägern des Widerstandes eine hasserfüllte, grausame und unmenschliche Behandlung unserer Gefangenen zu erwarten.

Die Truppe muss sich bewusst sein:

1. *In diesem Kampf sind Schonung und völkerrechtliche Rücksichtnahme diesen Elementen gegenüber falsch. Sie sind eine Gefahr für die eigene Sicherheit und die schnelle Befriedung der eroberten Gebiete.*
2. *Die Urheber barbarisch asiatischer Kampfmethoden sind die politischen Kommissare. Gegen diese muss daher sofort und ohne Weiteres mit aller Schärfe vorgegangen werden.«*

Er machte eine Pause und holte tief Luft, eher er den nächsten Satz scharf und laut vortrug:

«Sie sind daher, wenn im Kampf oder Widerstand ergriffen, grundsätzlich sofort mit der Waffe zu erledigen.«

Harro blickte über den Brillenrand, als erwarte er Kommentare oder Fragen, denen er aber zuvorkam.

»Wartet, das ist noch nicht alles. Ich überspringe jetzt einige Absätze mit Erläuterungen zum Operationsgebiet. Danach steht hier wörtlich:

Politische Kommissare als Organe der feindlichen Truppe werden nicht als Soldaten anerkannt; der für die Kriegsgefangenen völkerrechtlich geltende Schutz findet auf sie keine Anwendung. Sie sind nach durchgeführter Absonderung zu erledigen.

Kommissare, die im rückwärtigen Heeresgebiet wegen zweifelhaften Verhaltens ergriffen werden, sind an die Einsatzgruppe bzw. Einsatzkommandos der Sicherheitspolizei abzugeben.«

Werner, der Ringer, sprang auf:

»Sie werden also Tausende Polizisten einsetzen, um unsere Genossen zu ermorden!«

Sein Gesicht war vor Wut und Zorn rot entflammt, und er ballte seine gewaltigen Fäuste. Dabei spannte sich sein Bizeps deutlich unter dem Hemd.

Harro, der sich langsam setzte, nickte ihm zu:

»So ist es Werner. Sie werden sie töten. Ohne Gerichtsverfahren, ohne Urteil. Gegen das Kriegs- und Völkerrecht. Aber nicht nur die Genossen. Es gibt eine Weisung Heydrichs an die Einsatzgruppen, neben den kommunistischen Führern auch alle Juden zu ermorden. Ich weiß das aus sicherer Quelle, allerdings gibt es diese Weisung nicht schriftlich, davor schrecken sie noch zurück.«

Luise war wie betäubt und zugleich fortgerissen von einem Strudel von Gefühlen. Sie war sich nicht sicher, ob sie alles, was dieser Harro vorgelesen hatte, verstanden hatte. Doch was sie begriffen hatte, raubte ihr fast den Verstand. Es war nichts anderes als ein Befehl zum Mord. Sie drehte sich zu Gustav Neeb um. Sie musste etwas sagen, brachte aber nur ein Flüstern zustande:

»Aber dagegen muss man doch etwas tun!«

Gustav berührte ihre Hand.

»Wir können nichts tun, Luise. Sie haben es in Polen genauso gemacht.«

Libertas mischte sich ein:

»Genau so ist es. In Russland wird das Gleiche geschehen wie in Polen. Die Einsatzgruppen - und die bestehen fast ausschließlich aus normalen Beamten von Sicherheitspolizei und SD - werden marodierend durch die Städte und Dörfer ziehen. Sie werden wahllos Menschen abschlachten. Vor allem Juden. Frauen, Kinder.«

Luise starrte sie an. Wovon sprach diese Frau? Polizisten sollten Mörder sein? Ihr Axel ein Mörder? Niemals!

Erna Neeb sah die Verzweiflung im Gesicht ihrer Freundin.

»Ich weiß, dass es schwer zu akzeptieren ist, Luise. Aber es sind Tatsachen. Der Mord an hunderttausend Unschuldigen ist nicht zu leugnen. Und die Täter ...«

Sie beendete den Satz nicht, denn Luise schrie laut auf.

»Nein!«

Nichts weiter, nur dieses eine Wort. Dabei schüttelte sie den Kopf. Schweigend. Sie fühlte nichts mehr. Sie konnte später nicht einmal sagen, was sie dachte. Sie bewegte nur den Kopf von links nach rechts. Langsam. Stetig. Gustav Neeb bedeutete seiner Frau mit einer Geste zu schweigen. Dann sprach er selbst, so ruhig und gelassen es ihm in diesem Moment möglich war:

»Du bist noch nicht lange bei uns, Luise. Aber Libertas sammelt seit Kriegsbeginn Material über das, was im deutschen Namen passiert. Wir haben Fotos, wir haben Filme. Du solltest dir das einmal ansehen.«

Seine Frau fiel ihm ins Wort.

»Du bist verrückt, Gustav. Hast du vergessen, dass Luise schwanger ist? Weißt du, was ein solcher Schock auslösen kann?«

Luise fasste sich. Ihr Entsetzen schlug langsam in Wut um. Sie blickte auf und spannte den Rücken.

»Ihr redet so, als ließe sich dieses Morden nicht verhindern. Das ist doch nicht eure Art. Hier müssen wir doch etwas tun. Diesen Befehl zum Beispiel, den kann man doch veröffentlichen. Wir könnten ihn vervielfältigen, an Laternenmasten kleben, in Briefkästen verteilen.«

Luise blickte in die Runde und sah in milde lächelnde Gesichter. Sie amüsierten sich über ihre Naivität. Was wusste sie von den Schwierigkeiten, an Papier zu kommen? Von Matrizen gar nicht zu reden. Und sie kannte die stets vorhandene Angst nicht, wenn man am Apparat stand, die Kurbel drehte und Abzüge herstellte.

Harro beendete das Schweigen in seiner sachlichen Art.

»Das würde nichts bewirken, Luise. Das deutsche Volk ist in der überwältigenden Mehrheit noch nicht reif für die Wahrheit. Wir müssen es darauf vorbereiten, das ja. Aber nicht, indem wir diesen Befehl veröffentlichen. Niemand würde uns glauben, und die Propaganda hätte es leicht, ihn als Lüge abzutun.«

»Genau«, warf Libertas ein und imitierte Goebbels gekünstelte, hohe Fistelstimme mit rheinischem Einschlag: »Alles nur ein Lügengewebe der jüdisch-bolschewistischen Weltverschwörung!«

Mit normaler Stimme fuhr sie fort:

»Unsere Aufgabe ist es, diesen schrecklichen Befehl so schnell wie möglich Stalin zuzuspielen, damit er die Genossen warnen kann. Und wir müssen die Engländer in Kenntnis setzen. Die Welt da draußen muss es wissen.«

Alle nickten stumm. Das Schweigen kam Luise wie ein einziger, lauter Schrei vor.

Als der Aufbruch nahte, fragte Werner: »Was macht der Junge?«

»Er ist in Sicherheit, für den Moment jedenfalls«, antwortete Erna Neeb. »Aber er muss gehen. Alles Notwendige dazu ist veranlasst.«

Als Luise sich von Gustav Neeb verabschiedete, sah sie ihm fest in die Augen:

»Ich möchte die Fotos und die Filme sehen, von denen ihr gesprochen habt.«

»Bist du sicher?«

Luise schluckte und nickte stumm. Libertas, die neben Neeb stand und sich ihren Hut aufsetzte, sagte:

»Gut. Dienstagabend um sieben. Du solltest vorher besser nichts essen.«

Neunzehn

Daut kochte vor Wut. Warum gab es sonntags nichts Anständiges mehr zu essen? Luise hatte nichts vorbereitet. Das war doch das Mindeste, was er erwarten konnte. Er hatte keine Lust auf Pellkartoffeln mit Kräuterquark. Nicht schon wieder. Wenn das so weiterging, wäre er bald klapperdürr. Obwohl ... Er sah an sich herunter und erkannte deutlich die Wölbung seines Bauchs. Die Mollen taten ihr Werk.

Die Kinder spielten in ihrem Zimmer. Er beschloss, seinen Kater mit einem Spaziergang an der frischen Luft zu vertreiben. Er griff nach seinem Hut und nahm den Hausschlüssel aus der alten Suppenterrine, von der vor Jahren die Henkel abgebrochen waren. Den Kindern rief er zu, dass er nur für ein paar Minuten nach draußen ginge. Als Antwort erntete er unverständliches Gemurmel. Als er die Straße betrat, bereute er, keine dickere Jacke angezogen zu haben. Es hatte sich deutlich abgekühlt, obwohl nach wie vor die Sonne schien. Aber vielleicht war sein Frösteln auch nur eine Folge des gestrigen Abends. Daut wandte sich nach rechts Richtung Kolonnenstraße und blickte hinauf zu seiner Wohnung. Ilse schaute aus dem Küchenfenster und winkte ihm zu. Er tippte sich zum Gruß an die Hutkrempe und sah, wie seine Tochter lächelnd die Gardine zuzog. Die Wohnung in der Sedanstraße hatte man ihm zusammen mit seinem Dienstvertrag angeboten. Er kannte sich in Berlin nicht aus, also war ihm das nur recht. Im Grunde war das Sedanviertel ja auch angenehm. Daut bog in die Kolonnenstraße ein. Hier war kaum Verkehr, auch Fußgänger gingen nur vereinzelt ihrer Wege. Das war in den ersten Jahren anders gewesen. Geschäft reihte sich an Geschäft, und die Bewohner des

Viertels erledigten hier ihre Einkäufe. Einige Läden hatten geschlossen, und in den verbliebenen war das Angebot eher mager. Auf der anderen Straßenseite starrten ihn die verrammelten und mit Parolen beschmierten Schaufenster des ehemaligen Kaufhauses Lesser an. Daut fror und beschleunigte seine Schritte. Er bog nach rechts in die Gustav-Müller-Straße. So schnell wie möglich nach Hause. Als er die Köingin-Luise-Gedächtniskirche passierte, schaute er nach oben. Der Gasometer, angeblich einer der größten Gasbehälter der Welt, überragte das Häusermeer. Luise hatte sich am Anfang vor diesem Ungetüm gefürchtet.

»Stell dir vor, Axel, wenn das Ding in die Luft fliegt. Schließlich ist er doch voller Gas.«

Er hatte sie beruhigt. Seit Kriegsbeginn schaute er selbst skeptisch hinauf. Nicht auszudenken, wenn die Engländer eine Bombe auf das Ding warfen. Noch ein Grund mehr, hier wegzuziehen. Außerdem hörte man oft Gerüchte, wonach ohnehin bald alles plattgewalzt würde. Das Sedanviertel war in den Plänen für die »Welthauptstadt Germania« für andere Zwecke vorgesehen. Daut hatte das zunächst für Unfug gehalten. Die Häuser waren doch noch in gutem Zustand, auch wenn im Inneren manche Renovierung notwendig war. Aber einfach abreißen? So verrückt konnte doch niemand sein! Seit einiger Zeit war er sich da nicht mehr so sicher. Vor ein paar Wochen hatten Bauarbeiter begonnen, einen riesigen Betonklotz nahe der Kolonnenbrücke zu errichten. Angeblich sollte mit diesem tonnenschweren Ungetüm die Belastbarkeit des Bodens getestet werden. Die Nord-Süd-Achse der Hauptstadt sollte ausgerechnet durch das Sedanviertel führen, und dort, wo dieser Klotz stand, würde sich in ein paar

Jahren ein gewaltiger Triumphbogen erheben. War das ausgeschlossen? Die Ost-West-Achse war schließlich auch gebaut worden.

Am Leuthener Platz stand eine Gruppe von Frauen vor einem kleinen Ladenlokal, das sich auf einem verwitterten Schild über der Eingangstür großspurig als *Kolonial- und Delicatessengeschäft* bezeichnete. Davon konnte bei der kargen Auslage nicht mehr die Rede sein. Daut schnappte ein paar Wortfetzen der Unterhaltung auf. »Russland«, »nie gedacht«, »jetzt wird der Krieg noch lange dauern«. Ob Hitler und seine Gefolgsleute mit dieser Skepsis der Menschen rechneten? Begeisterung sah anders aus. Aber dieser Krieg hatte von Anfang an keine jubelnden Massen gekannt wie 1914. Obwohl bis jetzt doch alles wie am Schnürchen geklappt hatte. Im Westen hatte man den alten Erbfeind Frankreich in die Knie gezwungen, und bisher hatte man sich auch die Engländer weitgehend vom Hals gehalten. Im Süden gab es ein paar Probleme, doch die waren lösbar. Jetzt aber Russland. Daut schlug die Arme um den Körper. Er war froh, als er wieder vor seinem Haus stand, rannte fast die Treppe hinauf und stürmte direkt in die Küche. Er brauchte etwas Warmes, und auf dem Herd fand sich meist eine Kanne Blümchenkaffee. Luise stand am Herd und hantierte mit einer Pfanne.

»Ach, sieht man dich auch mal wieder in der Küche.«

Daut ärgert sich über die Verbitterung, die aus seinen Worten sprach. Er hatte kein Recht dazu. Wann hatte er sich zuletzt um seine Frau gekümmert? Sie war schwanger und er kaum zu Hause. Er machte einen Schritt auf sie zu, doch Luise drehte sich wortlos um und ging an ihm vorbei ins

Kinderzimmer.

»Walter, Ilse, ihr geht jetzt nach draußen zum Spielen. Ihr braucht dringend frische Luft.«

Nach kurzem Maulen fügten sich die beiden der mütterlichen Anordnung. Daut hörte, wie sie kichernd auf dem Treppengeländer nach unten rutschten.

Luise ging an den Herd und goss sich eine Tasse Gerstenkaffee ein. Sie hielt fragend die Kanne hoch, doch Daut schüttelte den Kopf. Ihm war auch so heiß geworden.

»Tut mir leid, dass kein Essen auf dem Tisch stand, aber ich war bei Erna und Gustav.«

»Schon wieder«, brummte Daut. »Soll das jetzt jeden Sonntag so gehen?«

Warum gelang es ihm nicht, einen verbindlichen Ton zu finden? Luise blies in den heißen Kaffee.

»Ja, Axel, das kann sein. Und du solltest mitkommen. Dann könntest du es mit eigenen Ohren hören.«

»Was gibt es bei den beiden Alten schon zu hören?« Wieder dieser schneidende Ton. Luise schien ihn nicht zu bemerken.

»Dieser Ha...«, Luise schluckte den Rest des Satzes herunter, »also einer der regelmäßigen Gäste bei den Neebs ist ein hohes Tier im Reichsluftfahrtministerium. Was der über eure Einsatzgruppen erzählt hat ...«

Sie beendete den Satz nicht, sondern schlug die Hände vor das Gesicht. Daut stand auf und nahm sie in den Arm. Er wollte seine Grobheiten wieder gutmachen.

»Es ist Krieg, Luise. Da geht es nicht ohne Grausamkeiten.«

Luise entwand sich seinen Armen.

»Hier geht es nicht um Krieg. Im Krieg kämpfen Soldaten gegen Soldaten.«

Sie schaute mit rotgeränderten Augen zu ihm auf. Unvermittelt streichelte sie über seine Handprothese und sagte mit weicherer Stimme:

»So, wie du den Krieg erlebt hast.«

Als wäre das Stück Holz an seinem linken Arm kochend heiß, zog sie ihre Hand zurück und wandte sich von Axel ab. Ihre Stimme wurde wieder hart.

»Weißt du, was jetzt im Osten passiert? Da ermorden Polizisten wie du Zivilisten.«

Daut hielt sich die Prothese, als hätte er einen Stromschlag bekommen.

»Aha, so etwas weiß also jemand, der im Reichsluftfahrtministerium arbeitet. Die haben ja auch damit zu tun. Du solltest besser aufpassen, was du sagst, Luise!«

»Der Mann weiß jedenfalls mehr als du und ich. Er weiß, welche Verbrecher da oben sitzen.«

»Was soll das, Luise. Du weißt selbst, wie es in Deutschland vor 1933 aussah. Niemand hatte Arbeit, viele hungerten. Uns ging es gut auf dem Land, aber hast du mal mit Leuten geredet, die damals in Berlin lebten? Hier haben sie Katzen und Hunde geschlachtet, um etwas zu essen zu haben.«

Daut machte eine kurze Pause. Er wollte wissen, wie seine Worte bei seiner Frau ankamen. Sie hatte sich aber von ihm weggedreht, und er sah ihr Gesicht nicht. Deshalb setzte er zur Bekräftigung hinzu:

»Seitdem Adolf Hitler Reichskanzler ist, hat die Regierung Millionen von Arbeitsplätzen geschaffen.«

Luise drehte sich ruckartig um.

»Ja«, stieß sie hervor, und Daut hatte seine Frau nie so erlebt. »Millionen Männer hat er zu Soldaten gemacht, die quer durch Europa ziehen. Nimm doch nur deinen Bruder Max. Glaubst du, er hat Koch gelernt, damit er im tiefsten Russland seinen Kopf riskiert?«

»Was redest du da? Lass meinen Bruder aus dem Spiel. Reden wir doch über mich und meinen Beruf. Jetzt endlich kann die Polizei in diesem Land ihre Arbeit tun, ohne wie all die Jahre zuvor von Vorschriften und Paragrafen gegängelt zu werden, die alle nur einem Ziel dienten: den Täter zu schützen!«

Luise lachte höhnisch auf.

»Wie gut ihr eure Arbeit jetzt machen könnt, sieht man ja daran, dass ihr es nicht einmal schafft, eure Frauen und Töchter vor dem S-Bahn-Mörder zu beschützen!«

»Du bist ungerecht, Luise!«

»Ungerecht? Weißt du überhaupt noch, was ungerecht ist? Ungerecht ist, dass man der alten Frau Lesser nicht einmal erlaubt, ihr Geschäft, dessen Ausübung man ihr verboten hat, zu verkaufen. Erinnerst du dich überhaupt noch an sie? Nein, wahrscheinlich nicht. Du weißt nicht, wovon ich spreche. Du willst es nicht hören – und sehen schon gar nicht. Lieber machst du die Augen zu vor allem, was dir nicht passt. Pass nur auf, dass sie dir nicht eines Tages aus dem Kopf fallen!«

Zwanzig

Erna Neeb nahm die Schürze ab und hängte sie an den Haken neben der Spüle. Gustav trocknete den letzten Teller ab. Sie sah ihn von der Seite an. Er wurde alt. Sie wurden alt. Zu alt, für diese Dinge. Im Alter bekommt Angst eine andere Dimension. Man verliert sie nicht, aber sie ist nicht mehr so präsent. Der Tod wartet ohnehin, und ob er ein paar Jahre oder Monate früher kommt, spielt kaum eine Rolle. Ohne Angst verliert man die Kontrolle. Wird unvorsichtig. Waren sie zu unvorsichtig? Der Junge auf jeden Fall, er war ein Träumer, der glaubte, Hitler im Alleingang besiegen zu können. So stark fühlte er sich, auch wenn er jetzt vor Angst fast verging. Durfte man ihm das übel nehmen? Andere taten das, doch er war ihr Junge. Sie mussten ihm helfen, auch wenn es riskant war.

Als hätte er ihre Gedanken gelesen, sagte Gustav:

»Er ist ein Heißsporn, und das sind die gefährlichsten. Naiv ist er außerdem, so, wie er sich jetzt in diese gefährliche Lage gebracht hat. Er weiß doch, dass er auffällt.«

Sie wusste, dass er recht hatte. Der Junge hatte einen Fehler gemacht, aber er hatte ihn erklärt. Er beteuerte, dass er keine andere Wahl gehabt hatte. Erna glaubte ihm. Musste ihm glauben. Er war ihr zweiter Halt neben Gustav. Sie trat auf ihren Mann zu und legte die Arme um seine Taille. Wie schlank er immer noch war. Er aß ja auch wie ein Spatz.

»Du hast recht, aber er kann nicht immer allem ausweichen. Mag sein, dass er sich zu sicher fühlte. Denk nur daran, wie viele Untersuchungen er bei der Wehrmacht über sich ergehen lassen musste. Es ist immer alles gut gegangen.«

Luise seufzte, und Gustav streichelte ihr sanft über die

Wange.

»Bisher haben ihn die Papiere geschützt. Die sind schließlich echt, auch wenn die Geschichte dahinter erlogen ist.«

Luise lehnte ihren Kopf an die Schulter ihres Mannes. Wie schaffte er das nur, dass sie sich in seinen Armen noch immer so geborgen fühlte?

»So weit ist es gekommen in Deutschland. Die Wahrheit spielt keine Rolle mehr, wenn du deine Lügen mit Brief und Siegel bestätigt hast.«

»War das nicht immer schon so?«

Gustavs Stimme war sanft, als führten sie ein Gespräch über ihre Liebe in den Tagen der Jugend.

»In diesem Land galt nie der Mensch, sondern sein Ausweis. Der amtliche Stempel machte ihn zum Helden oder zum Schurken. Daran haben die Nazis nichts geändert. Warum sollten sie auch. So war es doch viel leichter für sie. Aber für den Jungen war es gut.«

Er schob Erna ganz leicht von sich, hakte sich in ihrem Arm ein und führte sie ins Wohnzimmer, als spazierten sie auf einer Promenade am Meer, vertieft in ein Gespräch über Musik oder Malerei. Wie gerne würde sie jetzt darüber reden. Aber diese Themen waren nicht mehr wichtig, würden es vielleicht nie mehr sein. Gustav drückte sie sanft in den Sessel, setzte sich ihr gegenüber auf die Couch und zündete sich eine Zigarre an. Nachdem er einen dicken Rauchkringel in die Luft geblasen hatte, nahm er den Gesprächsfaden wieder auf.

»Ich muss ständig darüber nachdenken, warum er sich diesmal nicht anders zu helfen wusste. Warum er nicht auf Brief und Siegel vertraute.«

Erna strich sich langsam eine Strähne ihres grauen Haares aus dem Gesicht. Wenn Gustav sie etwas gefragt hatte, wartete er geduldig auf die Antwort. Immer gab er ihr die Zeit, die sie zum Nachdenken brauchte. Das war seine großartigste Eigenschaft.

»Er hatte Angst, Gustav! Todesangst. Er weiß zu viel, und er will nicht blind in sein Schicksal rennen wie alle die anderen.«

Gustav nickte. Es war nicht die Zeit, über Schuld oder Unrecht ihres Jungen zu sprechen. Es war die Zeit, ihn zu retten. Ein für alle Mal. Es ging nicht um Moral, es ging ums Überleben. Sachlich fragte er:

»Wo habt ihr ihn heute hingebracht?«

»Er ist bei Freunden von Werner. In ein paar Tagen bekommt er seine Papiere, und dann müssen wir einen Weg finden, ihn rauszubringen. Es wird jeden Tag gefährlicher für ihn. Sie werden nach ihm suchen mit allem, was sie haben. Einen Mörder entfliehen zu lassen, ist ein lässliches Vergehen. Einen Deserteur aber jagen sie unerbittlich.«

Mit einem Seufzer drückte sich Erna aus dem Sessel.

»Willst du noch mal weg?«

»Ich bringe Susette Lesser die Reste vom Eintopf.«

Gustav wiegte langsam den Kopf.

»Weißt du, was Werner mir neulich gesagt hat?« Ohne seine Frau anzuschauen, machte der alte Mann eine Pause, als wäre er sich nicht sicher, ob er weitersprechen sollte. »Werner meint - und er ist nicht der Einzige, der so denkt –, dass wir vorsichtiger sein sollten. Es fällt auf, dass du häufig die alte Lesser besuchst. Wenn die Leute darüber reden, könnte die Gestapo auf uns aufmerksam werden.«

Erna atmete tief durch, ging auf ihren Mann zu und streichelte seine Wange.

»Ach Gustav.«

Er sah zu ihr auf. »Ich weiß, Erna.«

Als sie das Wohnzimmer verließ, rief er ihr nach: »Grüß Susette von mir.«

Einundzwanzig

Die Spannung war greifbar. Am Werderschen Markt wimmelte es wie in einem Ameisenhaufen. Polizisten rannten von Büro zu Büro, Sekretärinnen schleppten Aktenstapel, aufgeregte Debatten flammten auf und verstummten, sobald ein Vorgesetzter den Raum betrat. Niemand verstand, was geschah. Was sollte dieser Befehl? »Die Überwachung von S- und U-Bahnhöfen sowie unterirdischen Bahnanlagen wird ab sofort eingestellt.« Waren die da oben verrückt geworden? Steckte eine höhere Stelle dahinter? Das Propagandaministerium? Wilde Spekulationen und Getuschel auf den Gängen und in den Büros. Stellten sie die Suche ein? Nein, das konnte nicht sein! Sie wollten ihn in Sicherheit wiegen. Jawohl, so war es! Er sollte denken, sie kümmerten sich nicht mehr um ihn. Vielleicht kam er dann aus der Deckung. Es war ein riskantes Spiel, das einer weiteren Frau das Leben kosten konnte. Aber sie hatten keine Wahl.

Daut war diese Entwicklung nur recht. Solange die S-Bahn-Morde offiziell auf kleiner Flamme gekocht wurden, zog man sie nicht von ihrem Fall ab. Andererseits war Rudats Geduld begrenzt. Wenn sie keine Ergebnisse lieferten, würde er sie über kurz oder lang anweisen, die Akte zu schließen.

Rösen kam aus dem Nachbarbüro und schüttelte den Kopf. »Was es für Spinner gibt. Der Bellmann glaubt, Hitler höchstselbst hätte den Befehl gegeben, die Fahndung einzustellen.«

Er senkte das Kinn auf die Brust, und Daut ahnte, was kam. Schon häufig hatte er sein Imitationstalent vorgeführt. Auf Festen oder im Rübezahl mit unverfänglichen Parodien auf Willi Birgel oder Hans Moser. Nur unter vier vertrauten

Augen bewies er, wie gut er die schnarrende Stimme des Führers nachahmen konnte.

»Angesichts der ungeheuerlichen Aufgabe, der sich unsere Soldaten im Osten gegenübersehen, halte ich es für meine Pflicht, die sinnlose und kräftezehrende Suche nach diesem S-Bahn-Phantom einzustellen. Es werden Opfer verlangt von unserem deutschen Volk. Was zählt da der Tod einer einzigen Frau. Davon gibt es weiß Gott genug. Was wir brauchen, sind Männer!«

Rösen hatte sich selbst übertroffen. Daut grinste und hoffte gleichzeitig, dass niemand sonst die Vorstellung mitbekommen hatte. Vor allem Rudat verstand bei so etwas keinen Spaß. Daut wollte schnell zu einem unverfänglichen Thema wechseln.

»Ehrlich gesagt bin ich schon überrascht über diesen plötzlichen Einmarsch in Russland. Ich konnte es fast nicht glauben, als gestern die Meldung im Rundfunk kam.«

Rösen schaute seinen Kollegen sichtlich irritiert über diesen Themenwechsel an und brauchte einen Moment, seine eigene Stimme wiederzufinden.

»Wieso? Das war doch abzusehen. Worüber redet Hitler denn die ganze Zeit? Sein Lieblingsthema ist doch die Weltherrschaft des Bolschewismus, die zerschlagen werden muss. Und dazu noch das selbstmitleidige Geschwafel vom Volk ohne Raum. Ich habe immer damit gerechnet, dass es bald gegen Russland geht.«

Daut mochte dem nicht zustimmen, so schlüssig Rösens Argumente auch klangen. Hatte man nicht vor ein paar Monaten noch den russischen Außenminister Molotow mit allen Ehren empfangen? In Tempelhof erklang offiziell die Internationale.

»Das Lieblingslied aller Kommunisten - und das mitten in Berlin. Das sah doch alles andere als feindlich aus.«

»Mensch, Axel, was du wieder redest. Die Internationale ist die Hymne der Sowjetunion, da blieb ihnen nichts anderes übrig. Du gehst denen immer noch auf den Leim.«

Daut ärgerte sich über die belehrende Art, die der Kollege in letzter Zeit an den Tag legte. Er schien zu vergessen, wer hier der Chef war.

»Lassen wir das! Wir haben einen Fall zu klären. Ich habe vor zwei Stunden Anweisung gegeben, die Schmidt vorführen zu lassen. Hochoffiziell mit uniformierten Beamten, die im Polizeiwagen vorfahren. Sie sollten extra die Sirene einschalten, wenn sie in die Giesebrechtstraße einbogen. Die Dame sitzt seit einer Stunde im Verhörzimmer. Ich denke, dass sie jetzt lange genug geschmort hat. Schau'n wir mal, ob sie immer noch so hochnäsig ist.«

Rösen wunderte sich nicht, dass Daut die Ermittlungen nicht wie vom SD gewünscht eingestellt hatte. Im Gegenteil, er hatte damit gerechnet.

Als die beiden Beamten das Verhörzimmer betraten, saß Kitty Schmidt kerzengerade, aber mit geschlossenen Augen auf dem unbequemen Holzstuhl. Sie trug einen beigefarbenen Hosenanzug und einen farblich darauf abgestimmten Herrenhut. Bevor einer der beiden auch nur ein Wort sagen konnte, schnarrte sie los, ohne die Augenlider zu heben.

»Was fällt Ihnen ein, mich zu nachtschlafender Zeit mit Tatütata aus dem Bett zu holen? Diese ungehobelten Wachtmeister wollten mir nicht einmal die Zeit geben, mich herzurichten.«

Sie riss die Augen auf und wandte ruckartig den Kopf.

»Geht man so mit einer Dame um?«

»Wie es aussieht, haben Sie sich in dieser Frage ja durchgesetzt«, brummte Daut zur Antwort.

»Soll das ein Kompliment sein, Inspektor?«

Ohne eine Antwort abzuwarten, holte Kitty Schmidt ein Päckchen Nil-Zigaretten und eine elfenbeinerne Zigarettenspitze aus der Handtasche, die zu ihren Füßen stand. Sie steckte den Glimmstängel auf die Spitze und blickte Daut auffordernd an.

»Rauchen verboten!«

Rösen mischte sich rasch ein, bevor Daut die Hutschnur platzte. Die Schmidt verzog ihre hellrot geschminkten Lippen zu einem Schmollmund, legte die Zigarette jedoch auf den Tisch.

»Kommen wir am besten gleich zur Sache«, sagte Daut, sichtlich darum bemüht, die eigene Ruhe wiederzufinden.

»Wir brauchen eine Liste mit Namen und Adressen Ihrer Mädchen. Sämtlicher, versteht sich.«

Er legte einen Block und einen Bleistift auf den Tisch.

»Am besten fangen Sie sofort an, wir haben nicht viel Zeit.«

Kitty Schmidt lächelte Daut an, dem für einen Augenblick ein warmes Kribbeln über den Rücken lief.

»Meine Herren, wenn Sie keine Zeit haben, sollten Sie sie nicht mit solchen Spielchen vergeuden. Sie wissen doch, Diskretion ist die Seele meines Geschäfts. Meine Mädchen kommen zum Teil aus besten Verhältnissen. Nicht auszudenken, wenn bekannt wird, womit sie sich ein paar Mark zu den kargen Beamtengehältern ihrer Gatten hinzuverdienen.«

Während sie sprach, ließ sie den Blick nicht von Daut, der sich mit einer ruckartigen Bewegung aus ihrer optischen Umklammerung löste. Er nahm den Block vom Tisch und blätterte um, bis er eine eng beschriebene Seite erreicht hatte. Mit der in einen hellbraunen Krokodillederhandschuh gekleideten Prothese tippte er auf das Blatt.

»Nun gut, Frau Schmidt, Sie brauchen nichts aufzuschreiben. Sagen Sie mir einfach, ob das hier Ihre Mädchen sind.«

Als er Rösens fragenden Blick sah, fügte er hinzu:

»Das ist die Liste der Adressatinnen, die ihre Post in die Künstleragentur Meyer geschickt bekommen. Die kennen Sie doch, oder?«

Kitty Schmidt starrte auf das vor ihr liegende Blatt Papier. Mit der rechten Hand überprüfte sie scheinbar den Sitz ihres Hutes. Volltreffer, dachte Daut.

»Ich kenne keinen dieser Namen, Herr Inspektor. Wie kommen Sie darauf, das seien meine Mädchen?«

Daut registrierte, dass ihre Unterlippe zitterte. Er würde diese Frau weichkochen. Dafür brauchte er höchstens eine halbe Stunde. Als er Rösen unter einem Vorwand aus dem Raum schicken wollte, wurde die Tür aufgerissen. Rudat stürmte mit polternden Schritten ins Zimmer.

»Ich übernehme die Befragung dieser Zeugin. Sie werden in der Wilhelmstraße erwartet.«

Als Daut nicht sofort reagierte, sondern ihn nur fragend anschaute, schnauzte er ihn an:

»Machen Sie schon, Mann. Der Brigadeführer wartet nicht gerne!«

Zweiundzwanzig

Warum spreizte sie den kleinen Finger der rechten Hand so weit ab? Es sah affektiert aus, wie sie da auf der Adler herumhackte. Sie malträtierte sie geradezu. Kam sie an das Ende einer Zeile, schnarrte etwas, das früher einmal glockenhell geläutet hatte, und sie riss den Wagen an dem langen, silbernen Hebel so kraftvoll zurück, dass die Schreibmaschine einen Zentimeter nach links rückte. In einer Stunde würde sie den Rand des Schreibtischs erreicht haben. Daut lehnte sich in dem bequemen Sessel zurück und blickte auf die Schuhe der Sekretärin, die gebeugt, als wäre es eine körperliche Anstrengung, an einem Schriftstück mit vier Durchschlägen arbeitete. Pumps mit einem mindestens fünf Zentimeter hohen Absatz. Leider konnte er die Beine nicht sehen, die von der weit heruntergezogenen Schreibtischkante verdeckt wurden. Vom sichtbaren Oberkörper der Dame schloss er auf schlanke Fesseln, gut ausgebildete Waden und lange, sanft geschwungene Oberschenkel.

»Verdammt!« Sie biss sich auf die Unterlippe, als sie die Rückstelltaste drückte, um einen Tippfehler zu beseitigen. Ein winziger roter Lippenstiftfleck blieb an ihrem rechten Schneidezahn zurück. Daut überlegte, ob er sie auf diesen einzigen Makel ihrer ansonsten perfekten Erscheinung hinweisen sollte, unterließ es aber. Stattdessen musterte er den Raum, der größer war als das Büro des Kriminaldirektors und doch nur das Vorzimmer des Brigadeführers. Was heißt hier nur! Walter Schellenberg war eine Legende, obwohl er erst dreißig Jahre jung war. Daut konnte sich immer noch nicht vorstellen, dass dieser Mann ihn sprechen wollte. Aber die immer noch verbissen ihre Schreibmaschine bearbeitende Wasserstoffblondine hatte, als er den Raum betrat, geflötet: »Sie müssen sich leider noch einen Moment gedulden. Der Brigadeführer ist noch beschäftigt.«

Natürlich war der Mann beschäftigt. Er war der Chef des Auslandsnachrichtendienstes im Reichssicherheitshauptamt und außerdem Heydrichs rechte Hand. Niemand hatte so direkten Zugang zum Obergruppenführer, hieß es. Gerüchten zufolge sollte Heydrich bald eine Aufgabe im Osten übernehmen. Wer sonst als Schellenberg käme als sein Nachfolger infrage? Der Mann machte schneller Karriere als jeder andere. Er stand schon ganz oben und war doch erst am Anfang. Was wollte er bloß von einem kleinen Polizeibeamten?

Die Flügeltür im Rücken der Sekretärin wurde ruckartig aufgeschoben. Der schon wieder, dachte Daut, als der Kopf von Schwarz im Türrahmen erschien.

»Heil Hitler, Hauptsturmführer. Der Brigadeführer hat jetzt Zeit für Sie.«

Daut bemühte sich, nicht allzu beflissen aufzuspringen und gemessenen Schrittes das angrenzende Büro zu betreten. Aber was hieß hier Büro. Vor ihm lag eher ein Saal. Am gegenüberliegenden Ende stand ein Mann in SS-Uniform an einem bis zum Boden reichenden Fenster. Er schaute hinaus und kehrte Daut den Rücken zu.

»Brigadeführer ...«

Als hätte er sich erst durch Schwarz' Ansprache besonnen, dass er nicht alleine im Raum war, drehte sich der Uniformierte um und ging langsam, als schlendere er über einen Boulevard, auf die Eintretenden zu. Daut nahm unwillkürlich Haltung an und grüßte vorschriftsmäßig. Schellenberg deutete nur ein Kopfnicken an. Typisch. Je höher der Rang, desto lässiger der Umgang mit den Grußformalien. Ohne an seiner gelangweilten Gangart etwas zu ändern, ging der Brigadeführer zu einer ledernen Sitzgarnitur, über der ein riesiges Gemälde hing. Soweit Daut es beurteilen konnte, zeigte es eine Schlachtszene aus dem Dreißigjährigen Krieg. Schwarz legte Daut die Hand auf den Rücken, exakt zwischen die Schulterblätter, als wolle er ihn zur Eile antreiben.

»Der Kriminalkommissar Axel Daut, Brigadeführer.«

Schellenberg setzte sich in einen der Sessel und wies den beiden mit einer lässigen Geste das Sofa zu. Wie jungenhaft er wirkte. Groß und schlank, wie er war, saß die maßgeschneiderte Uniform perfekt. Selbst als er sich setzte, warf der Rock kaum eine Falte. Nachdem Daut vorsichtig Platz genommen hatte, blickte Schellenberg ihn direkt an. In seinem ovalen, länglichen Gesicht blitzten zwei wache Augen. Das glänzende, schwarze Haar war mit Pomade in Form gebracht. Daut kam es vor, als kräuselten sich die vollen Lippen zu einem spöttischen Lächeln.

»Schön, dass Sie Zeit für uns haben, Herr Kommissar. Ihre Truppe ist ja im Moment mächtig beschäftigt. Cognac?«

Er wies mit der rechten Hand auf einen Beistelltisch, auf dem eine ansehnliche Batterie Kristallkaraffen stand.

»Nein danke, Brigadeführer.« Daut ärgerte sich, dass seine Stimme weniger fest klang als gewünscht.

»Ja, ja, Sie sind im Dienst, ich weiß. Aber heute ist eine Ausnahme.«

Während Schellenberg eine Karaffe ergriff und begann, die auf dem Tisch stehenden Cognacschwenker großzügig zu füllen, blickte Daut nach unten. Zum Glück hatte er heute einen dezenten Handschuh gewählt. Als hätte er gewusst, dass er gleich mit einer lebenden Legende ein Glas trinken würde. Wenn er das seinem Sohn erzählte. Walter Schellenberg war seit dieser Aktion in Venlo ein Held. Kurz nach Kriegsbeginn, im November 1939, war es ihm gelungen, zwei britische Geheimdienstleute in einem Café im deutsch-niederländischen Grenzgebiet zu stellen und ins Reich zu schaffen. Es waren nicht irgendwelche kleinen Spione. Nein, es waren ihm zwei große Fische ins Netz gegangen: die Chefs der Westeuropazentrale des MI6. Außerdem waren die beiden die Hintermänner des Attentats auf Hitler kurz zuvor im Münchner Bürgerbräukeller. Zumindest behauptete das der SD. Die Aktion war auch in anderer Hinsicht bedeutsam, denn die englischen Agenten hatten sich anscheinend völlig unbehelligt in Holland aufgehalten. Angeblich gab es eine Zusammenarbeit zwischen niederländischem Geheimdienst und Secret Service. Ob das stimmte oder nicht – es reichte als Vorwand, und kurze Zeit später marschierten deutsche Soldaten durch Amsterdam.

Der strahlende Held dieser Aktionen prostete ihm in diesem Moment zu. Daut sog den wunderbaren Duft alten Cognacs ein und nahm einen kleinen Schluck. Ohne zu brennen rann die Flüssigkeit die Kehle hinunter. Was für ein Unterschied zum Wacholderschnaps seines Vaters. Schellenberg ließ das Getränk mit geschlossenen Augen im Mund kreisen, eher er das Gespräch eröffnete, das Daut sofort wie ein Verhör vorkam.

»Der Untersturmführer hat mir berichtet, Sie hätten einen Mord zu klären, der in irgendeinem Zusammenhang mit der Pension Schmidt steht?«

War das jetzt eine Frage oder eine Feststellung? Daut entschied sich für Letzteres und schwieg. Schellenberg hatte auch mit keiner Antwort gerechnet, denn er fuhr unmittelbar fort.

»Die Pension Schmidt - oder soll ich besser sagen, der Salon Kitty - ist für uns von besonderem Interesse. Wir stehen in der wichtigsten Schlacht, die jemals in Europa ausgefochten wurde. In den nächsten Monaten, vielleicht schon in den nächsten Wochen wird sich zeigen, ob wir diesen alten Kontinent vom Joch des Bolschewismus befreien können oder ob die jüdische Weltverschwörung endgültig obsiegt. Sie werden verstehen, dass wir in einer solchen Situation zu außergewöhnlichen Maßnahmen greifen müssen. Schwarz, skizzieren Sie dem Hauptsturmführer doch bitte, welche Aufgabe dem Salon Kitty in diesem Zusammenhang zufällt.«

Schellenberg beugte sich nach rechts und nahm eine Zigarre aus einem Kupferkästchen. Er nestelte die Bauchbinde herunter und griff gleichzeitig zu einem Feuerzeug, während sich Schwarz in Positur warf.

»In der Reichshauptstadt halten sich naturgemäß viele Vertreter befreundeter Nationen auf, deren Zuverlässigkeit wir nicht immer einschätzen können. Es ist unsere Pflicht, sie einer Überprüfung zu unterziehen. Dazu haben wir zwanzig erstklassige, über jeden Zweifel erhabene Frauen ausgebildet. Alle zwanzig sind Mitglieder der SS. Alle zwanzig arbeiten nur scheinbar als Dirnen in dem Etablissement der Frau Schmidt. Sie sind Agentinnen, dazu ausgebildet, eine, wie soll ich sagen, entspannte Situation zu schaffen, in der die Zunge locker wird. Über alles, was sie erfahren, fertigen sie umgehend ein Protokoll an.«

Schellenberg hatte die Zigarre in Brand gesetzt und stieß genüsslich Rauchwolken aus. Vorsichtig blies er die Glut noch ein bisschen an, eher er Daut anblickte.

»Und sie erfahren so einiges.«

Dabei schlug er sich mit der linken Hand auf den Schenkel. Daut war sich sicher, dass die Idee für ein Bordell voller Agentinnen vom Brigadeführer selbst stammte. Es blitzte so etwas wie Vaterstolz in seinen Augen auf. Der Kommissar setzte sein Glas vorsichtig ab, eher er das Wort ergriff:

»Gibt es auch ein Protokoll von Dora Zegg über ihren letzten Einsatz?«

Er hatte die Frage an Schellenberg gerichtet, doch Schwarz antwortete.

»Leider ist sie dazu nicht mehr gekommen. Aber wir wissen, wer ihr letzter Gast war. Ein Deserteur namens ...« Der Untersturmführer nahm einen Aktendeckel vom Tisch, schlug ihn auf und warf einen flüchtigen Blick hinein.

»Hier haben wir es ja. Dora Zeggs letzter Kunde war ein Leutnant Albert Just.«

Er warf die Mappe auf den Tisch. Daut konnte einen kurzen Blick auf den Personalbogen erhaschen, bevor Schwarz sie geräuschvoll zuschlug. Das Übliche: Passbild, Name, persönliche Daten. Sonst nichts. Schellenberg beugte sich vor und nahm das Glas in die Hand, die auch die Zigarre hielt. Bevor er trank, wandte er sich an Daut:

»Der Mann war ein feiger Deserteur. Wir fahnden nach ihm, und er wird seiner gerechten Strafe nicht entgehen. Darum brauchen Sie sich nicht zu kümmern. Zwei Mal hängen kann man ihn ja nicht!«

Als hätte er einen guten Scherz gemacht, zwinkerte der

Brigadeführer dem Kommissar zu, leerte mit einem gewaltigen Schluck das Glas und stand auf. Die Sache war für ihn erledigt. Unmilitärisch reichte er Daut die Hand.

»Sie leisten gute Arbeit, Hauptsturmführer. Machen Sie weiter so! Solche Leute wie Sie brauchen wir.«

Warum empfand Daut dieses Lob eher als Drohung? Er schlug die Hacken zusammen und hob, nachdem Schellenberg sie losgelassen hatte, seine rechte Hand.

»Danke! Heil Hitler, Brigadeführer.«

Der Angesprochene drehte sich mitten in den Gruß hinein um und ging in Richtung der Fenster.

Erneut legte Schwarz eine Hand zwischen Dauts Schulterblätter und beließ sie dort, bis sie das Büro verlassen hatten. Das Vorzimmer war leer, vielleicht puderte sich die Sekretärin die Nase. Daut entwand sich der Berührung, indem er sich ruckartig zu Schwarz umdrehte.

»Wie steckt denn diese Kitty Schmidt in der Sache mit drin?«

Schwarz lächelte ihn an.

»Sie können es einfach nicht lassen, Herr Kommissar. Aber gut, warum sollen Sie es nicht wissen. Mit der Aktion selbst hat Kitty Schmidt nichts zu tun. Sie stellt nur die Räumlichkeiten zur Verfügung und das Wissen, wie man einen solchen Laden ordentlich führt. Sie hat einen guten Ruf, was Diskretion angeht. Ohne den würde es nicht funktionieren.«

»Und das alles tut sie freiwillig, quasi aus Vaterlandsliebe?«

Schwarz schüttelte den Kopf.

»Sie hat ihre Vorteile, da können Sie sicher sein. Wie

jedes gute Geschäft ist es eines auf Gegenseitigkeit.«

Der Untersturmführer fasste Daut am Arm und führte ihn Richtung Tür.

»Fast hätte ich es vergessen: Wir haben die anderen Damen im Salon befragt, ob Dora Zegg etwas über ihren letzten Kunden gesagt hat. Einer Kollegin erzählte sie an jenem Abend, dass der Kerl *einen sehr Kleinen* gehabt habe - wenn Sie verstehen, was ich meine. Mehr gibt es nicht zu wissen.«

Schwarz blieb abrupt stehen und zerrte dabei so fest an Dauts Arm, dass es schmerzte.

»Der Fall ist damit für Sie abgeschlossen, Kommissar. In der Pension Schmidt lassen Sie sich dienstlich nicht mehr blicken! Das ist ein Befehl vom Brigadeführer!«

Daut war einen Moment geneigt, die Hacken zusammenzuschlagen und mit »Jawoll, Herr Untersturmführer« zu antworten, was Schwarz sicher als Provokation gewertet hätte. Er verzichtet darauf, zumal Schwarz sich jetzt vertraulich zu ihm neigte.

»Ich sagte, Sie sollen sich *dienstlich* nicht mehr in der Giesebrechtstraße blicken lassen. Wenn Sie sich einmal einen schönen Abend in netter Gesellschaft machen wollen, kann ich Ihnen Kittys Damen wärmstens und aus eigener Erfahrung empfehlen. Fühlen Sie sich von uns eingeladen, gewissermaßen als Anerkennung Ihrer hervorragenden Arbeit. Sagen Sie einfach, Sie kämen aus Rothenburg. Sie werden es nicht bereuen. Aber ansonsten: Geheime Reichssache. Auch Sie sind zu absoluter Verschwiegenheit verpflichtet!«

Geheime Reichssache. Dieses Wort tauchte in letzter Zeit für Dauts Geschmack zu häufig auf. Trotzdem nickte er stumm. Schwarz nahm die Hand vom Arm des Kommissars, trat einen Schritt zurück, grüßte vorschriftsmäßig und wandte sich zum Gehen. In der Tür drehte er sich noch einmal um.

»Und nicht vergessen: Sie kommen aus Rothenburg.«

Dreiundzwanzig

Als Schwarz den Raum wieder betrat, saß Schellenberg im Sessel und zog an seiner Zigarre. In der Hand hielt er ein erneut gut gefülltes Glas. Mit einer Geste forderte er ihn auf, sich ebenfalls zu bedienen. Schwarz trat an das Tischchen und schenkte sich ein.

Schellenberg sprach jetzt leiser als vorhin, und seine Stimme war glatter.

»Was für eine absurde Situation. Da dreht ein junger Leutnant durch, weil sich ein leichtes Mädchen über seinen kleinen Pimmel amüsiert, und bringt die Hure um.«

Schwarz warf von der Seite ein:

»Keine Hure, Brigadeführer, sondern eine gut ausgebildete Agentin.«

»Geschenkt, Schwarz, geschenkt. Auf jeden Fall aber droht unsere wunderbare Aktion wegen eines beleidigten Jungspunds und eines übereifrigen Polizisten aufzufliegen. Wenn es nicht so traurig wäre, man könnte eine Komödie darüber drehen.«

»Und der Heesters spielt den Leutnant.«

Schellenberg prustete los und legte lachend die Zigarre in den Aschenbecher. Heesters war derzeit der größte Frauenschwarm auf Berlins Bühnen. Er und ein zu kleiner ... Er hob das Glas und prostete dem Untersturmführer zu, der sich inzwischen ebenfalls gesetzt hatte.

»Der war gut, Schwarz, der war richtig gut! Aber Spaß beiseite. Wir müssen die Sache in den Griff kriegen. Gibt es irgendeine Spur von diesem Leutnant?«

»Leider nein, Brigadeführer. Wie vom Erdboden verschwunden. Vermutlich hat er Helfershelfer. Ein paar seiner

Kameraden äußerten jedenfalls den Verdacht, seine Gesinnung sei keineswegs über jeden Zweifel erhaben.«

Schellenberg setzte die verloschene Zigarre erneut in Brand und paffte zwei Züge.

»Lassen Sie unsere Verbindungen spielen, Schwarz. Und bleiben Sie an diesem Polizisten dran. Er ist zu intelligent und zu verbissen, um einfach aufzuhören. Er weiß auch mehr, als er uns erzählt hat. Geben wir ihm noch ein paar Tage. Am Ende liefert er uns den Deserteur noch auf dem Präsentierteller. Wir sollten ihn speziell behandeln, Zuckerbrot und Peitsche, Schwarz. Mit was kann man den Mann locken?«

Schwarz dachte ein paar Sekunden nach, während Schellenberg abwechselnd an seiner Zigarre zog und an seinem Glas nippte. Jetzt zahlte es sich wieder einmal aus, dass er sich umfassend auch über das Privatleben einer Zielperson informiert hatte.

»Dauts Frau erwartet das dritte Kind. Sie brauchen unbedingt eine größere Wohnung, und ein bisschen mehr Geld würde auch nicht schaden.«

Schellenberg nickte anerkennend.

»Wohnungen werden in Kürze genug frei. Besorgen Sie ihm eine in einer schönen Gegend. In Charlottenburg zum Beispiel, da wohnt doch viel von diesem Judengesocks. Aber sicherheitshalber sollte er in Kürze auch noch für eine Weile aus der Stadt verschwinden.« Schellenberg leerte wie zuvor das Glas mit einem Schluck und erhob sich.

»Wir brauchen gute Leute im Osten. Das wäre doch etwas für diesen Daut, was meinen Sie, Schwarz?«

Ohne eine Antwort abzuwarten, drehte sich Schellenberg

um.

Schwarz sprang auf und salutierte.

»Jawohl, Herr Brigadeführer. Glänzende Idee.«

Vierundzwanzig

»Und?«

Rösen war die Neugier an der Nasenspitze abzulesen. Daut winkte lässig ab. Er wollte die sichtbare Bewunderung seines Kollegen noch ein bisschen länger auskosten.

»Erst bist du dran. Was ist mit der Schmidt?«

Rösen verzog verärgert den Mund.

»Was sollte mit ihr sein? Rudat hat sie sofort entlassen. Der hat geradezu Bücklinge vor ihr gemacht und sich fortwährend für die Behandlung entschuldigt. Aber nun sag schon: Was ist dieser Schellenberg für ein Typ?«

Daut lachte in sich hinein. Rösen war wahrlich kein Hundertprozentiger, doch er las gerne Spionagegeschichten, und der Coup in Venlo, das war schon was. Da konnte man schon mal vergessen, dass Schellenbergs Karriere mit Sicherheit nicht auf kritischer Betrachtung der gegenwärtigen Zustände beruhte. Soll er ruhig noch ein bisschen schmoren.

»Und sonst? Nichts Neues?«

Blöde Frage, was sollte es schon Interessantes geben. Aber Rösen überraschte ihn.

»Und ob!«

Er blickte seinen Chef strahlend an und schwieg. Als wolle er sagen: Was du kannst, das kann ich schon lange.

»Kann ja nicht so wichtig sein, wenn du nicht sofort damit rausplatzt. Kannst ja sonst nichts für dich behalten.«

Rösen überhörte die Beleidigung, denn er war zu stolz auf seine Spürnase, die ihn auf die richtige Fährte gebracht hatte. Die Sache mit dem Champagner hatte ihm keine Ruhe gelassen. Gut, wenn man Beziehungen hatte.

»Habe ich schon mal erzählt, dass mein Bruder bei Kempinski arbeitet?«

Daut schüttelte den Kopf.

»Bisher wusste ich nicht mal, dass du überhaupt einen Bruder hast. Meinst du das Restaurant Kempinski auf dem Kurfürstendamm?«

»Genau. Ich habe meinen Bruder gefragt, wo man heute noch erstklassigen Champagner bekommt, und dabei auch die Pension Schmidt erwähnt. Da legte er gleich los: Ich sei ja ein schlimmer Finger, und wie ich mir von meinem schmalen Gehalt ein so feines Bordell leisten könne!«

Rösen lachte auf.

»Mein Ansehen in der Familie dürfte seinen Tiefpunkt erreicht haben. Aber was soll's. Wie heißt es so schön: Ist der Ruf erst ruiniert, lebt sich's herrlich ungeniert.«

Rösen wartete auf eine Reaktion Dauts. Als sie ausblieb, fuhr er fort:

»Mein Bruder kannte den Laden genau, die Pension Schmidt meine ich. Sie liefern jeden Abend ein Buffet dorthin. Alles nur vom Feinsten einschließlich Unmengen von Kaviar. Die Rechnungen entsprächen allerdings eher einer kleinen Konfirmationsfeier. Anweisung von oben! Für die Getränke wäre Kempinski nicht zuständig. Die kämen direkt aus den Kellern von Henkell & Söhnlein, und das passt ja auch.«

Daut hatte keine Ahnung, worauf Rösen hinaus wollte, und schaute ihn fragend an.

»Mensch, Axel, du bist aber auch hinter dem Mond. Mit wem ist denn die Tochter von diesem Sektfritzen verheiratet? Na?«

Daut zuckte mit den Schultern.

»Anneliese Henkell ist die Frau von Joachim von Ribbentrop.«

Rösen blickte seinen Chef strahlend an, der nachdenklich nickte. Ja, das passte in der Tat! Wenn ausländische Diplomaten im Bordell überwacht wurden, hatte der Außenminister natürlich ein Interesse an den Ergebnissen. Rösen allerdings war auf diese Idee noch nicht gekommen. Wie sollte er auch! Er zog ein anderes Resümee aus seinen Nachforschungen.

»Wenn einer über Beziehungen verfügt, dann Ribbentrop. Zumindest wird ein großer Teil der in den Chateaus der Champagne konfiszierten Flaschen in den Lagerkellern unseres obersten Sektproduzenten gelandet sein.«

Erneut erstaunte es Daut, über welches Vokabular Rösen im Zusammenhang mit Sekt und Wein verfügte.

»Gute Arbeit! Nur - sie bringt nichts mehr. Der Fall ist geklärt.«

Rösen hob fragend die Schultern und sah Daut wie ein begossener Pudel an. Daut erzählte in knappen Worten, was er in der Wilhelmstraße erfahren hatte. Dora Zeggs letzter Kunde war auch ihr Mörder.

»Spricht ja auch einiges dafür, wo er desertiert ist. Auf jeden Fall sind wir raus aus der Sache.«

Rösens Gesicht lief puterrot an.

»Aha! Seit wann lässt du dich so abservieren? Da zaubern unsere Oberspione einen desertierten Leutnant aus dem Hut und behaupten, er sei der Täter. Gibt es dafür irgendwelche Beweise?«

»Wir brauchen keine Beweise mehr. Wir sind raus!«

Rösen straffte den Körper und sprang auf.

»Wenn das so ist, können wir ja auch Feierabend machen.

Du bist mir sowieso noch eine ausführliche Erzählung schuldig. Wann trifft man schon jemanden, der mit einem leibhaftigen Spion geredet hat. Außerdem habe ich Durst. Kommst du mit?«

Daut zuckte resigniert mit den Achseln.

»Aber nur kurz! Und keinen Champagner, verstanden!«

Er hatte gerade den Hut vom Haken genommen, als Rudat die Tür aufriss.

»Daut, Sie bleiben hier!«

Er zuckte die Schultern und signalisierte Rösen, dass er vorgehen sollte.

»Wenn es nicht bis morgen warten kann, Herr Kriminaldirektor.«

Rudat drehte sich auf dem Absatz um und rief über die Schulter:

»Kann es nicht, Daut. Auf keinen Fall.«

Fünfundzwanzig

Jemand zog den Vorhang auf. Wie ein Blitz blendete sie das Licht, obwohl es draußen bereits dämmerte. Luise presste die Augenlider zusammen und vergrub den Kopf zwischen ihren Händen. Das sanfte Abendlicht spendete keinen Trost. Gleißend kam es ihr vor gegenüber der schwarzen Nacht der Hölle, in die sie in der vergangenen Stunde geschaut hatte. Wie konnten alle nur so schnell zur Tagesordnung übergehen? Libertas baute mit geübten Handgriffen den Projektor ab, Erna werkelte in der Küche und bereitete Essen zu. Luise versuchte, sich auf die vertrauten Geräusche zu konzentrieren, als wären sie der Halt, der sie vor dem Sturz in den Abgrund bewahrte. Sie drückte die Handballen gegen die Augen, als könnte sie damit die Bilder vertreiben, die wie die Figuren eines Schattenspiels vor ihr tanzten. Armselige, zerlumpte Gestalten in zerrissenen Kleidern, mehr tot als lebendig, die sich in endlosen Zügen über staubige Straßen schleppten. Vorbei an ausgebrannten Häusergerippen, aus deren leeren Fensterhöhlen hier und da ein Augenpaar blickte. Angetrieben von gut genährten, lachenden Männern mit Gewehren in der Hand. Immer wieder stockte der Zug, weil einer der zerlumpten Geschöpfe gestürzt war. Zusammengebrochen, weil er zu alt oder schwach war und dem Tempo nicht mehr standhalten konnte. Dann schlug die Stunde der Bewacher. Sie traten in die Menge der Bemitleidenswerten, die sich vor ihnen teilte. Sie zogen die Pistole und richteten sie auf den Gestürzten, dessen Leib kurz zuckte, wenn ihn die Kugel im Kopf traf. Der Schütze blickte regungslos herab, drehte sich um und nahm seine Position am Straßenrand wieder ein. Die Menge trat zusammen, die Gasse schloss sich und verschluckte den Leichnam. Der Bewacher wartete auf den Nächsten, den er erlösen konnte von seiner Qual. Wahrlich, es war eine Erlösung, mehr noch, es war eine Gnade. Denn wer das Ziel dieser Pilgerreise erreichte, auf den wartete der Vorhof der Hölle. Das Ende des Marsches war eine Waldlichtung, ein Feld, ein Steinbruch. Die Szenerien wechselten, die Handlung blieb gleich. Die Bewacher, die noch eben den Gnadenengel gespielt hatten, waren jetzt die Requisiteure des nächsten Aktes. Sie suchten die Männer aus, deren Kraft noch nicht gänzlich verbraucht war, und drückten ihnen einen Spaten in die Hand. Sie begannen zu graben. Schaufelten Gruben, hoben Gräben aus. So lange die Kraft reichte, warfen sie Schaufel um Schaufel Erde aus den Löchern, bis sie zwei oder drei Meter tief waren. Die Männer in Uniform standen am Rand. Sie spähten hinein, riefen Anweisungen. Feixten und rauchten. Sie zeigten in die Löcher. Nahmen über den Daumen Maß. Fachsimpelten darüber, ob es tief genug wäre. Reichten anschließend Flaschen herum und tranken. Ein Fest bahnte sich an. Endlich waren die Gruben fertig, und es konnte losgehen. Einer brüllte als Erster den Befehl, und alle fielen ein: »Ausziehen!« Man hörte es nicht - es waren Stummfilme. Aber man sah, worum es ging. Der Befehl spiegelte sich in den entsetzten Gesichtern der Geschundenen. Man erkannte ihn an ihren aufgerissenen Augen, den Mündern, die sich zu Entgegnungen öffneten.

»Nein! Das nicht! Tut uns das nicht an! Tötet uns, aber nicht so!«

Hörte einer der schwarz Uniformierten dieses Rufen und verstand er die Sprache, trat er vor den Mann, die Frau, das

Kind. Er hob das Gewehr und schlug zu. Mit dem Gewehrkolben. Einmal. Zweimal. Auch dreimal. Blut spritze aus Nasen, Mündern, Schädeln. Sie ergaben sich. Sie hatten keine Chance. Sie senkten die Köpfe, zogen die Schultern hoch. Sie zogen die Kleidung aus, falteten sie zusammen und legten sie auf Haufen vor ihre Peiniger. Fein sortiert. Ordentlich, wie es sich gehört. Hier die Hosen, da die Hemden, dort die Röcke. Die Blicke der Bewacher änderten sich. Augen fuhren über Leiber. Stierten. Taxierten. Glotzten. Gierig. Die Männer winkten die Nackten herbei. Sie griffen nach Brüsten. Zogen an Haaren. Die Schutzlosen legten Oberarme vor Brüste und Hände vor die Scham. Sie versuchten zu verbergen. Die Uniformierten rissen Arme und Hände zur Seite. Fassten zu. Lachten. Feixten.

Bald standen die Nackten zitternd am Rande der Grube und wandten den immer noch johlenden, pfeifenden schwarzen Männern den Rücken zu. Plötzlich Stille. Die Armseligen fielen in sich zusammen, als habe ein Puppenspieler die Fäden gelöst. Luise verstand nicht, sah nur die für einen Moment wie vom Wahnsinn geschüttelt zuckenden Körper, die im nächsten Augenblick leblos zu Boden glitten. Erst später bemerkte sie den schlanken Mann am oberen Ende der Grube. Er schwenkte sein ratterndes und zitterndes Maschinengewehr langsam von links nach rechts und zurück. Nicht alle Getroffenen fielen in die Grube, manche blieben am Rand liegen, die Glieder seltsam verdreht, die Münder im letzten Schmerzensschrei aufgerissen. Ein Offizier schritt an ihnen vorbei. Mit einem kräftigen Stiefeltritt schob er die Leiber hinab und blickte in das Grab. Zuckte da noch ein Körper? Hörte er ein Röcheln, ein Stöhnen? Er nahm die Pistole und schoss gezielt. Löschte das letzte Leben aus. Sie hörte den Schuss nicht, und doch hielt sich Luise die Ohren zu. Am Ende des Grabens blieb der Mann stehen. Er schaute noch einmal hinunter in das Grauen, ehe er sein Gesicht in Richtung Kamera drehte. Luise sah seinen Blick, und was sie sah, ließ sie frieren. Der Mann strahlte vor Zufriedenheit. Er hatte seine Aufgabe erledigt, die Arbeit konnte weitergehen. Er winkte, und die nächste Reihe nackter Elendsgestalten wurde nach vorne geschoben. Noch immer versuchten Einzelne, mit den Händen Scham oder Brüste zu bedecken, das letzte bisschen Würde wenigstens im Tod zu retten. Der Offizier nickte dem Mann am Maschinengewehr zu. Die Waffe begann zu zucken. Der Schütze schwenkte sie erneut von links nach rechts und zurück. Langsam wie zuvor. Wieder begutachtete der Offizier das Werk, legte letzte Hand an, wo das MG sein todbringendes Geschäft noch nicht erledigt hatte. Wieder dieser zufriedene Blick. Und die nächste Reihe. Und die nächste und die nächste und die nächste. Luise zählte nicht. Wie viele Männer, Frauen und Kinder waren in diesen auf Zelluloid gebannten Minuten getötet worden? Hunderte? Bestimmt! Luise achtete nicht mehr auf die Opfer. Sie hatte nur noch Augen für die Männer mit den Pistolen und Gewehren. Die Kerle in den Uniformen. Die gleiche Uniform hatte Axel daheim im Schrank. Schwarz wie die Nacht war das feine Tuch. Zusammengenäht von polnischen, ungarischen, rumänischen Frauenhänden in der Kleiderfabrik von Hugo Boss in Metzingen, damit es die Mörder ihrer Männer, Mütter, Schwestern und Kinder am Tage ihres Todes tragen konnten.

Erna stellte eine Kaffeekanne auf den Tisch.

»Komm, Luise, trink etwas.«

Wie konnte sie in diesem Moment so etwas sagen. Luise nahm die Hände vom Gesicht, und endlich, endlich weinte sie. Sie heulte, schluchzte. Ihr Körper bebte, als bräche er unter einer gewaltigen Last zusammenbrechen. Ihr Leben könnte nie mehr sein wie zuvor.

Sechsundzwanzig

Er konnte sich nicht erinnern, wann er sich zuletzt so elend gefühlt hatte. Daut presste den rechten Mittelfinger abwechselnd gegen die Schläfen und hoffte auf ein wenig Linderung. Sein Kopf schien zu zerspringen, und in seinem Magen tobte ein Kampf, dessen Ausgang er sich nicht vorzustellen wagte. Die Schreibmaschine kam ihm vor wie ein Fabelwesen, die Tasten wie Kraken, die ihn greifen und zwischen die Walze ziehen wollten. Seit einer Stunde versuchte er, einen halbwegs schlüssigen und sinnvollen Abschlussbericht zu Papier zu bringen. Es gelang ihm nicht. Vier zerknüllte Blätter mit den gestammelten Versuchen lagen im Papierkorb unter seinem Schreibtisch. Er blickte auf das Blatt vor ihm. Immerhin war die Seite halb gefüllt. Die Buchstaben tanzten vor seinen Augen, und die Welt um ihn herum schien zu zerfließen. Er hielt sich an der Schreibtischplatte fest, die Finger seiner rechten Hand krallten sich gegen das Holz. Sein Mageninhalt bewegte sich langsam, aber stetig nach oben, obwohl da gar nichts mehr sein konnte. Schon in der vergangenen Nacht hatte er sich auf dem Heimweg vom Rübezahl mehrmals übergeben, ein letztes Mal in der Küche. Es gelang ihm nur mit Mühe, den Spülstein zu reinigen. Zum Glück bekam Luise nichts mit, sie schlief so fest wie lange nicht mehr. Luise - das war auch so ein Thema. Sie redete kaum noch mit ihm. Wenn sie ihn ansah, hatte er das Gefühl, genauestens examiniert zu werden. Aber darüber wollte er jetzt nicht auch noch nachdenken. Er konzentrierte sich auf die Schreibmaschine. Der Fall Dora Zegg musste abgeschlossen werden. Endgültig. Das hatte ihm Rudat gestern Nachmittag unmissverständlich gesagt. Diese kleine Nutte war von einem feigen Fahnenflüchtigen auf der Flucht getötet worden. Basta! Damit war die Sache klar, erledigt und nicht der Rede wert. Um den Deserteur kümmerten sich andere. Das war nicht seine Aufgabe. Und wenn dieser entflohene Soldat gefasst würde, was ohne Zweifel in Kürze der Fall sein werde, wird er gehängt. Schluss - aus - vorbei. Eine Anklage wegen Mord an einer Nutte war da völlig überflüssig. Rudats Anweisung war klipp und klar:

»Sie und Rösen arbeiten ab morgen an der S-Bahn-Sache. Da brauchen wir jeden Mann!«

Daut hatte nur stumm genickt. Was sollte er auch erwidern. Die Logik war bestechend. Doch das war noch nicht alles. Daut hatte es befürchtet. Nur um ihm mitzuteilen, dass der Prostituiertenmord zu den Akten zu legen sei, hätte der Kriminaldirektor ihn nicht in sein Büro zitiert. Das kam nur alle Jubeljahre vor und nicht wegen einer solchen Lappalie. Da musste mehr dahinterstecken, und er musste nicht lange auf Aufklärung warten. Rudat richtete sich kerzengerade in seinem bequemen Bürosessel auf und lächelte Daut an. Oder grinste er? Auf jeden Fall bemühte er sich um einen freundlichen Tonfall.

»Und wenn wir dieses S-Bahn-Monstrum endlich geschnappt haben, warten andere Aufgaben auf Sie, Daut. Ich habe da so was läuten hören. Sie müssen einflussreiche Freunde haben. Da steht was an. Das wird sich für Sie lohnen, Daut. Ich gönne es Ihnen, und Sie können ja auch jede Mark gebrauchen, wo doch noch ein Kind unterwegs ist. Außerdem kommen Sie endlich raus hier. Ein paar Monate frische Luft und sinnvolle Arbeit. Bevor Ihr Baby da ist, sind Sie zurück. Unsere Jungs machen da kurzen Prozess in

Russland, Sie werden sehen.«

Anschließend hatte Rudat ihn noch zur Tür begleitet.

»Jetzt machen Sie sich noch einen schönen Abend. Sie können ruhig schon ein bisschen feiern.«

Gefeiert hatten Rösen und er dann auch. Im Rübezahl. Aber auf was tranken sie eigentlich? Einen abgeschlossenen Fall? Dauts bevorstehende Beförderung? Was hieß hier Beförderung! Es war undenkbar, dass er schon jetzt Kriminalrat wurde, schließlich war es gerade mal zwei Jahre her, dass er Kommissar geworden war. Nein, das konnte nicht sein. Als er Rösen von Rudats Andeutungen erzählte, meinte der Kollege lapidar:

»Bekommen die Mitglieder der Einsatzgruppen nicht satte Entschädigungszahlungen?«

Daut wusste es nicht, er hatte nie darüber nachgedacht. Aber wahrscheinlich wurde der Dienst fernab der Heimat besonders honoriert. Warum sonst waren viele so scharf darauf? Er war es nicht. Aber blieb ihm eine Wahl? Wenn Schellenberg mit einem wie ihm redete, war etwas im Busch, so viel stand fest. Er hatte in diesem Salon Kitty in ein Wespennest gestoßen, und jetzt wollten sie ihn loswerden.

Daut brachte nach zwei Stunden endlich einen halbwegs zusammenhängenden Bericht zustande. Es war ohnehin egal, was er schrieb und ob es einen Sinn ergab. Die Fahndung nach dem Mörder von Dora Zegg war eingestellt, was auch immer in seinem Abschlussbericht stand.

Er stand von seinem Schreibtisch auf, was ihm erneut Übelkeit verursachte. Vorsichtig legte er den Bericht in den Ausgangskorb und zog sich die Jacke über.

Rösen, der in diesem Augenblick das Büro betrat, schaute ihn überrascht an.

»Wohin willst du denn jetzt? Wir haben hier genug zu tun.«

Daut schob sich an ihm vorbei aus dem Raum.

»Ich glaube, ich bin krank. Fieber vermutlich. Ich gehe nach Hause.«

Siebenundzwanzig

»Und?«

»Er wird nervös, es dauert ihm alles zu lange.«

Erna stellte die Einkaufstasche neben den Schirmständer an der Garderobe. Gustav bemerkte, dass sie älter aussah als noch ein paar Wochen zuvor. Die ständige Belastung zerrte an ihrer Gesundheit. Sie schlief kaum noch eine Nacht durch. Dabei war im Moment alles ruhig in der Stadt. Besser gesagt, in der Luft über der Stadt. Das würde sich ändern. Bald nähmen die Engländer auch Berlin ins Visier wie zuvor Mönchengladbach oder die Städte an der Ruhr. Es würde nicht mehr bei vereinzelten Angriffen auf Tempelhof bleiben.

Gustav Neeb stand auf und half seiner Frau aus dem Mantel.

»Ich kann den Jungen verstehen. Warum brauchen die diesmal auch so lange? Früher war es in drei, vier Tagen erledigt.«

Erna seufzte.

»Du weißt es doch selbst, mein Lieber, alles wird komplizierter und die Angst immer größer. Jeder ist vorsichtig, sieht sich einmal mehr um, ob auch ja kein Lauscher oder Späher hinter ihm steht. Wir können froh sein, dass überhaupt noch jemand das Risiko auf sich nimmt.«

Gustav streichelte Erna über den Arm. Sie war so zerbrechlich und doch so stark. Sie würde sich niemals beugen. Er nahm die Tasche vom Boden und trug sie in die Küche.

»Manchmal frage ich mich, ob der Junge das überhaupt verdient hat. Gibt es nicht andere, die viel mehr getan haben als er?«

»Gustav! Wie kannst du so etwas sagen?

»Ich weiß, was du denkst. Aber habe ich nicht recht?«

Insgeheim hatte auch Erna Zweifel. Immerhin setzten eine Handvoll Menschen ihr Leben aufs Spiel, ohne etwas über denjenigen zu wissen, dem sie halfen. Es reichte ihnen, dass sich Erna und Gustav Neeb für ihn verbürgten. Damit trugen sie die Verantwortung. Aber sie konnten nicht anders, er war ihr Kind. Schon als Kleinkind tobte er durch ihre Wohnung. Damals ahnte niemand, welches Schicksal dieser Blondschopf mit seinem strahlenden Lächeln haben sollte. Er kam 1916 mitten im Krieg zur Welt. Der Vater starb 1918 bei Ypern im Gas, gab sein Leben für Deutschland und den Kaiser. Bekam das Eiserne Kreuz 1. Klasse. Da stand seine Mutter Anna alleine mit dem Kleinen da, mitten in all dem Elend. Was sollte sie anderes tun, als sich an ihre Familie zu halten? Und die Familie half - unter einer einzigen Bedingung, die der Mutter nur gerecht schien. Also ging Anna in die Synagoge und sprach mit dem Rebbe, der sich zunächst weigerte. Die Zeremonie habe am achten Tag nach der Geburt stattzufinden, nicht nach zwei Jahren. Aber Anna argumentierte, verwies auf den Krieg, auf die Umstände.

»War der Knabe kränklich?«, fragte der Rebbe.

Anna sah ihre Chance.

»Ja, ja, er war immer schwach, deshalb ging es auch nicht«.

Es war nicht wahr, doch Lügen sollten von nun an zu seinem Leben gehören. Zwei Wochen später trug man Annas Sohn in das Bethaus, das seine Mutter viele Jahre nicht mehr besucht hatte. Ihr Mann war Katholik, und ihr selbst war Religion egal. Deshalb wurde der Junge direkt nach der Geburt zum Entsetzen von Annas Eltern getauft. Hätte sein

Vater vor Ypern nicht zur falschen Zeit im falschen Graben gelegen, wäre er ein frommer Christ geworden. So aber stand jetzt, als sie ihn festlich gekleidet hereintrugen, die Gemeinde auf und rief: »Gesegnet, der da kommt!«

Der Mohel überprüfte mit einem Blick, ob die erforderlichen zehn Männer anwesend waren. Er ordnete seine Werkzeuge, und nachdem alles so abgelaufen war, wie vorgeschrieben, tat er sein Werk. Zum Erstaunen aller hielt der Kleine still. Nicht ein Laut kam aus seiner Kehle, als das Messer seine Vorhaut durchschnitt. Nur eine einzige Träne blitzte im linken Auge. Dem Schlusssegen der Zeremonie sollte er zumindest in seinen ersten Wünschen nie nachkommen: »Er wachse heran zur Tora, zur Chuppa und zu guten Werken.«

Die Großeltern mütterlicherseits starben bald, und es gab keinen Grund mehr, jüdische Traditionen zu pflegen. Im Prinzip vergaßen Anna und ihr Sohn, dass die Berit Mira überhaupt stattgefunden hatte. Nur in seltenen Augenblicken erinnerte sich der Junge vage an einen stechenden Schmerz, der ihm fast das Bewusstsein geraubt hatte. Als er in die Schule kam, schickte ihn seine Mutter in den katholischen Religionsunterricht. Sein Vater, ihr Mann, den sie immer noch liebte und vermisste, hätte es so gewollt. Mit ihrem Sohn sollte die jüdische Tradition der Familie enden. Dieser Entschluss stand fest. Aber da hatte sie die Rechnung ohne die Nazis gemacht. Plötzlich war ihr Sohn, der katholische Junge, ein Halbjude. Er, der nichts wusste von den religiösen Wurzeln seiner Familie. Er, der keine Ahnung hatte von den Riten. Er, der regelmäßig in die Kirche ging und sich oft genug mit Gustav stritt, der ein konsequenter Atheist war. Gustav, dessen Rolle irgendwo zwischen Vater und

Großvater lag, während Erna ihm nach Annas Tod die Mutter ersetzte. Da war er sechzehn Jahre alt.

Beide, Gustav wie Erna, waren entschlossen, ihn nicht zum Opfer eines Wahns werden zu lassen, der aus einer Religion plötzlich eine Rasse machte. Sie waren befreundet mit Doktor Weberknecht, Chirurg an der Charité. Er bescheinigte, dass der Knabe als Kind unter einer Vorhautverengung gelitten hatte, die er, Professor Dr. Weberknecht höchstselbst, im Frühjahr 1918 operativ beseitigt habe. Schwester Edelgard, die Weberknecht in tiefer, wenn auch unerfüllter Liebe verbunden war, bezeugte den Vorgang an Eides statt. Leider, so schrieb der Professor auf die entsprechende Bescheinigung, wären die Krankenakten in den revolutionären Wirren des Herbstes 1918 verloren gegangen. Doch was machte das schon, angesichts so genauer und zudem echter Bezeugungen. Und es ging ja auch alles gut, selbst als Albert sich eine Karriere als Offizier in den Kopf setzte, obwohl Gustav mit Engels- und mit Teufelszungen geredet hatte, um das zu verhindern. Erna wusste, worum es ging. Der Junge tat es seinem Vater zuliebe, an den er keine Erinnerung hatte als ein verblasstes Foto, das ihn in Uniform zeigte. Dabei hasste Albert die Nazis. Nicht nur wegen seiner persönlichen Geschichte, sondern weil er mit offenen Augen durch die Welt ging. Er sah das Leid derjenigen, die nicht über Beziehungen verfügten wie Gustav und Erna. Er war sensibilisiert durch die Bedrohung, der er ständig ausgesetzt war - Papiere hin und Bescheinigungen her. Er war ein vorsichtiger Mensch, der genau überlegte, was er sagte oder tat. Und er war ein Intellektueller. Das machte ihn verdächtig bei den Kameraden, und bald gab es Gerüchte, er sei *andersherum*. Er fühlte, wie die Bedrohung wuchs, und sprach mit Erna über seine Ängste. Deshalb verstand sie auch, was geschehen und warum er einen Augenblick unvorsichtig geworden war. In dieser Sekunde war alles aus dem Ruder gelaufen.

Der Junge vertraute ihr und Gustav. Obwohl längst ein erwachsener Mann, hatte er noch den Kinderglauben, dass alles gut werde.

Erna Neeb war sich da nicht mehr so sicher.

»Manchmal denke ich, sie haben uns schon im Visier.«

»Irgendwann wird das passieren, Erna.«

»Ich weiß, aber es darf noch ein bisschen dauern.«

Dabei lächelte sie, und eine Welle der Zärtlichkeit durchflutete Gustav. Sie waren seit achtunddreißig Jahren ein Paar, aber noch immer wärmte ihn ein einziger Blick von ihr.

»Hast du einen konkreten Verdacht?«

»Nein, aber ein ungutes Gefühl. Sie sind hinter ihm her, und ich fürchte, sie kommen ihm gefährlich nahe.«

»Ist nicht Luises Mann Polizist? Vermutlich könnten wir von ihm Genaueres erfahren.«

»Ja, aber ich will sie nicht aushorchen. Sie soll selbst entscheiden, was sie uns erzählt und was nicht.«

»Glaubst du nicht, dass sie sich längst entschieden hat, auf welcher Seite sie steht? Hast du ihren Blick gestern Abend nicht gesehen?«

Achtundzwanzig

Wie gerne wäre Axel noch einmal nach draußen gegangen. Die Luft in der Wohnung war zum Schneiden. Seine Kehle wie ausgedörrt. Luise hatte für die Kinder Limonade gemacht. Wo hatte sie bloß die Zitronen organisiert? Oder war es nur Zitronenersatz? Er wollte es nicht probieren. Das süße Getränk konnte seinen Durst nicht stillen. Eine Molle und ein Korn wären jetzt genau das Richtige. Die Wacholderflasche stand noch im Schrank. Er wusste, was Luise sagen würde. Vielleicht sollte er genau deshalb einen Schluck nehmen, am besten direkt aus der Flasche. Das hasste sie und würde losschimpfen. Endlich reden. Alles wäre besser als dieses elende Schweigen. Nur das Nötigste hatte sie heute mit ihm gesprochen. Sie hatte ihn gefragt, warum er so früh vom Dienst gekommen sei, ob es keine Mörder mehr zu jagen gäbe. Walter hatte verlegen aufgeblickt.

Jetzt waren die Kinder im Bett. Luise saß am offenen Fenster und stopfte einen Strumpf. Mit gebeugtem Oberkörper, als verlange die Arbeit ihre volle Konzentration. Daut hielt sich die Zeitung vors Gesicht, ohne zu lesen.

»Muss ja was richtig Spannendes sein, hast seit einer Ewigkeit nicht mehr umgeblättert.«

Daut ließ die Zeitung sinken. Auch Luise hatte den Kopf gehoben und schaute ihn an.

»Wir müssen reden, Axel!«

»Dass ausgerechnet du das sagst. Du schweigst dich doch den ganzen Tag aus!«

Luise stand auf und setzte sich neben ihn auf das Sofa. Sie faltete die Hände im Schoß.

»Ich weiß, dass dir nicht gefallen wird, was ich dir sage.«

»Ich habe dir auch etwas zu sagen, was dir nicht gefällt.«

»Wer fängt an?«

Für einen Moment schien die Leichtigkeit zurückzukehren, die ihre Beziehung in den ersten Jahren ausgezeichnet hatte. Damals war alle einfach und klar.

»Komm, wir ziehen Pinnchen. So wie früher«.

Daut benutzte die heimatliche Mundart, als könne er die Vertrautheit damit festhalten.

Wenn sie sich in den Anfangsjahren ihrer Liebe überschlugen und jeder dem anderen unbedingt jetzt und sofort etwas mitteilen musste, nahmen sie zwei Streichhölzer. Von einem Hölzchen brachen sie ein Stück ab. Daut nahm vor Luise verborgen eines in jede Hand und streckte die geschlossenen Fäuste vor sich. Luise musste raten. Meistens tippte sie auf links, und deshalb steckte Daut das kurze Stück in die rechte Hand, damit sie entscheiden durfte, wer zu erzählen begann. Denn das war die Regel: Wer gewann, hatte die Wahl. Heute steckte er das kurze Stück in die linke Hand, weil er hoffte, nicht als Erster reden zu müssen.

Luise überlegte nicht eine Sekunde: »Rechts.«

Daut öffnete die Hände. Früher hatte Luise in diesem Moment laut gelacht, egal, wie das Ergebnis war. Jetzt sagte sie emotionslos: »Du fängst an.«

Daut legte die Streichhölzer auf die Tischplatte und richtete sie mit dem Zeigefinger exakt aus.

»Sie haben mir den Fall weggenommen.«

»Welchen Fall?«

»Den Mord an der Dirne, du weißt schon. Der Mörder soll ein desertierter Soldat sein, und da sind wir nicht zuständig.«

»Gut. Dann kannst du dich um den S-Bahn-Mörder kümmern. Man traut sich als Frau nicht mehr auf die Straße. Ist das alles?«

Daut erschrak, wie barsch und hart Luise sein konnte. Er schüttelt den Kopf und wartete auf eine Ermunterung weiterzureden. Seine Frau jedoch schwieg. Er senkte die Stimme noch weiter, als er wieder zu sprechen begann.

»Die gute Nachricht kommt noch. Ich werde befördert. Oder zumindest etwas Ähnliches. Auf jeden Fall verdiene ich mehr Geld, und wir können uns eine bessere Wohnung suchen, bevor das Baby kommt.«

Er streckte die Hand aus und tätschelte über Luises dicken Bauch. Sie wich zurück.

»Befördert? Nach nicht einmal zwei Jahren? Da ist doch was faul.«

Es hätte ihm vorher klar sein müssen, dass er Luise nichts vormachen konnte. Das war ihm noch nie gelungen. Sie witterte drohendes Unheil sofort, vor allem, wenn es ihre Familie betraf. Da war sie das beschützende Muttertier.

»Nun ja, es ist keine richtige Beförderung. Aber wenn man bei einer Einsatzgruppe arbeitet ...«

Axel konnte den Satz nicht beenden. Seine Frau sprang auf, stieß dabei das halb volle Limonadenglas auf dem Tisch um und schrie:

»Einsatzgruppe? Du willst mir doch nicht etwa sagen, dass du in den Osten gehst?«

Daut schwieg. Was sollte er auch erwidern. Die Wahrheit stand klar und unmissverständlich im Raum.

»Ach so«, sagte Luise und begann auf und ab zu gehen, »dann ist ja alles klar. Mein werter Herr Gatte, der Kriminalkommissar Axel Daut, angetreten, das Gute und Wahre vor dem Bösen und Falschen zu beschützen, hilft dabei, im Osten mal so richtig aufzuräumen.«

Daut starrte seine Frau an. Ihr Gesicht war zu einer Fratze verzogen, die er noch nie zuvor bei ihr gesehen hatte. Selbst in den schlimmsten Wehenschmerzen vor Walters Geburt - und sie hatte damals unerträglich gelitten - machte sie nicht so eine Grimasse. Sie ging weiter mit festen Schritten in der Küche auf und ab. Ihre Stimme war laut und schrill, und Daut fiel nichts anderes ein als:

»Nicht so laut, Luise. Die Kinder!!«

»Die Kinder! Fang mir nicht an, von den Kindern zu reden. Es geht doch nicht um sie, auch wenn du das gerne hättest. Es geht um dich, Axel. Und um mich. Es geht darum, ob wir in zehn Jahren noch in den Spiegel schauen können, ohne uns zu ekeln! Darum geht es!«

Luise beendet ihre Rede für einen Moment und wischte sich mit dem Schürzenärmel einen Speichelfaden aus dem Mundwinkel.

»Weißt du, was da passiert im Osten? Hast du darüber einmal nachgedacht?«

»Die Leier wieder. Du glaubst also die Schauergeschichten von diesen Neebs und den anderen Verrückten, die bei ihnen ein- und ausgehen?«

Luise blieb abrupt stehen und starrte ihn an. Für einen Moment fürchtete Daut, sie würde sich umdrehen und aus der Wohnung rennen. Stattdessen griff sie sich mit den Händen ins Haar und begann zu weinen. Die Tränen rannen ihr wie ein Sturzbach aus den Augen, und aus ihrem Mund kam ein erschütternder Laut, wie ihn Daut noch nie gehört hatte.

Es war ein Klagen, das sich aus tiefster Seele Bahn brach. Es kam aus einem Teil von Luises Wesen, der bis zu diesem Moment verschlossen in ihr gewesen sein musste und jetzt in einer Sekunde zutage trat. Sie machte einen Schritt auf ihn zu, sank auf die Knie und bettete den Kopf in seinen Schoß. Ihr Oberkörper bebte vom Schluchzen, das in konvulsiven Stößen aus ihr herausdrang. Ihre Arme hatte sie seitlich weit von sich gestreckt, und sie versteiften, als Daut versuchte, ihre Hände an sich zu ziehen. Hilflos wartete er und spürte, wie seine Hose von den Tränen durchweicht wurde. In einer fast mechanischen Bewegung streichelte er ihr über den Kopf. So, wie seine Mutter es gemacht hatte, wenn er seinen Kummer in ihrem Schoß ausgeweint hatte. Endlich, nach Minuten, ebbte das Schluchzen ab. Luise nahm die Arme an den Körper und zog sich in einer langsamen Bewegung nach oben, die ihre Kraft zu übersteigen schien. Sie setzte sich unmittelbar neben Daut, nahm seine rechte Hand in ihre und legte ihren Kopf an seine Schulter.

»Ich habe gestern mit eigenen Augen gesehen, was Polizisten wie du in der Uniform, die in unserem Schrank hängt, tun.«

Und dann erzählte sie. Sie berichtete von allem, was sie auf der Leinwand in Neebs Wohnzimmer gesehen hatte, schilderte jede einzelne Szene, die sich unauslöschlich in ihr Gedächtnis eingebrannt hatte. Sie ließ keine Grausamkeit aus und keine Verzweiflung. Sie sprach über das feixende Lachen der Täter und das entsetzte, stumme Schreien der Opfer. Sie nannte alles beim Namen. Nannte die Mörder Mörder und die Opfer Opfer. Sie erzählte ohne Pause. Und als sie endete, war die Dämmerung in schwarze Nacht übergegangen. Daut schwieg. Es gab nichts zu sagen. Er kannte keine Antworten. Und er wusste keinen Ausweg. Er nahm seine Frau in den Arm und wiegte sie wie ein Kind.

Neunundzwanzig

Die Tage flogen an Daut vorbei. Er fühlte nichts, nahm nichts wahr. Er tappte durch sein Leben, schaute nicht nach rechts und nicht nach links. Er sprach nur wenig mit seiner Frau, und wenn, dann nicht über den Abend, der alles verändert hatte. Was gab es da auch noch zu reden? Es war alles gesagt. Worte brachten sie nicht weiter. Sie mussten Entscheidungen treffen, Lösungen finden, vor denen er sich fürchtete. Was auch immer er tat, er würde sein bisheriges Leben verlieren, entweder den einen oder den anderen Teil. Einfach so weitermachen, ging nicht. Luise konnte es nicht tolerieren, und auch er selbst nicht. Er war Polizist geworden, weil er auf der richten Seite stehen und gegen die falsche Seite kämpfen wollte. So einfach war das. Seine Naivität setzte den Glauben an das Absolute voraus, sonst gäbe es diesen Dualismus nicht. Er hatte nie darüber nachgedacht, aber er spürte, dass er seinen Kinderglauben verlor. Gutes konnte böse sein. Konnte auch Böses gut sein? Wie erkannte man überhaupt noch, was richtig war? Warum sagte es ihm keiner? Wie gerne wäre er geflohen. Nach Hause, auf den Hof des Vaters, wo alles klar war. Da gab es keine Falschheit. Das Leben war Arbeit, und Arbeit war Vergnügen. Die Entscheidungen des Bauern wurden andernorts vorbestimmt. Wenn es regnete, mistete man den Stall aus, und wenn die Sonne schien, machte man Heu. Ein Blick zum Himmel, und man wusste, was zu tun war. Daut wünschte sich, dass man auch ihm die Entscheidungen abnähme. Dass alle Fragen plötzlich beantwortet seien, alle Konflikte gelöst. Eine kindliche Hoffnung, das war ihm klar. Luise war anders. Sie war robuster als er. Sie entschied.

Daut ließ sich durch den Tag treiben, während alle anderen verfügbaren Kriminalbeamten Berlins mit fanatischer Wut dem S-Bahn-Mörder hinterherjagten. Auch auf Dauts und Rösens Schreibtisch lag jeweils ein halber Meter Akten. Sie wühlten sich durch Papier, lasen Zeugenaussagen und schauten sich Fotos an, die sie oder andere schon dutzendmal studiert hatten. Immer auf der Suche nach dem einen winzigen Hinweis, den man bisher übersehen hatte. Wie viele Kollegen hatten schon das Gleiche getan? Erfahrene Männer, seit Jahren, oft seit Jahrzehnten dabei. Niemand hatte den entscheidenden Hinweis gefunden.

Daut warf eine Akte auf den Tisch.

»Das ist doch Blödsinn! Wir können dieses Zeugs lesen, bis wir schwarz werden, damit fassen wir den Mörder nicht. Den finden wir nur draußen auf der Straße, nicht hier drinnen.«

Er riss die Jacke vom Stuhl und sprang auf.

»Ich muss hier raus, oder ich ersticke!«

Rösen starrte ihn an, sagte aber kein Wort. Sie hatten ohnehin wenig geredet in den vergangenen zwei Tagen. Jeder hing seinen Gedanken nach.

Jetzt stürmte er aus dem Gebäude. Am Kanal entlang, die Linden runter, durchs Brandenburger Tor in den Tiergarten. Er rannte und rannte. Verließ die Chaussee, nahm die kleinen Wege. Die Sonne schien, es war warm. Menschen schlenderten gelassen die Pfade entlang. Illusion. Alles nur Illusion. Theater. Niemand war gelassen. Nicht einmal die Kinder. Ein Trupp HJ-Jungen marschierte über die Wiese. »Ein Lied, zwei drei ...« Daut hielt sich die Ohren zu. Er rannte weiter, schwitzte, zog sich das Jackett aus und hängte es über die Schulter. Sein Atem rasselte. Die Hitze stieg ihm in den Kopf. Plötzlich stand er am Neuen See. Wandte sich nach links. Der Zoo lag verlassen da. Gespenstische Stille. Wie gerne waren sie früher mit den Kindern hierhergekommen. Walter liebte die Elefanten, und die Kleine drückte sich an den Scheiben des Aquariums die Nase platt. Vor ein paar Wochen waren einige Gebäude durch Bomben beschädigt worden, Tiere starben im Feuer. Wer in dieser Stadt lebte, war in Gefahr. Nein, das stimmte nicht, es war schlimmer. Wer in Deutschland lebte, war in Gefahr. Und diese Gefahr kam nicht nur von oben.

Daut wandte sich Richtung Kaiser-Wilhelm-Gedächtniskirche. Er wollte Menschen sehen. Normale Menschen. Soweit das überhaupt möglich war. Vor der Kirche nahm ein SA-Zug Aufstellung. Die Kapelle intonierte das Horst-Wessel-Lied, und am Straßenrand nahmen die Menschen Haltung an. Was heißt hier Haltung? Würden sie den Arm so grotesk nach oben reißen und Heil brüllen, wenn sie eine Haltung hätten? Er senkte den Kopf und ging weiter. Die NSDAP-Getreuen hassten den Kurfürstendamm. Er stand für alles, was sie beseitigen wollten. Dekadenz nannte sie es. Möglich, dass Daut ihn gerade deshalb mochte. Besser gesagt, gemocht hatte. Als er 1936 in die Stadt kam, war der Boulevard international. Es gab mehr Olympiafahnen als Hakenkreuze, mehr Cafés als auf jeder anderen Prachtstraße Europas. Unterhaltung und Kultur trafen sich hier. Noch vor einem Jahr hatte ihm Rösen eine amerikanische Zeitung unter die Nase gehalten. Auf dem Titel eine Karikatur des Führers. Gekauft an einem Kiosk auf dem Kurfürstendamm. Alles war hier möglich. War. Noch immer reihte sich Schaufenster an Schaufenster, auch wenn die Auslagen oft mager waren. Doch die alten, wohl klingenden Namen waren verschwunden. Arisierung lautete das Stichwort. Oft war nicht nur der Name ausgetauscht worden, sondern auch der Inhalt. Statt eines noblen Bekleidungsgeschäfts ein Tabakladen. Der einstige Prachtboulevard verkam wie das ganze Land. Nur am Theater am Kurfürstendamm sah alles aus wie immer. Ein Plakat kündigte ein Gastspiel an: »Axel an der Himmelstür«. In der Hauptrolle Johannes Heesters, der Liebling aller Frauen.

Daut betrat ein Lederwarengeschäft. Seine verfluchte Holzhand brauchte ein neues Gewand. Die Verkäuferin weigerte sich, nur einen einzelnen Handschuh zu verkaufen. Also nahm er beide, obwohl sie höllisch teuer waren.

Seine Schritte verlangsamten sich. Fast schlenderte er. Er sah aus wie ein Tourist in besseren Jahren auf der Suche nach den Verlockungen dieser sündigen Stadt. Giesebrechtstraße. Wie automatisch bog er ab und stand vor dem Haus Nummer elf. Es dämmerte. Er war hungrig. Durstig. Voller Sehnsucht nach einem anderen, einem normalen, einem unbeschwerten Leben. Er läutete. Die Tür wurde geöffnet. Er trat ein.

Dreißig

Luise war überrascht, als es an der Tür klingelte. Sie bekam selten Besuch. Axel konnte es nicht sein, so früh kam er nie nach Hause. Außerdem hatte er einen Schlüssel. Oder hatte er wieder getrunken? Nein, tagsüber rührte er normalerweise keinen Alkohol an. Aber was war schon normal? Luise wischte sich die Hand an der Schürze ab und öffnete die Tür. Vor ihr stand Erna Neeb, einen Einkaufskorb über dem Arm.

»Ich habe noch Erdebeeren ergattern können. Sie sind zwar nicht mehr ganz frisch, aber für einen Kuchen taugten sie noch.«

Erna lüftete das blau karierte Tuch, das den Korb abdeckte. Darunter leuchteten vier große Tortenstücke.

Luise klatschte in die Hände.

»Erdbeeren! Ich weiß schon bald nicht mehr, wie die schmecken. Komm rein, Erna.«

Die beiden Frauen gingen in die Küche. Luise holte vier Teller aus dem Schrank, und Erna schob je ein Stück Kuchen darauf.

»Walter, Ilse, kommt und seht, was Frau Neeb mitgebracht hat!«

Tanzend und trällernd hüpfte das Mädchen in die Küche. »Kuchen!«, jauchzte sie. Anscheinend hörte ihr Bruder den Ausruf, denn zwei Sekunden später stand er in der Tür.

Erna Neeb strich ihm übers Haar.

»Das Zauberwort holt selbst die größte Leseratte aus ihrer Höhle, oder?«

»Hhm«, antwortete Walter.

»Du bist doch sonst nicht so wortkarg«, tadelte ihn Luise. »Wie wäre es, wenn ihr euch ordentlich bedankt.«

Walter machte einen Diener und Ilse einen Knicks.

»Danke, Frau Neeb«, sagten sie im Chor.

»Schon gut, Kinder. Jetzt nehmt eure Teller und geht in den Hof. Eure Mutter ist nicht begeistert, wenn ihr in der Wohnung alles vollkrümelt.«

Als Ilse die Flurtür hinter sich zugezogen hatte, zauberte Erna eine kleine Papiertüte aus dem Korb.

»Ist es das, wonach es riecht?«, fragte Luise.

»Echter Bohnenkaffee in Friedensqualität«, antwortete Erna.

Während Luise den Kaffee mahlte, Wasser aufsetzte und anschließend das wunderbar duftende Getränk langsam aufbrühte, schwiegen die Frauen. Luise war aufgeregt wie immer, wenn sie Erna traf. Kaffee und Kuchen. Fast so etwas wie Normalität, für ein paar Minuten wenigstens. Erst als sie am Tisch saßen und aßen, sagte Erna Neeb:

»Ich wollte nur sehen, ob du den Schock verdaut hast.«

Luise schüttelte langsam den Kopf.

»Ich glaube nicht, dass ich jemals verarbeiten werde, was ich gestern gesehen habe.«

Erna Neeb legte ihrer Freundin die Hand auf den Arm.

»Das geht uns allen so - selbst wenn wir diese Fotos und Filme häufiger gesehen haben. Aber wir dürfen nicht aufgeben und auch nicht verzweifeln. Auch dieses Elend wird ein Ende haben.«

Luise blies in die Tasse, um den Kaffee abzukühlen.

»Ihr redet alle so selbstverständlich über das Ende als etwas Erstrebenswertem. Ich frage mich, was ihr meint, wenn ihr das sagt. Nur das Kriegsende? Oder das Ende der Nazis? Und wird, was auch immer geschieht, das nicht unweigerlich auch der Untergang Deutschlands sein? Ihr könnt doch nicht wollen, dass wir am Ende gedemütigt werden. Macht sich keiner von euch jemals Gedanken, später als Verräter dazustehen - so wie nach dem letzten Krieg?«

Erna lehnte sich zurück und schaute Luise einige Sekunden an, ehe sie antwortete.

»Du meinst die Geschichte vom Dolchstoß? Das ist Unsinn. Am Ende des letzten Krieges war Deutschland besiegt, nur waren die Sieger nicht konsequent genug. Man hätte den Kaiser und die Offiziere dazu bringen müssen, die Niederlage einzugestehen - ohne jede Ausrede. Stattdessen zwang man uns einen Frieden auf, dessen Bedingungen genauso falsch wie ungerecht waren. 1918 hätte man eine völlig neue Ordnung in Europa schaffen können, die einen dauerhaften Frieden garantiert hätte. Stattdessen löste man keinen einzigen der alten Konflikte. Deshalb halten die meisten von uns eine totale Niederlage am Ende dieses Krieges für notwendig. Und ich bin sicher, dass es dazu kommen wird. An Russland sind bisher alle gescheitert, selbst Napoleon. Am Ende wird mit der Niederlage der Nazis die alte Ordnung in Europa untergehen und eine neue entstehen. Dafür arbeiten wir. Glaub mir, wir sind nicht nur gegen etwas, vielmehr kämpfen wir für etwas. Unser Ziel, an das wir fest glauben, ist eine gerechte Welt, in welcher der Mensch der Freund des Menschen sein kann.«

Erna erstaunte Luise einmal mehr. Sie wirkte wie eine nette, harmlose Großmutter und wusste gleichzeitig so viel über Politik und Geschichte. Wie sie die Sache mit dem Friedensdiktat erklärte - so hatte Luise das noch nie gesehen. Die Begeisterung umgab ihre Freundin wie eine Aura. Das war etwas ganz anderes als die hysterischen Massen im Sportpalast bei einer Hitlerrede.

Erna Neeb trank einen Schluck Kaffee und beugte sich zu Luise vor.

»Für dich ist das alles neu, und Neues macht uns oft erst einmal Angst. Natürlich wissen auch wir, dass in den kommenden Monaten viel Schreckliches geschehen wird. Wir sind doch keine realitätsfernen Fantasten. Viele Menschen werden sterben - auch viele Unschuldige -, bevor der Sieg der Gerechtigkeit und Vernunft feststeht. Aber es muss zur Niederlage dieser Bande kommen, die sich Deutschland einverleibt hat. Später, wenn einige Zeit vergangen ist, werden hoffentlich alle Deutschen erkennen, dass sie Verbrechern nachgelaufen sind. Deshalb habe ich keine Angst vor dieser neuen Zeit, Luise. Ich habe nur Angst vor den nächsten Tagen, Wochen und Monaten.«

Luise goss den letzten Rest Kaffee aus der Kanne in Erna Neebs Tasse.

»Du sprichst immer von Verbrechern. Seit dem ersten Eintopfessen in eurer Wohnung habe ich viel darüber nachgedacht. Wenn ich euch richtig verstehe, gehören auch die Soldaten zu diesen Schuldigen?«

»Nein, zumindest nicht alle. Dem Dienst in der Wehrmacht kann sich keiner ohne Gefahr für sein Leben entziehen, und selbst wir fordern nicht, dass ein deutscher Soldat nur über die Köpfe des Gegners zielt. Wir verlangen von niemandem, dass er sein Leben riskiert. Mancher tut es freiwillig. Du erinnerst dich doch an Kurt, den Künstler?«

Luise nickte stumm. Erna strich sich eine Haarsträhne aus der Stirn, ehe sie weitersprach.

»Kurt würde sich eher töten lassen, als einen russischen Kameraden zu erschießen. Männer wie ihn bewundern wir, und Generationen nach uns werden es ebenfalls tun. Wir erwarten von niemandem so ein Heldentum. Aber du hast den Film gesehen, Luise. Die Schauplätze waren keine Schlachtfelder, und es waren keine Soldaten, die im Kampf auf andere Soldaten schossen. Es waren Polizisten, die Zivilisten töteten. Selbst nach dem heute geltenden Recht haben sie diese Menschen rechtswidrig umgebracht. Sie sind Mörder. Nichts als feige Mörder. Ob man sie bestrafen kann, darüber wird man erst später und im Einzelfall entscheiden. Schuldig sind sie jedoch auf jeden Fall.«

Luise stellte die Kaffeetasse heftig auf den Unterteller, was sie sofort bedauerte.

»Ihr redet so viel von Schuld.«

»Weil es so viel davon gibt. Heute kann in diesem Land jeder zu jeder Zeit zum Verbrecher werden. Das ist das Schlimmste, was wir im Moment erleben.«

»Aber der Einzelne ist doch machtlos. Er gehorcht. So war es doch immer – und vor allem im Krieg.«

Erna spürte, dass Luise etwas anderes auf dem Herzen hatte. Sie beschloss, es direkt anzusprechen.

»Geht es um deinen Mann?«

Luise zögerte nicht eine Sekunde, ihrer Freundin von der Befürchtung zu erzählen, dass Axel zu einem Einsatzkommando versetzt werden könnte. Als Erna sah, dass Luise die Tränen in die Augen stiegen, rückte sie ihren Stuhl an ihre Seite und legte den Arm um ihre Schultern.

»Das ist schlimm, Luise. Trotzdem kann man sich selbst dort die Menschlichkeit bewahren. Du hast die Männer im

Film gesehen, wie sie hämisch grinsten und laut lachten, als sie die nackten, entwürdigten Menschen töteten. Niemand wurde gezwungen zu lachen. Es gibt immer und überall Möglichkeiten, Leid zu lindern, und sei es im Kleinen.«

Nach einem Moment des Schweigens fuhr Erna fort:

»Ich wollte dich ohnehin etwas zu deinem Mann fragen. Du musst nicht antworten, wenn du nicht willst.«

»Nur zu!«

»Du hast mir vor ein paar Tagen erzählt, dass er die Ermordung einer Prostituierten bearbeitet. Weißt du, wie es im Moment um diesen Fall bestellt ist?«

Luise berichtete in Kurzform, dass Axel den Fall abgeben musste.

»Der Mörder ist ein desertierter Soldat. Darum kümmern sich jetzt andere. Axel sagt, sie seien ihm auf der Spur.«

Ernas Gesicht lief kreidebleich an. Sie schluckte den Kloß herunter, der in ihrer Kehle steckte, und blickte der Freundin direkt in die Augen.

»Du kennst den Mörder, Luise. Erinnerst du dich an den jungen Mann, der bei deinem ersten Besuch zugegen war?«

»Meinst du das ‹Sorgenkind›? Nanntet ihr ihn deshalb so?«

»Ja, denn wir machen uns große Sorgen um ihn?«

»Warum hat er die Frau umgebracht?«

»Das ist eine lange Geschichte.«

»Axel kommt erst in ein paar Stunden vom Dienst.«

»Du wirst es erfahren, Luise. Aber noch nicht heute. Noch ist nicht die Zeit dafür. Doch da gibt es noch etwas.«

Luise schaute die Freundin fragend an und nickte ihr gleichzeitig aufmunternd zu.

»Du hast am letzten Sonntag gesagt, du würdest gerne etwas tun.«

Erna bückte sie sich, griff in den Korb, der neben ihrem Stuhl stand, und legte ein in Zeitungspapier eingewickelte Paket auf den Tisch. Anschließend griff sie in ihre Jackentasche und legte einen dünneren Stapel zusammengefalteter Zettel auf das Paket.

»Wenn du etwas gegen die Verbrecherbande unternehmen willst, ist jetzt die Zeit gekommen.«

Luise nahm eines der Blätter in der Hand, als sei es kochend heiß, faltete den Zettel auseinander und las.

Einunddreißig

»Na, mein Süßer, was möchtest du denn trinken? Champagner oder etwas Härteres? Schottischen Whisky, französischen Cognac, russischen Wodka? Oder steht dir der Sinn nach etwas ganz anderem? Männer aus Rothenburg bekommen bei uns, was sie wollen. Und es macht sie noch nicht einmal arm wie alle anderen hier.«

Die Frau, die ihm ihre in einem Seidenhandschuh steckende Hand auf das Knie gelegt hatte, lachte auf. Ihre Stimme verriet reichlichen Genuss von Tabak und Whisky, und ihr Busen wogte auf und ab - von einem Seidenneglige mehr zur Schau gestellt als verhüllt. Effektvoll zur Schau gestellt, musste Daut zugeben. Aber Else, so jedenfalls hatte sie sich ihm vorgestellt, trug wenigstens überhaupt etwas am Leib. Die anderen vier Damen im Raum waren nackt. Fast jedenfalls. Eine wohl proportionierte Blondine mit kinnlangen, glatten Haaren trug Seidenstrümpfe und hochhackige Schuhe, einer brünetten Knabenhaften im offenen Männerhemd baumelte eine Krawatte zwischen ihren winzigen, nackten Brüsten hin und her. Die dritte saß auf dem Barhocker und richtete ihren kecken Hut auf dem Bubikopf, während die vierte immerhin eine mindestens fünfundzwanzig Zentimeter lange Zigarettenspitze im Mund balancierte und gleichzeitig eine Platte auf das Grammofon legte. Sie setzte den Tonarm auf, und aus dem Lautsprecher schepperte Musik. Swing. Amerikanischer, soweit Daut, der ein ausgewiesener Musikbanause war, es beurteilen konnte. Er überlegte, was er zu trinken bestellen sollte. Es war egal, bezahlen musste er nicht. Jetzt verstand er die Bedeutung des Codeworts. Die Bonzen sicherten sich eine Sonderbehandlung zum Nulltarif.

Warum sollte nicht auch er davon profitieren? Er brauchte dringend ein bisschen Ablenkung und Aufheiterung. Also bestellte er Champagner. Else setzte sich rittlings auf seinen Schoß und rief über die Schulter:

»Eine Flasche Nummer eins, aber tout de suite!«

Sie nahm Dauts Gesicht in die Hand und gab ihm einen flüchtigen Kuss auf die Lippen. Er stellte überrascht fest, dass ihm der Mundgeruch von Alkohol und Tabak nicht unangenehm war.

»Und was können wir noch für dich tun? Möchtest du, dass ich dir das Buch hole?«

Das Buch? Daut brauchte eine Weile, bis ihm die Vernehmung von Kitty Schmidt einfiel. Else meinte den Katalog mit den Freudenmädchen! Er nickte.

Ein betrunkener Mann in SS-Uniform schubste die Krawattenträgerin vom Schoß und schrie:

»Wo sind denn heute die ganzen *Bubi drück mich's* geblieben? Gibt es denn hier keine adretten, deutschen Mädels mehr? Und spielt endlich ordentliche deutsche Musik!«

»Wie es dem Herrn Obersturmführer beliebt. Deutsche Musik und deutsche Mädchen!«

Die Krawattendame salutierte und ging mit angedeutetem Stechschritt zum Grammofon. Sie wählte eine Platte aus der umfangreichen Sammlung im Schrank unter dem Plattenspieler und legte sie auf. Die Musik setzte schmetternd ein, und aus dem Lautsprecher tönte eine Stimme, die Daut lange nicht mehr gehört hatte. Claire Walldoff war nur noch selten im Rundfunk zu hören. Luise hatte ihm vor einiger Zeit erzählt, sie hätte es mit Frauen. Der Obersturmführer jedenfalls war zufrieden. Den Refrain schmettert er lautstark mit, nicht in der Originalfassung, sondern so, wie ihn der Berliner Volksmund in Anspielung auf Göring umgedichtet hatte:

»Rechts Lametta, links Lametta, und der Bauch wird immer fetta, und in Preußen ist er Meester - Hermann heeßt er!«

Er schlug im Takt mit der Faust laut krachend auf den Tisch, als die Tür aufging. Herein kam eine sicherlich schon dreißig Jahre alte Frau in reichlich derangierter BdM-Tracht und ging direkt auf den SS-Offizier zu, der sie sofort an sich drückte.

»Na endlich, wurde aber auch Zeit, dass hier Zucht und Ordnung reinkommen.«

Eine deutlich über dem Altersdurchschnitt der übrigen Damen liegende Bedienung brachte Dauts Champagner, und Else legte ihm das Album auf den Schoß.

»Lass dir Zeit, mein Lieber!«

Daut nippte am Glas und sah sich um. Trotz dicker, roter Brokatvorhänge an den Fenstern und üppig bezogener Sofas und Sessel wirkte der Raum nicht schwülstig. Ein bisschen überladen schon, aber nicht so, wie er sich einen Puff vorstellte. Eher wie ein gediegener Club, in dem man sich zu einer Partie Rommé oder einem Gespräch nach dem Theater traf. Nur die leicht bekleideten Frauen ließen keinen Zweifel an der Bestimmung des Ortes.

Draußen setzte plötzlich Gerenne ein. Türen knallten, Anweisungen wurden gerufen. Kitty Schmidt streckte den Kopf durch die Tür. Sie erkannte Daut und winkte ihm kurz und wortlos zu. Sie schien zerstreut.

Der Obersturmführer hatte inzwischen seine Hand in das

Hemd der BdMlerin gesteckt, während sie an seinem Hosenschlitz zerrte.

»Wieso gehen eure blöden Uniformen bloß so schwer auf!«

»Halt dein Maul!«

Der Offizier brüllte die Frau an.

»Nichts gegen dieses Ehrenkleid. Schon gar nicht von so einem Grünschnabel wie dir. Haltung!«

Daut hielt die Luft an, aber die Frau sprang auf und hob den rechten Arm zum Gruß, wobei sie gleichzeitig einen Knicks andeutete.

»Heil Hitler, Kurtilein.«

Das Kurtilein beruhigte sich, stand schnaufend auf und zog die gespielt unwillig folgende Frau schwankend zur Tür.

»Ich denke, es ist Zeit für eine Dienststunde. Euch Mädchen muss man mal beibringen, wie ihr euch gegenüber einem deutschen Offizier zu verhalten habt.«

Daut blätterte das Album durch. Diesmal schaute er genauer hin, als bei seinem ersten, dienstlichen Besuch. Es enthielt zwanzig Fotografien von Frauen aller Größen im Alter von achtzehn bis vierzig. Stehend, sitzend, liegend, die Beine übereinandergeschlagen oder gespreizt, das Gesicht dem Betrachter frech zugewandt oder ins Profil gedreht. Scheu oder schamlos. Unter jedem Foto standen der angebliche Name des Mädchens und eine kurze Charakterisierung. »Ist temperamentvoll und stark«, »beherrscht perfekt Französisch«, »ist ein anschmiegsames Kätzchen«, »braucht eine starke Hand«.

Daut schaute sich eine gewisse Marianne an, als er Elses Hand auf der Schulter spürte.

»So, das Marianderl soll es also sein. Die ist ein wilder Feger. Hoffentlich hältst du das aus, mein Süßer. Scheinst mir doch eher ein Lieber zu sein. Aber wie der Herr, so's Gescherr. Komm, ich bring dich ins Séparée. Hier geht es gleich ein bisschen stürmisch zu.«

Daut folgte Else über den Flur, den Blick starr auf ihren Hintern gerichtet. Am Ende des Ganges öffnete sie eine Tür und schob ihn mit den Worten »dauert höchstens fünf Minuten« hinein. Das Zimmer war fünf mal fünf Meter groß und spärlich, aber elegant möbliert. In der Mitte stand ein zwei Meter breites Bett, bedeckt mit einem dunkelroten Brokatüberwurf. Auf dem Gemälde an der dahinter liegenden Wand räkelte sich eine nackte Schwarzhaarige mit ausgebreiteten, dem Betrachter entgegengestreckten Armen. Daut fragte sich, ob der Maler diesen Blick für lüstern hielt. Wenn ja, fehlte es dem Künstler eindeutig an Klasse. Außer dem Bett befanden sich nur noch drei Möbelstücke im Raum. Ein breiter Lehnsessel aus Korb, ein Stummer Diener und eine Kommode aus Nussbaumholz. Darüber hing eine Wandleuchte, die das Zimmer in milchiges, weiches Licht tauchte.

Daut setzte sich in den Sessel, der knarzend nachgab. Es klopfte an der Tür, und auf sein »Ja bitte!« schob eine in Serviererinnentracht züchtig gekleidete Frau einen Teewagen herein.

»Darf es für den Herrn noch etwas sein? Marianne bevorzugt ein Damengedeck. Aber vielleicht möchten Sie noch etwas Anregenderes?«

Sie nahm eine Zigarette aus einem Silberetui und legte sie quer über ein kleines Glas, das zur Hälfte mit einer bernsteinfarbenen Flüssigkeit gefüllt war. Als sie Axels fragenden

Blick sah, trat sie an den Korbsessel und flüsterte:

»Sie sind zum ersten Mal hier, oder?«

Ohne eine Reaktion abzuwarten, sprach sie weiter:

»An Ihrer Stelle würde ich das Zeug nicht anrühren. In dem Öl ist Opium.«

Sie trat zurück an den Teewagen und deutete an, dass sie die Zigarette in das Öl tauchte.

Axel entschied sich, bei Champagner zu bleiben. Wer weiß, ob er jemals wieder welchen bekommen würde.

In normalem Tonfall und Zimmerlautstärke fragte das Mädchen:

»Möchten Sie etwas essen?«

Auf Dauts vorsichtige Frage »Was können Sie mir denn bringen?« lächelte sie.

»Ich lasse Ihnen ein kleines Buffet anrichten, einverstanden?«

Axel nickte. Draußen polterten Türen, rannten Menschen von einem Raum zum anderen. Wenn die Tür zum Salon geöffnet wurde, drang für eine Sekunde ein Musikfetzen heraus. Irgendein lange nicht mehr gehörtes Couplet, dessen Inhalt Daut vergessen hatte. Wahrscheinlich verboten, dachte er. Verboten wie alles hier.

Er legte sich der Länge nach auf das Bett und leerte das Champagnerglas in einem Zug. Es klopfte erneut an der Tür, und die Bedienung brachte einen Servierwagen voller Speisen. Daut stand auf, füllte das Glas erneut und studierte das Angebot, als die Frau hereinkam, die laut »Stutenbuch« Marianne hieß. Auf dem Foto hatte sie dauergewellte, schulterlange Haare, jetzt trug sie eine modische Bubikopffrisur. Präsentierte sie sich auf dem Lichtbild fast pornografisch entblößt, trug sie nun ein atemberaubendes Abendkleid. Daut vermochte nicht zu sagen, ob Marianne ihn nackt oder derart bekleidet mehr erregte. Eins war sicher: Er hatte noch nie eine schönere Frau gesehen, geschweige denn im Arm gehalten. Bis dahin sollte es nur einige Sekunden dauern, denn die Frau warf sich rücklings aufs Bett, schleuderte die Schuhe von den Füßen und forderte Daut auf, sich neben ihn zu legen. Als er sein Gesicht auf ihren Hals presste, merkte er, wie ausgehungert er war.

»Na, noch ein Schlückchen?«

Marianne winkte ihm mit der leeren Flasche zu. Daut schüttelte erschöpft den Kopf. Er wollte nicht, dass sie die Bedienung rief und die Situation zerstörte. Sie legte sich zurück, kuschelte den Kopf an seine Schulter und kitzelte ihm den Bauch. Er hatte sich das Zusammensein mit einer Prostituierten anders vorgestellt. Kälter, nicht zärtlich. Mit der rechten Hand streichelte er Mariannes Brust. Er drehte den Kopf, um sie zu küssen, als im Flur lautes Geschrei begann: »Was soll das? Lass mich los! Aua! Du tust mir weh!«

Eine Tür schlug zu, und es war wieder ruhig. Daut sah Marianne fragend an.

»Es sind nicht alle Männer so nett wie ich, oder?«

Die Frau in seinem Arm stöhnte leise auf.

»Nein, das sind sie nicht.«

Sie drehte sich zur Seite, hob ein Zigarettenpäckchen vom Boden auf und hielt es Daut hin, der schweigend ablehnte. Nachdem Marianne sich eine Zigarette angezündet hatte, flüsterte sie:

»Du bist Polizist, ja?«

Daut nickte.

»Du kennst auch unseren Chef, oder?«

»Den Schellenberg?«

»Dann kann ich es dir ja erzählen. Das muss aber unter uns bleiben. Versprochen?«

Statt einer Antwort zog Daut Marianne an sich heran und begann mit den Lippen an ihrem Ohrläppchen zu knabbern.

»Das Geschrei haben wir immer, wenn der Reichsmarschall Göring im Haus ist. Er lässt sich ein Séparée mit Spiegeln vollstellen. Alle Wände, selbst an der Decke, überall Spiegel. Und er will mehrere Frauen. Mindestens drei, manchmal auch vier oder fünf. Alle müssen Uniform tragen. Bei dem ist nichts echt.«

Daut ließ von dem Ohrläppchen ab und hielt Marianne den Mund hin, um an der Zigarette zu ziehen.

»Wie meinst du das, *bei dem ist nichts echt*?«

»Na, die Uniformen sind es nicht - und die Potenz auch nicht. Er kann nicht ...«

Dabei deutete sie lachend auf Dauts Penis, der sich erneut aufgerichtet hatte.

»Und wenn es nicht klappt und der kleine Hermann nicht so will wie der große, wird der Herr Reichsmarschall wütend. Dann schlägt er um sich und verprügelt die Mädchen. Aber was will man machen.«

Ja, dachte Axel. Was will man machen. Er nahm Marianne die Zigarette aus der Hand und drückte sie im auf dem Boden stehenden Aschenbecher aus. Rauchen konnten sie später.

Zweiunddreißig

»Dr. med. Karl Anton - Praktischer Arzt« stand auf dem Messingschild, das dringend poliert werden sollte. Luise stand unschlüssig vor dem Eingang des Hauses, das ebenfalls einen leicht heruntergekommenen Eindruck machte. Über eine Stunde war sie kreuz und quer durch die Stadt gefahren - dabei hasste sie die U-Bahn. Sie verabscheute die Enge, vor allem jetzt gegen Ende der Schwangerschaft. Aber sie wollte sichergehen, nicht verfolgt zu werden. Dabei, wer sollte sich für sie interessieren? Sie war nur die schwangere Frau des Kriminalkommissars Axel Daut. Nicht mehr. Und was lag näher, als dass sie in ihrem Zustand einen Arzt aufsuchte, auch wenn seine Praxis an der Hindenburgstraße und damit nicht in ihrem Viertel lag. Dass sie dabei einen Persilkarton mit sich herumschleppte, wunderte auch niemanden. Schließlich waren alle ständig damit beschäftigt, irgendetwas zu besorgen. Sie drückte die schwere Holztür auf und stieg ob der Anstrengung schnaufend die Treppe hinauf. Auch das Treppenhaus hatte schon deutlich bessere Zeiten gesehen. Ein Geruch von Fäulnis lag in der Luft, und Luise spürte Übelkeit in sich aufsteigen. Bitte nicht jetzt. Auf keinen Fall wollte sie hier Schwäche zeigen. Die Praxis lag im dritten Stock. Luise klopfte an die Tür und wartete einen Moment. Als niemand antwortete, trat sie unaufgefordert ein. An der rechten Wand des winzigen Flurs stand ein kleiner Empfangstisch, dahinter ein Stahlschrank. Aus einer geöffneten Schublade ragte eine aufrecht stehende Karteikarte heraus. Aus dem Raum gegenüber der Eingangstür vernahm sie Gemurmel. Ein handgeschriebenes Schild mit der Aufschrift »Wartezimmer« hing an der Tür.

Wieder klopfte Luise. Augenblicklich wurde es still. Als sie das Zimmer betrat, blickten ihr sieben Menschen - vier Männer und drei Frauen - entgegen. Irgendetwas stimmte nicht, doch Luise brauchte einige Sekunden, ehe sie wusste, was falsch war. Die Leute in diesem Wartezimmer waren zu jung und sahen entschieden zu gesund aus.

»Am Empfang war niemand, ist der Doktor nicht da? Das wäre schade!«

Luise räusperte sich und sah die Frau an, die direkt gegenüber dem Eingang saß. Sie schlug die Beine übereinander und schwieg. Wie alle im Raum. Also sagte Luise den Satz, den Erna Neeb ihr eingetrichtert hatte.

»Dr. Anton ist mir von Anneliese Schrot empfohlen worden. Er soll der beste Lungenspezialist der Stadt sein.« Als sie es aussprach, fiel ihr auf, wie unsinnig das war, schließlich stand klar und deutlich *Praktischer Arzt* auf dem Türschild. Die Frau deutete ein Lächeln an und zeigte auf einen freien Stuhl neben sich.

»Setzen Sie sich. Ich bin Magda, und wie heißen Sie?«

»Luise. Luise ...«

Ein groß gewachsener, dürrer Mann, dem ein abgewetzter, brauner Anzug wie ein Sack am Körper hing, fuhr dazwischen: »Wir benutzen hier alle nur unsere Vornamen. Das muss reichen.«

Luise schluckte. In das erneute Schweigen wurde die Tür schwungvoll geöffnet, und ein Mann trat ein. Er trug einen weißen Kittel, aus dessen Seitentasche ein Stethoskop herausragte.

»Wie ich sehe, habe ich eine neue Patientin. Gestatten Sie, dass ich mich vorstelle: Ich bin Dr. Karl Anton, und wenn ich es richtig deute, brauchen Sie eher einen gynäkologisch ausgebildeten Kollegen als mich allgemeinen Quacksalber.«

Magda legte Luise die Hand auf den Arm.

»Das ist Louise, Doktor. Anneliese Schrot hat sie geschickt.«

»Wenn das so ist, herzlich willkommen. Sie werden verstehen, dass wir alle ein bisschen nervös sind. Haben Sie denn etwas für uns?«

Luise zeigte auf den Persilkarton zu ihren Füßen. Der Doktor stellte die Kiste auf das Tischchen neben der Tür, öffnete sie, nahm sich selbst ein Blatt und reichte einige andere an den Schlacks weiter, der Luise vorhin so barsch unterbrochen hatte. Er drückte jedem ein Flugblatt in die Hand. Stille im Raum. Alle beugten ihre Köpfe über die Zettel. Der Doktor führte beim Lesen den rechten Zeigefinger über die Zeilen wie ein Kind im ersten Schuljahr. Luise versuchte, sich auf den Inhalt zu konzentrieren. Bereits die Überschrift ließ ihr das Blut in den Kopf schießen: »Schluss mit den Lügen!« Was folgte, war Luise nicht neu. Vermutlich hatte Harro den Text geschrieben. Es ging um den Krieg gegen Russland und dass man ihn unmöglich gewinnen könne. Am Schluss stand die Aufforderung:

»Deutsche Bürgerinnen und Bürger. Berliner! Lasst Euch nicht belügen. Berichtet über die Wahrheit. Schließt Euch zusammen! Leistet Widerstand, wo immer Ihr könnt. Eines Tages - und das ist sicher! - wird die russische Armee Deutschland besetzen. Dann kommt es auf jeden an, der sich in diesen Tagen widersetzt hat. Jeder, der heute »nein, mit mir nicht« sagt, ist ein Hoffnungsträger für die Zukunft unseres Vaterlandes.«

Das Blatt war mit einer Schreibmaschine auf Matrize getippt und vervielfältigt worden. Die Schrift war blass und teilweise kaum leserlich, aber es sollten so viele Abzüge wie möglich herausgeholt werden. Matrizen waren nur schwer zu bekommen. Von Erna wusste Luise, dass der Künstler Kurt am einfachsten an Papier und anderes Material gekommen war, weil er im Großhandel einkaufen konnte. Diese Quelle war versiegt.

Der Doktor durchbrach die Stille.

»Interessant.«

Was für ein unpassendes Wort, dachte Luise. Sie schwieg aber wie alle anderen.

Magda stand auf, nahm sich einen kleinen Stapel der Flugschriften vom Tisch und winkte dem Schlacks zu, der sich bei ihr einhakte.

»Dann wollen wir mal.«

Der Doktor legte dem jungen Mann die Hand auf die Schulter.

»Wie immer?«

Magda nickte.

»Passt auf euch auf!«

Der Arzt schaute Luise an.

»Wir haben heute einen Männerüberschuss, deshalb können wir eine Frau gut gebrauchen. Aber wollen Sie sich das wirklich zumuten in Ihrem Zustand?«

Luise wusste zwar nicht, warum ein Männerüberschuss ein Problem darstellte, antwortet aber trotzdem:

»Deshalb bin ich hier.«

Sie stand auf und sah sich im Raum um. Alle hatten sich inzwischen zu Paaren gruppiert, lediglich ein untersetzter, etwa fünfunddreißig Jahre alter Mann saß noch auf seinem Stuhl und las das Flugblatt. Der Doktor deutete auf ihn.

»Dann gehen Sie mit Paul.«

Der Angesprochene schaute auf und sah in Luises Richtung. Zumindest dachte sie das, bis sie bemerkte, dass er schielte. Es war unmöglich auszumachen, ob er sie betrachtete oder den Arzt, der ihm ein paar Blätter entgegenhielt. Der Stapel war dünn, alle anderen hatten weit mehr genommen.

Paul stand auf.

»Charlottenburg. Wie immer.«

Er nahm Luises Arm.

»Kommen Sie, es ist schon spät.«

Auf der Straße wandte er sich nach rechts. Er ging so schnell, dass Luise Mühe hatte zu folgen. Sie sprachen kein Wort. Nach einer Viertelstunde - Luise war außer Atem von der Rennerei - steuerte er direkt auf den roten Klinkerbau eines Bahnhofs zu. »Schmargendorf« las Luise.

»Wo sind wir?«, fragte sie.

Paul blickte sich um, sie war drei Meter zurückgeblieben.

»Wir fahren jetzt mit der S-Bahn nach Halensee. Das werden Sie ja kennen. Sind nur drei Stationen.«

Der Mann blieb stehen, und Luise schloss auf.

»Und dann?«

Er lachte heiser.

»Was glauben Sie, was wir tun werden? In ein Café gehen und die Flugblätter dort verteilen?«

Er kratzte sich am Kopf und wendete sich Luise zu, ohne dass sie sagen konnte, ob er sie tatsächlich ansah oder überprüfte, ob ihnen jemand gefolgt war.

»Wir spazieren den Ku'damm runter, Gnädigste. Viele

große Häuser, viele Briefkästen. Bis zur Uhlandstraße sollten wir die paar Blätter losgeworden sein.«

Luise schätzte die Entfernung vom S-Bahnhof Halensee bis zur Uhlandstraße ab.

»Das schaffe ich nie! Das sind doch mindestens zwei Kilometer.«

»Eher drei«, antwortete Paul und verfiel wieder in Schweigen.

Ohne ein Wort zu wechseln stiegen sie zum Bahnsteig hinauf. Schweigend warteten sie auf den nächsten Zug. Schweigend fuhren sie bis Halensee. Schweigend überquerten sie den Henriettenplatz. Der Kurfürstendamm lag vor ihnen, furchterregend dunkel, die Laternen waren abgeschaltet. Nur selten fiel ein Lichtschein aus einem Hauseingang oder Fenster auf das Trottoir. Ein einziges Auto fuhr an ihnen vorbei Richtung Grunewald. Das Licht aus den winzigen Scheinwerferschlitzen reichte gerade, damit der Fahrer nicht von der Fahrbahn abkam. Paul deutete auf Luises Bauch.

»Wo wohnen Sie?«

Einen Moment zweifelte Luise, ob sie ihm trauen sollte, nannte aber doch ihre Adresse.

»Begleiten Sie mich so weit wie möglich. Diesmal sind es ja nur wenige Blätter. Danach gehen Sie ohne mich zurück und nehmen die S-Bahn direkt bis zur Kolonnenstraße. Das werden Sie ja wohl schaffen.«

Luise registrierte den sarkastischen Unterton, beschloss aber, ihn zu überhören. Sie nickte, obwohl sie im gleichen Moment an den S-Bahn-Mörder dachte. Schnellen Schrittes ging Paul weiter. Nach fünfzig Metern blieb er stehen und wies in einen Hauseingang.

»Das Haus ist gut, in allen Wohnungen ist es dunkel, und es gibt viele Briefkästen. Sie bleiben hier! Wenn jemand kommt oder das Licht in einer Wohnung angeht, rufen Sie nach mir.«

»Was soll ich denn sagen?«

»Na was wohl? Meinetwegen, dass sie endlich weitergehen wollen und ich mich mit dem Pinkeln beeilen soll.«

Luise senkte den Blick, und so entging ihr Pauls anzügliches Grinsen. Er schlüpfte in den Hauseingang. Luise hörte das leise Klappern der Briefkästen, wenn er ein Flugblatt einwarf. Eine Minute später kam er wieder heraus, und sie gingen weiter den Ku'damm herauf. Als auch am zweiten Haus alles glattging, entspannte sich Luise.

»Wie viele Blätter haben Sie noch?«

Paul griff in die Innentasche seines Mantels.

»Nicht mehr viele. Am Lehniner Platz müssten wir sie loswerden.«

Zwanzig Meter rechts vor ihnen wurde eine Tür geöffnet. Lachen drang auf die Straße, Menschen kamen heraus. Zwanzig, vielleicht auch dreißig.

»Mist!«, fluchte Paul.

»Die Vorstellung ist aus.«

Luise schaute ihn an. Sein Gesicht war angespannt, und er kniff die Augen zusammen.

»Welche Vorstellung?«

Sie ärgerte sich, dass sie ein leichtes Zittern ihrer Stimme nicht verhindern konnte.

»Das Kabarett der Komiker.«

Paul ergriff Luises Arm und drückte ihn. In diesem Moment sah sie es auch. Zwei SS-Offiziere kamen ihnen auf dem Trottoir entgegen. Der eine pfiff ein Lied, und der andere mühte sich, trotz des leichten Windes eine Zigarette in Brand zu setzen. Paul zerrte Luise in einen Hauseingang und drückte sie gegen die Wand. Sie wollte protestieren, als er seinen Körper gegen sie presste und seine Lippen auf ihre drückte. Sie bekam keine Luft mehr, wagte es aber nicht, sich zu bewegen. Er streichelte ihr mit der Hand durchs Haar.

»Schau mal an, Sie haben es wohl sehr nötig. Und das in Ihrem Zustand! Schämen sollten Sie sich! Wahrscheinlich ist der Herr nicht der Erzeuger des Balges, das Sie da spazieren tragen, oder?«

Der größere der beiden SS-Männer trat auf sie zu. Paul löste seine Lippen von ihren, und so konnte Luise wenigstens Luft holen. Seinen Körper allerdings bewegte er keinen Millimeter zur Seite. Der Offizier winkte seinen Kameraden heran.

»Schau dir den an, Ferdinand. Würde mich nicht wundern, wenn der schielende Gnom da ein Judenschwein ist. Haben wir es hier mit einer niederträchtigen Rassenschande zu tun?«

Der andere Offizier hantierte immer noch erfolglos mit seinem Feuerzeug und winkte ab.

»Ach komm, Karl. Lass uns gehen. Ich hab vielleicht einen Durst!«

Der Angesprochene warf noch einen abschätzenden Blick auf Luise, ehe er sich umdrehte.

»Hast recht«, sagte er. »Ich habe auch einen ordentlichen Brand.«

Er schlug dem anderen kräftig auf die Schulter, und sie

marschierten im Gleichschritt davon.

Luise zitterte am ganzen Leib. Paul löste sich langsam von ihr. Er griff in seine Hosentasche, hielt ihr ein Taschentuch hin und deutete auf ihren Mund. Luise betupfte ihre Lippen. Ein dicker Tropfen Blut färbte das Tuch rot. Hatte sie sich in ihrer Panik selbst gebissen? Oder war er es gewesen?

»Komm!«

Paul ging langsam am Theater vorbei. Der Platz vor dem Eingang hatte sich inzwischen geleert. Alle wollten so schnell wie möglich aus der Dunkelheit nach Hause oder in eine der umliegenden Gaststätten. Er bog rechts in die nächste Straße ein. Luise konnte das Straßenschild in der Finsternis nicht entziffern. Der Name schien ihr ellenlang.

»Ich bin gleich wieder da!«

Durch eine Wageneinfahrt betrat Paul einen Hinterhof und kam nach wenigen Sekunden zurück.

»Alles erledigt. Geht es dir gut?«

Am liebsten hätte sich Luise das vertraute Du verboten. Was bildete sich der Kerl ein. Stattdessen nickte sie stumm.

»Dann gehst du jetzt zurück zum Bahnhof Halensee. Den Rest schaffe ich alleine.«

Ohne ein weiteres Wort drehte er sich um und ließ sie stehen. Übelkeit stieg in Luise hoch. Sie trat an die Hauswand und erbrach sich.

Dreiunddreißig

Vorsichtig drehte Daut den Schlüssel im Schluss und öffnete behutsam die Wohnungstür – auf keinen Fall wollte er Luise wecken. Den langen Weg von der Giesebrechtstraße zur Roten Insel war er zu Fuß gegangen in der Hoffnung, den Kopf freizubekommen. Es hatte nicht geholfen, er war immer noch nicht bei klarem Verstand. Dabei hatte er heute weniger getrunken als in den Nächten davor. Es war nicht nur die betörende Körperlichkeit Mariannes, die ihn berauschte. Vielmehr war es die bloße Existenz von Kittys Salon, die ihn aus der Realität katapultierte. Was ging hier vor? Parteibonzen, Offiziere, Botschafter - alle im Rausch. Nichts von dem, was er in den vergangenen Stunden erlebt hatte, hätte er zuvor auch nur im Traum für möglich gehalten.

Daut öffnete die Tür zu Küche. Luise saß am Tisch, vor sich eine Tasse mit kaltem Muckefuck. Sie starrte mit glasigen Augen vor sich hin, als hätte sie geweint. Ihre Haare waren ungeordnet, und es schien Daut, als sei ihre Unterlippe leicht geschwollen. Sie trug ihr langes Nachthemd, vermutlich hatte sie schon im Bett gelegen. Ohne den Kopf zu heben und ihn anzusehen, sagte sie: »Wieder spät heute?«

Daut trat schweigend auf sie zu. Wie gerne würde er ihr sagen, dass seine Welt aus den Fugen geraten war. Vielleicht könnte sie es ihm erklären. Sie schien so viel mehr zu verstehen als er. Als er sich zu ihr herunterbeugte, um ihr wie tausend Mal zuvor über den Kopf zu streicheln, wandte sie sich brüsk ab.

»Du riechst wie ein ganzer Puff!«

Wortlos ging Daut ins Schlafzimmer.

Vierunddreißig

»Verdammt, Axel, wach endlich auf!«

Daut hob den Kopf. Der Platz neben ihm war leer. Wo war Luise? Er versuchte, sich zu erinnern, was passiert war. Er war in der Giesebrechtstraße gewesen. Luise hatte in der Küche gesessen. Er war allein ins Bett gegangen. War sie schon aufgestanden oder nicht ins Bett gekommen? Wie spät war es? Im Zimmer war es stockdunkel.

Jemand hämmerte an die Wohnungstür.

»Axel! Komm endlich aus den Federn!«

Rösen. Daut hob die Beine aus dem Bett. Er trug seine Anzughose, zum Glück hatte er das Hemd sauber über die Stuhllehne gehängt. War er so betrunken gewesen? Nein, war er nicht. Er schlich durch die leere Küche zur Wohnungstür, an die schon wieder gehämmert wurde.

»Verdammt, sei leise. Du weckst das ganze Haus.«

»Axel, mach auf. Wir haben wieder eine Leiche. Erneut eine Frau, und diesmal ist es der S-Bahn-Mörder.«

Daut war von einer Sekunde zur anderen hellwach.

»Dauert nur einen Moment. Bin sofort fertig.«

Er rannte zurück ins Schlafzimmer, zog das Hemd vom Stuhl und schnupperte daran. Ein süßlicher, von Tabak unterlegter Parfümgeruch stieg ihm in die Nase. Daut riss die Schlafzimmerschranktür auf und zog ein weißes Hemd aus dem oberste Fach. Polternd fiel ein Bündel Papiere auf den Boden.

»Mensch, Axel, wir haben nicht ewig Zeit! Nun mach schon!«

»Ja, ja«, brummte Daut leise und hob die Papiere auf. Leere Blätter. Warum hortete Luise Papier im Kleiderschrank?

Er stopfte das Bündel zurück unter die restlichen Hemden und zog sich hastig an.

Rösen saß bereits im P4, als Daut aus dem Haus kam. Kaum hatte er sich in den Sitz fallen lassen, fuhr der Kollege mit aufheulendem Motor los.

»Nun mach mal halblang, Ernst! Wenn ich dich richtig verstanden habe, ist die Dame doch schon tot, oder? Wo fahren wir überhaupt hin?«

»Lichtenberg. Die Leiche liegt in einer Laubenkolonie.«

Daut sog hörbar die Luft ein. Das passte zum S-Bahn-Mörder. Abgelegenes Gelände war sein Terrain.

Den Rest der Fahrt schwiegen die beiden Polizisten, passend zur nächtlichen Atmosphäre. Berlin war gespenstisch. Dunkel und verlassen lagen die Straßen vor ihnen, kaum beleuchtet von dem dünnen Schlitz am Scheinwerfer, der gerade genug Licht durchließ, um auf der Fahrbahn zu bleiben. Hin und wieder huschte eine Katze vor dem Auto über die Straße. Auf der Frankfurter Allee überfuhren sie einen Igel, der sich in die Straßenschluchten der Großstadt verirrt hatte. Fast war es so, als hole sich die Natur die Stadt von den Menschen zurück. Der Homo sapiens hatte kapituliert.

Rösen kurvte durch die Straßen rund um den Lichtenberger Stadtpark, ehe er die Laubenkolonie erreichte. Vor dem Eingang stand das Mordauto der Polizei sowie ein Leichenwagen. Schweigend gingen Daut und Rösen zu der Laube, in der sich die Tat ereignet haben musste. Die Tote, eine gewissen Frieda Kozial, war fünfunddreißig Jahre alt und nach Auskunft eines anderen Laubenpiepers, den ein uniformierter Polizist unsanft aus dem Schlaf geholt hatte, geschieden.

Daut warf einen Blick in das Gartenhaus. Die Spuren waren eindeutig. Der Mörder hatte sein Opfer vermutlich erst vergewaltigt und dann erschlagen. Die Tat entsprach genau dem Vorgehen des S-Bahn-Mörders. Es war wie verhext. Warum schlug er jetzt wieder in einer Laubenkolonie zu? Es war fast so, als wüsste er genau, was die Polizei tat. Verringerten sie die Bewachung an einer Stelle, um sie woanders zu verstärken, schlug er garantiert an der Schwachstelle zu. Er hielt sie zum Narren.

»Wir haben ihn. Diesmal haben wir ihn!«

Der Polizist, der neben der Leiche kniete, war völlig außer sich. Er richtete den Strahl einer Taschenlampe auf einen deutlich sichtbaren Fußabdruck. Rudat, den Daut bisher nicht gesehen hatte, sprang in einer dunklen Ecke der Laube auf.

»Den Abdruck sofort sichern und ab ins Labor damit. Ich will die Ergebnisse noch heute Morgen. Alle anderen zurück in die Büros. Wir suchen den Mann, der diesen Schuhabdruck hinterlassen hat. Er ist der Mörder - das habe ich im Gefühl.«

Daut verließ den engen Raum. Er war froh, der stickigen Luft zu entkommen, und wandte sich nach rechts auf den schmalen Weg, an dem sich Garten an Garten reihte. Früher, vor dem Krieg, pflanzte der eine oder andere Kleingärtner Blumen an. Heute waren die Beete eng mit Kartoffeln, Rüben oder Bohnen bepflanzt. Was zu nichts nutze war, hatte man längst aus dem Boden gerissen. Schönheit machte nicht satt.

An Dauts rechtem Schuh hatte sich der Schnürsenkel gelöst. Er stellte den Fuß auf einen Zaunpfosten und verknotete das Band, als er aus dem Augenwinkel einen Schatten hinter der Nachbarlaube verschwinden sah. Daut schlich um das Haus herum. Nichts. Hatte er sich vertan? Spielten ihm die Sinne einen Streich in dieser verdunkelten Welt? Er wandte sich Richtung Weg. Da! Wieder dieser Schatten - diesmal neben dem Haus. Daut sprang über die fünfzig Zentimeter hohe Beeteinfriedung und rannte los. Der Schatten löste sich von der Wand und stürmte über den Nachbargarten auf die Mauer zu, von der die gesamte Kolonie umgeben war. Wie weit war es bis dahin? Dreihundert Meter? Mehr bestimmt nicht. Daut rannte, so schnell er konnte, aber der Mann vor ihm war flinker. Soweit Daut das erkennen konnte, war er jung und schlank. Ein schwarzer Ledermantel wehte hinter ihm wie ein von Feuchtigkeit schwerer Flügel. Daut rutschte auf einem Stein aus und schrie kurz auf. Ein Schmerz fuhr ihm ins rechte Knie, doch er rannte weiter. Sein Atem rasselte, die Lungen pfiffen eine Melodie in Moll. Der Mann erreichte die Mauer. Er sprang hoch und versuchte, die Mauerkrone zu greifen. Erfolglos. Das gab Daut die Zeit, ihn zu erreichen. Als er die Hand nach dem Flüchtigen ausstreckte, sprang dieser erneut. Diesmal klappte es, und er zog sich die Mauer hoch. Daut griff nach dem rechten Fuß. Der Mann trat aus und traf Daut an der Schulter, der niedersank wie ein Hufschmied, den der Tritt eines Pferdes zu Boden streckte. Der Polizist stöhnte auf, und der Mann blickte, als er die Beine auf die Mauer schwang, nach unten. Das Gesicht hatte Daut schon einmal gesehen. Aber wann? In welchem Zusammenhang?

Fünfunddreißig

»Keine Nachrichten sind gute Nachrichten, Freunde!« Gustav Neeb legte den Löffel zur Seite und stand auf.

»Noch ein bisschen Eintopf, Luise? Du musst schließlich für zwei essen!«

Luise wehrte ab und bemühte sich um ein Lächeln. Die nächtliche Flugblattverteilung setzte ihr noch immer zu. Nie zuvor hatte sie so viel Angst gehabt. Gustav Neeb wandte sich der Runde am Tisch zu.

»Wer hat noch nicht, wer will noch mal?«

Niemand rührte sich.

»Was ist denn mit euch los? Nur weil wir seit Beginn des Feldzuges gegen Russland keine konkreten Meldungen haben, heißt das doch nicht, dass wir hier Trübsal blasen müssen. Erfolgsmeldungen posaunen die Brüder vom OKW doch sonst immer sofort heraus.«

Als niemand reagierte, schöpfte sich Neeb eine Kelle Eintopf in den Teller und aß schweigend weiter. Die Berichte über den Kriegsverlauf im Osten waren bisher eher vage. Das übliche Geschwafel eben über einen schnellen Vormarsch und Verluste des Gegners. Aber keine konkreten Ortsnamen, Daten, Fakten. Auch die ausländische Presse berichtete nichts Genaues. Zumindest war Harro nicht in den Besitz solcher Artikel gekommen.

Die Stimmung im Wohnzimmer der Neebs war angespannt wie lange nicht mehr. Im Hintergrund lief das Radio. Schlagermusik. Endlich die bekannte Fanfare. Alle hofften auf etwas Handfestes - selbst wenn es üble Propaganda war. Ein Körnchen Wahrheit ließ sich meistens entdecken. Erna sprang auf, warf die Serviette auf den Tisch und drehte am

Lautstärkeregler.

»Das Oberkommando der Wehrmacht gibt bekannt: Der Vormarsch unserer Truppen auf sowjetrussischem Gebiet geht mit unverminderter Kraft und Geschwindigkeit weiter. Gestern am späten Nachmittag kapitulierten die Städte Bialystok und Minsk. Mehr als dreihunderttausend feindliche Sowjetsoldaten wurden gefangen genommen.

Unserer Luftwaffe gelang es in den vergangenen Tagen, fast die gesamte Flugzeugflotte des Feindes am Boden zu zerstören. Der Vormarsch unserer Soldaten in Richtung Moskau kann somit aus der Luft kaum noch gestört werden.«

Luise hatte den Löffel vorsichtig auf den Tisch gelegt. Nur kein Geräusch machen, das die Stille im Raum störte. Alle saßen wie festgewurzelt auf ihren Plätzen und lauschten der sonoren Stimme aus der *Goebbelsschnauze*. Je länger der Sprecher redete, desto greifbarer wurde das Entsetzen der Zuhörer.

Als Erste hielt es Libertas nicht mehr aus:

»Das kann nicht stimmen! Sie lügen, wie sie immer lügen!«

Sie sprang vom Stuhl auf und rannte im Zimmer auf und ab.

»Stalin war gewarnt, er wusste, was ihn erwartete. Unmöglich, dass er seine Luftwaffe einfach so mir nichts, dir nichts am Boden zerstören lässt.«

»Setzt dich hin und beruhige dich, Liebling!«

Harro nahm eine Zigarette, zündete sie an und steckte sie seiner Frau zwischen die Lippen, die er dabei wie zufällig berührte.

»Normalerweise glaube ich diesen Brüdern nur selten.

Aber in diesem Fall könnte es stimmen. Vorgestern gab es eine spontane Feier im Ministerium, zu der Göring persönlich eingeladen hatte. Anschließend ist Lametta-Heinrich noch mit seiner Entourage weitergezogen. Soll ein rauschender Abend in einem der speziellen Etablissements gewesen sein.«

Luise erwartete, dass man Harro widersprach, doch alle am Tisch schwiegen. Niemand saß näher an der Quelle der Informationen über militärische Vorgänge als er. Was sollte man also sagen. Die Aufbruchstimmung vergangener Tage war dahin. Angst machte sich breit. Wie würde Churchill reagieren? Was für eine Frage. Er konnte nur eine Antwort geben: Bomben. Er würde Flugzeuge schicken, auch nach Berlin.

»Ich fürchte, du hast recht, Harro.«

Luise starrte die Frau an, die lässig am Türrahmen lehnte. Wo hatte sie diese Schönheit bloß schon einmal gesehen? Sie war noch keine fünfundzwanzig, groß und schlank. Der enge, cremefarbene Anzug betonte ihre Figur, vor allem ihre langen Beine. Harro stand auf und begrüßte sie mit einem vollendeten Handkuss. »Willkommen«, hauchte er mehr, als er sprach. Die beiden redeten so leise miteinander, dass man ihre Unterhaltung am Tisch nicht hörte. Luise sah, wie Libertas sich mit fahrigen Bewegungen eine neue Zigarette anzündete, obwohl die alte noch im Aschenbecher qualmte. Ihr Mund schmollte. Harro führte die Dame zu einem freien Platz direkt neben Luise. Das Parfüm ist mindestens so teuer wie der Anzug, dachte sie. Harro legte ihrer Nachbarin eine Hand auf die Schulter.

»Bitte begrüßt einen neuen Gast in unserer Runde. Ich

bin sicher, dass viele von euch sich fragen, wo sie Ina schon einmal gesehen haben.«

Die Angesprochene sah mit einem strahlenden Lächeln nach oben, und für einen Moment hatte Luise den Eindruck, Harro hätte es die Sprache verschlagen. Er fuhr aber mit genauso fester Stimme fort:

»Bis vor Kurzem zierten ihre Fotos die Titelseiten zahlreicher Illustrierten. Ihr werdet ihr also schon an dem einen oder anderen Kiosk begegnet sein. Umso schöner, dass sie nun regelmäßig unser Gast sein wird.«

Harro verneigte sich leicht, und einige klopften mit dem Knöchel auf den Tisch. Bei ihrer Vorstellung hatte es keinen Beifall gegeben, erinnerte sich Luise.

»Danke für die nette Begrüßung.«

Ina sah sich lächelnd am Tisch um.

»Aber das alles ist Geschichte. Heute arbeite ich als Vorführdame im Salon von Annemarie Heise.«

Luise ärgerte sich, dass ihr bei der Erwähnung des Salons ein wenn auch kleiner Begeisterungsseufzer entfuhr. Ina sah sie direkt an.

»Na ja, ich denke, ihr wisst, dass dort ein paar Berühmtheiten einkaufen.«

Luise nickte. Natürlich war ihr das bekannt. Marika Röck, Zarah Leander – fast alle Film- und Bühnengrößen ließen sich von Annemarie Heise einkleiden. Als hätte Ina ihre Gedanken gelesen, sagte sie:

»Ich habe nicht nur die Ehre, berühmte Filmschauspielerinnen und solche, die sich dafür halten, zu bedienen, sondern das weit zweifelhaftere Vergnügen, Damen«, sie dehnte das Wort in die Länge und kräuselte dabei die Nase, »wie

Magda Goebbels oder unseres Führers Gespielin Eva Braun die neuesten Kreationen vorzuführen.«

»Eva Braun kommt zu Ihnen in den Salon?«

Kaum hatte Luise die Frage ausgesprochen, schämte sie sich für ihre Neugier. Ina allerdings schien sich nicht daran zu stören.

»Wo denken Sie hin! Natürlich fahre ich nach München. Mit einem vollen Schrankkoffer Kleider hin und mit einem halb leeren zurück.«

Sie lachte glucksend.

»Die gute Eva kann sich immer nicht entscheiden, wissen Sie. Vorgestern erst war ich dort. Als sie sich in einem Traum von einem Ballkleid vor dem Spiegel drehte, erzählte sie mir, wie glücklich der Führer sei über den Vormarsch der deutschen Truppen in Russland. Moskau werde schon bald fallen, und noch vor dem Wintereinbruch sei alles erledigt.«

Alle schwiegen. Die Betroffenheit war greifbar, bis Libertas aufsprang und durch den Raum tanzte.

»Propaganda, alles Propaganda«, sang sie mehr, als sie sprach. »Die dumme Eva fällt doch als Erste darauf rein.«

Nur Luise hörte, was Ina flüsterte.

»So dumm ist sie nicht.«

Der Rest ging im allgemeinen Aufbruch unter.

Sechsunddreißig

Daut stöhnte auf. Die Schulter schmerzte bei jeder Bewegung. Er sollte sie kühlen, aber Rudat ließ ihn nicht gehen. Wie oft hatte er die Geschichte seiner Begegnung mit dem Unbekannten in der Laubenkolonie jetzt schon erzählt? Zehn Mal bestimmt. Ein junger Mann, groß, schlank, durchtrainiert. Zumindest konnte er rennen. War er der S-Bahn-Mörder? Manches sprach dafür. Wer hielt sich sonst nachts in der Kolonie auf. Vor allem: Wer rannte weg, sobald ein Polizist hinter ihm her war. Aber wusste er überhaupt, dass Daut von der Polizei war? Wahrscheinlich schon. Der Einsatz in der Laube war nicht geräuschlos verlaufen. Zu viele Autos, zu viele Beamte. Da konnte man nervös werden. Andererseits sprach auch einiges dagegen. Der S-Bahn-Mörder hatte sich nach der Tat nie in der Nähe des Tatorts aufgehalten. Die Gefahr, entdeckt zu werden, war viel zu groß. Daut beschäftigte vor allem die Frage, ob und – wenn ja – wo und in welchem Zusammenhang er den Mann schon einmal gesehen hatte. Er hatte niemandem davon erzählt, denn er war sich nicht sicher. Dazu hatte er in den letzten Tagen zu viele Akten gewälzt, zu viele Fotos gesehen. Und zu viel erlebt. Sein Hirn spielte verrückt. Es kam ihm vor, als halluziniere er. War er tatsächlich in diesem Bordell gewesen? Er verdrängte den Gedanken, was ihm seltsam schwerfiel.

»Mensch, Axel, du musst dich doch genauer erinnern. Du bist ein schlechterer Zeuge als ein halbblinder Rentner, der den Einbrecher genau vor der Nase hatte.«

»Verdammt noch mal, Rösen. Der Kerl hat mir seinen Fuß

vor die Schulter gerammt. Ich habe sein Gesicht nur für einen Sekundenbruchteil gesehen. Das war's.«

Daut stand auf uns setzte sich sofort wieder mit schmerzverzerrtem Gesicht.

»Ist ja schon gut!«

Rösen ging zum Rollschrank und holte die Flasche Cognac hervor, die dort für Notfälle wie diesen stand. Er goss zwei Gläser großzügig voll und ging zurück zum Schreibtisch.

»Hier, trink!«

Daut nahm das Glas und setzte es an die Lippen. Auch Rösen nahm einen kräftigen Schluck.

»Macht auch nichts, wir finden ihn ohnehin.«

Daut ging um den Schreibtisch und setzte sich auf den Besucherstuhl.

»Die Kriminaltechnik hat den Fußabdruck identifiziert. Herrenschuh, Marke Salamander Fußarzt, Größe vierzig.«

Daut stöhnte auf.

»Hast du eine Ahnung, wie viele es davon in Berlin gibt?«

Er hob seinen linken Fuß und grinste Rösen an.

»Du auch?«

Daut nickte.

»Wie Tausende andere in dieser Stadt vermutlich.«

Sie tranken schweigend ihren Weinbrand. Daut sehnte sich nach einem Bett. Daraus wurde nichts, denn ein Uniformierter öffnete die Tür und stellte einen Karteikasten auf den Schreibtisch.

»Kleiderkarten«, war das einzige Wort, das er herausbrachte. Als er die fragenden Gesichter von Daut und Rösen sah, ergänzte er: »Schuhkäufer.«

Rösen zog den Kasten zu sich und ließ die Finger über die

Karten gleiten. Dann sprang er auf und schob Daut die Kiste zu.

»Fang schon an. Ich muss erst für kleine Kommissare.«

Daut zog die erste Karte heraus. Rudats Idee war bestechend. Sie würden alle Männer überprüfen, die in den letzten Monaten Schuhe gekauft hatten. Natürlich war das eine Sisyphosaufgabe, aber sie hatten keine andere Chance, auch wenn sie Monate brauchen würden. Selbst wenn sie sich auf die Männer nur aus Lichtenberg und Umgebung beschränkten, kämen zwanzigtausend infrage. Sie würden sich die Schuhsohlen ablaufen, um den Mann zu finden, der in der Mordnacht direkt neben dem Opfer gestanden hatte. Dabei war nicht mal sicher, ob er der Täter war. Sie konnten nur hoffen, dass ihnen wieder mal Kommissar Zufall zu Hilfe kam. Daut las die erste Karte. Niete, keine Salamanderschuhe. Er hatte die Karte gerade abgelegt, als Rösen zurückkam.

»Es gibt übrigens noch eine Tote«, sagte er lapidar, als handele es sich um eine völlig unbedeutende Mitteilung.

»Wurde vor drei Stunden aus dem Kanal gefischt.«

»Noch ein Opfer des S-Bahn-Mörders?«

»Nee, sieht nicht danach aus. Die Prinz-Albrecht-Straße hat übernommen, ist also nicht unser Ding.«

Tote im Landwehrkanal und Gestapo - das passte. Jeder wusste, dass man in den Verhörräumen der Prinz-Albrecht-Straße nicht zimperlich war. Da kam es schon mal zu Unfällen, manche mit Todesfolge. Gerne entsorgte man die Leichen in der Spree oder im Kanal, so munkelte man zumindest. Daut war neugierig. Wenn es einen Mord gab und man sie nicht informierte, war da etwas faul. Er stand auf, was sofort den stechenden Schmerz in der Schulter aufflammen ließ. Ohne sich etwas anmerken zu lassen, sagte er: »Ich muss dann auch mal«, und verließ den Raum. Statt zur Toilette ging er nach unten zur Zentrale und ließ sich die eingegangenen Fälle zeigen. Er fand die Akte schnell, sie war bereits mit dem Vermerk »keine weitere Veranlassung« versehen.

Er schlug sie auf, und als er das Foto sah, stockte ihm augenblicklich der Atem. Das Gesicht der Frau war zwar zertrümmert, aber er erkannte sie trotzdem sofort. Das Muttermal auf der linken Brust. Er hatte mit dem Finger die Form nachgezeichnet und gesagt: »Wie ein Schmetterling.«

Sie hatte gelacht.

»Was glaubst, mein Süßer, der wievielte du bist, der mir das sagt?«

Dann hatte sie ihr Champagnerglas genommen.

»Der kleine Flieger hat Durst.«

Er hatte das prickelnde Nass begierig aufgeleckt.

Daut wurde schlecht. Er schaffte es gerade noch zur Toilette, bevor er sich übergab.

Siebenunddreißig

Bis auf Luise waren alle schon gegangen. Erna hatte sie gebeten, noch zu bleiben.

»Wie geht es dir, Luise?«

Wie sie sich fühlte? Luise fehlte ein Begriff dafür. Elendig? Sicher. Vor allem aber zur Tatenlosigkeit verdammt. Die Welt um sie herum schien in Auflösung, und sie schaute zu. Sie war die geborene Betrachterin und nicht die Akteurin. So hatte sie sich jedenfalls bisher gesehen, aber vielleicht ließ sich das noch ändern, und sie konnte mehr tun, als nur Flugblätter zu verteilen. Sie war noch nicht zu alt dafür, in dieser Hinsicht war ihre Freundin Erna das beste Beispiel. Wenn sie über diese Fragen nachgedacht hatte - und sie hatte viel gegrübelt in den letzten Tagen -, kroch die Angst in ihr hoch. Schon der Gedanke an den Stapel Papier im Kleiderschrank ließ ihre Hände feucht werden. Dabei war er unbedruckt. Harmlos. Ungefährlich. Doch was war ungefährlich in diesen Zeiten?

Erna legte Luise die Hand auf den Arm und holte sie aus ihren Gedanken.

»Alles in Ordnung, Erna, mach dir keine Sorgen.«

»Gut! Wir brauchen dich nämlich.«

Das Erstaunen in Luises Gesicht war nicht zu übersehen. Wer brauchte sie? Und wofür? Erna sah sie einen Moment an, ehe sie beide Hände der Freundin ergriff.

»Du erinnerst dich, dass wir über den jungen Mann gesprochen habe, der vor Kurzem bei einem Eintopfsonntag zu Gast war?«

»Meinst du den schlanken Schönling, den ihr euer Sorgenkind genannt habt?«

Erna Neeb schmunzelte. War Albert ein Schönling? So hatte sie ihn nie gesehen. Aber er war ohne Zweifel auf eine besondere Weise hübsch. Nicht so, dass die Mädchen auf ihn flogen, aber auf reifere Frauen wie Luise übte er mit seiner Jungenhaftigkeit eine Faszination aus. Er löste Mutterinstinkte aus.

»Genau den meine ich. Du hattest nach ihm gefragt, und heute ist es Zeit, dass du erfährst, wer er ist. Er heißt Albert, und er ist so etwas wie mein Sohn.«

Luise konnte ihr Erstaunen nicht verbergen.

»Und was hat er getan?«

»Er hat einen Menschen getötet.«

Luise war schockiert. Erna sprach das so gelassen aus, als rede sie darüber, dass es keine Kartoffeln zu kaufen gab.

»Du wirst es verstehen, Luise, wenn du seine Geschichte kennst.«

Und dann erzählte Erna von dem Jungen, der erst katholisch getauft, dann jüdisch beschnitten und schließlich als Christ aufwuchs, eher er zum Sozialisten wurde. Sie erzählte alles, einschließlich des Attests von Professor Weberknecht. Als sie fertig war, schwiegen beide Frauen eine Weile. Schließlich sagte Luise:

»Du hast gesagt, er hat getötet. Also ist er ein Mörder.«

»Nein, das ist er nicht!«, rief Erna deutlich zu laut und zu barsch. Sie riss sich sofort zusammen und ergriff Luises Hand.

»Tut mir leid, aber Albert ist wie mein Sohn. Mord ist eine Tat aus Niedertracht und Habgier. Albert tötete, um sein Leben zu retten. Er handelte aus Notwehr. Die wahren Verbrecher sind die, die ihn zu dieser Tat trieben, indem sie aus einer Religion eine Rasse machten, die sie für alles Übel in der Welt verantwortlich machen. Es gibt keine jüdische Rasse, Luise, und auch keine arische. Das alles ist eine Erfindung der Nazis. Albert ist Deutscher wie du und ich. Frag deinen Mann, wie viele Juden an seiner Seite im Weltkrieg im Schützengraben lagen.«

»Was hat er genau getan?«

Erna spürte den Drang, der Freundin alles zu erzählen. Endlich einmal das Leid nicht nur mit Gustav zu teilen, wäre wie eine Erlösung. Aber es war zu früh. Sie musste vorsichtig sein, durfte nicht im Überschwang der Gefühle alles aufs Spiel setzen.

»Du wirst alles erfahren, Luise. Später.«

»Ihr wisst, wo er sich versteckt?«

»Ja. Und wir werden dafür sorgen, dass er Deutschland verlassen kann. Womöglich brauchen wir deine Hilfe. Sie sind ihm auf den Fersen. In der letzten Nacht hätten sie ihn beinahe erwischt, er konnte ihnen nur in allerletzter Minute entkommen.«

Luise rückte einen Zentimeter von Erna ab, was sie sofort bedauerte. Deshalb sagte sie mit warmer, leiser Stimme:

»Bevor ich zusage zu helfen, möchte ich genau wissen, was er getan hat.«

»Das ist dein gutes Recht. Ich werde dir alles erzählen, wenn es so weit kommen sollte. Aber vertrau mir. Im Moment ist es besser, du weißt nicht zu viel.«

Erna verschwieg ihre Sorge, Luise könnte selbst bereits im Visier der Polizei sein. Dabei lag es nahe, ihr Mann arbeitete schließlich bei dem Verein, der ihren Albert jagte. In diesen Zeiten traute niemand dem anderen. Bei der Polizei war es mit Sicherheit genauso. Viele Kollegen bespitzelten einander. Nein, die Gefahr war zu groß. Erst musste alles erledigt sein.

Luise schluckte. Sie spürte das Misstrauen der Freundin. Es gab ihr einen Stich, obwohl sie glaubte, es zu verstehen.

»Was kann ich denn überhaupt tun?«

»Morgen sind seine Papiere fertig. Der Pass, die Fahrkarte, alles. Wir brauchen jemanden, der es ihm überbringt.«

»Warum ich? Warum macht ihr es nicht selbst?«

»Ich will ehrlich zu dir sein, Luise. Gustav und ich kennen viele Menschen, die bereit sind, ihr Leben für ein besseres Deutschland zu geben. Und wir sind alt und schwach. Wir wissen nicht, ob wir die Folter ertragen könnten, die uns droht, wenn wir erwischt werden. Wir haben Angst zu versagen - und das könnte vielen anderen das Leben kosten.«

»Warum glaubt ihr, dass ich nicht reden werde?«

»Gewissheit gibt es nicht, Luise, zumal sie dich mit deinen Kindern unter Druck setzen können. Aber du weißt nicht viel von uns. Du kennst nur wenige, und von den meisten weißt du nicht einmal, wie sie heißen, wo sie leben, was sie tun.«

»Aber ich kann Gustav und dich verraten, und dann ist doch nichts gewonnen, oder?«

»Vielleicht, meine Liebe, aber bei dem, was wir tun, ist nichts ohne Risiko. Mag sein, wir sorgen uns völlig umsonst, und niemand weiß von Albert. Es ist deine Entscheidung, Luise. Wir werden dich nicht drängen. Morgen früh werden wir wissen, was zu tun ist.«

Achtunddreißig

»Wir haben ihn!« Der Ruf drang durchs Treppenhaus und wurde von Büro zu Büro weitergetragen.

»Wir haben ihn!« – »Wir haben den Kerl, der den Fußabdruck neben der Leiche hinterlassen hat.« - »Das war's mit dem S-Bahn-Mörder. - Endgültig.«

Was für eine Euphorie. Wie oft hatte Daut schon erlebt, dass sie verfrüht war, dass sich scheinbar sichere Indizienbeweise in Luft auflösten. Aber wer wollte den Männern ihre Begeisterung verdenken? Ihm war es egal. Er hatte andere Probleme. Ihm ging die Tote aus dem Kanal nicht aus dem Kopf. Warum musste Marianne sterben? Sie hatte ihn ins Vertrauen gezogen, sicher. Sie war unvorsichtig. Über Göring machte man besser keine Witze, schon gar nicht Fremden gegenüber. Andererseits waren sie allein im Zimmer, und sie hatte ihm vertraut. Schließlich war er Polizist. Sie gehörte zu Schellenbergs Agentinnen im Salon, das war klar. Sie hatte also ein Protokoll über ihr Zusammensein mit ihm geschrieben. Konnte sie so dumm gewesen sein, ihr Gespräch über den Reichsmarschall zu erwähnen? Daut verwarf diesen Gedanken sofort. Marianne war eine kluge Frau. Mochte sie noch so loyal sein, sie hätte sich selbst deshalb noch lange nicht ans Messer geliefert. Wer oder was hatte sie verraten? In Daut keimte ein schrecklicher Verdacht auf. Das konnte nicht sein! Oder doch? War in diesen Zeiten nicht alles möglich? Er musste es wissen. Draußen war es bereits dunkel, aber wenn er recht hatte, spielte es keine Rolle, dass die meisten Polizisten längst daheim bei Frau und Kind saßen. In diesem Fall käme er jetzt gerade zur richtigen Zeit.

Daut hasste die U-Bahn, doch heute blieb ihm nichts anderes übrig. Rösen war mit dem Auto unterwegs, Daut hatte nicht verstanden, wohin. Er hatte auch nicht nachgefragt, es interessierte ihn nicht. Zum Glück war das Gedrängel auf dem Bahnsteig und im Waggon erträglich. Nur die Luft war zum Schneiden, roch nach Schweiß und Kloake.

Am Bahnhof Zoo verließ Daut den Zug und stieg aus der Unterwelt nach oben. Er nahm gerade den zweiten, tiefen Zug frischer Luft, als die Sirenen losheulten. Voralarm. Dabei wird es bleiben, dachte er. So wie meistens in den vergangenen Wochen. Die Menschen wurden in Angst und Schrecken versetzt, und nichts passierte, allenfalls hörte man aus der Ferne das Dröhnen der englischen Bomber. Trotzdem beschleunigte Daut seine Schritte. Er war höchstens hundert Meter gegangen, als es Vollalarm gab. Was für Idioten! Die Zeit war für die meisten viel zu kurz, um ihre Habe zusammenzuraffen und den nächsten Luftschutzraum aufzusuchen. Zum Glück stand in seiner Wohnung immer der Koffer gepackt. Um diese Zeit müssten Luise und die Kinder daheim sein, und bis in den nächsten Schutzraum waren es nur ein paar Schritte. Aber was sollte er tun? Zurücklaufen zum Bahnhof und in den dortigen Bunker gehen? Nein, er rannte los, den Ku'damm hoch. Mit Sicherheit gab es in der Meineckestraße einen Luftschutzkeller, wenn dort schon Büros vom Reichssicherheitshauptamt waren. Außer Atem erreichte er die Abzweigung der Meineckestraße, rannte weiter, und tatsächlich zeigte ein dicker, weißer Pfeil mit den Buchstaben LSR den Weg zum Bunker. Er lag direkt neben dem Haus Nummer 10. Er stürzte die Treppe hinunter. Die Tür hätte bei Vollalarm längst geschlossen sein müssen, aber der Luftschutzwart spähte noch heraus, als wartete er auf jemanden. Als Daut an ihm vorbeiging, tippte sich der Mann an die Mütze:

»Immer herinnspaziert in die jute Stube, Meesta!«

Daut schlüpfte in den Raum, der größer war, als er es erwartet hatte, sicherlich maß er mehr als hundertfünfzig Quadratmeter. Daut blickte sich um. Der Raum war gut gefüllt. Er fand einen freien Platz neben einer Frau, die ihre dreijährige Tochter auf dem Schoß wippte.

»Oh Jott, oh Jott. Diesma isset ernst, wa? Ick gloobe, diesma wern se uns in Dutt hauen. Oh Jott, oh Jott.«

»Der hilft dir jetzt auch nicht mehr, also halt den Mund!«

Daut erkannte die Stimme sofort, und er blickte sich um. Untersturmführer Schwarz saß in Uniform fast direkt neben der Tür. Verwunderlich, dass er ihn nicht sofort gesehen hatte.

Daut stand auf und ging auf ihn zu. Als Schwarz ihn sah, grinste er und scheuchte die neben ihm sitzende Frau zur Seite.

»Mach mal Platz für den Herrn Hauptsturmführer, Alte.«

Die Frau stand auf und schaute Daut von der Seite an. Er konnte nicht erkennen, ob in ihren Augen Angst oder Abscheu aufblitzte.

»Na, Herr Inspektor«, Daut registrierte, dass Schwarz jetzt seinen Polizeidienstgrad benutzte, »was treibt Sie in diese Gegend? Mal wieder auf der Suche nach Abenteuern?«

Er kicherte in sich hinein, was Daut ignorierte. Stattdessen kam er sofort zur Sache.

»Diese Marianne - oder wie auch immer ihr richtiger Name ist -, gehörte die auch zu Ihren Damen?«

»Aber selbstverständlich, Daut! Oder glauben Sie, wir lassen Sie mal eben kostenlos ... – na, Sie wissen schon, was ich meine -, ohne dass wir mitbekommen, was genau passiert? Die Rothenburger werden nur von unseren Mädchen bedient. Sind ja auch alles fesche Damen, nicht wahr? Stramme Waden, glatte Schenkel, dicke ...« Er hielt die zu Schalen geformten Hände vor die Brust.

»Muss das jetzt sein?«, mischte sich eine Frau gegenüber ein, die den Kopf ihres Sohnes an sich drückte, als müsse sie ihn beschützen. Schwarz winkte ab.

»Alles echte deutsche Frauen. Bereit, sich aufzuopfern für den Führer. Fast alle jedenfalls.«

Er schnaufte verächtlich.

Das Dröhnen der Flugzeuge über ihnen wurde bedrohlich laut. Dann hörten sie es, das Pfeifen der zu Boden fliegenden Bomben. Keine drei Sekunden später ließ die erste Detonation den Keller erzittern. Die Menschen im Luftschutzraum stöhnten kollektiv auf. Eine Frau begann mit zitternder Stimme zu beten. Andere fielen ein. Ein Kind weinte leise.

Daut drehte sich so, dass er Schwarz direkt ins Gesicht blickte.

»Warum habt ihr Marianne getötet?«

»Deshalb sind Sie also hier! Sie wollen wissen, was mit der kleinen Brünetten passiert ist. Haben Sie Mumm, Herr Inspektor?«

Schwarz erhob sich und machte Anstalten, Richtung Ausgang zu gehen. Er schwankte, als könne er sich nur schwer auf den Beinen halten. Daut merkte erst jetzt, dass der Untersturmführer betrunken war. Mit fahriger Geste winkte er Daut zu.

»Kommen Sie, Mann!«

An der Tür baute er sich vor dem Luftschutzwart auf.

»Schließ auf!«

»Sind Sie wahnsinnig?«

Der Luftschutzwart, höchstens einen Meter siebzig groß und mindestens sechzig Jahre alt, stellte sich vor die Tür und breitete in grotesker Weise die Arme aus, als wolle er mit seinem Leben verhindern, dass sie geöffnet wird. Schwarz schob ihn mit einem kräftigen Hieb zur Seite.

»Tür auf, habe ich gesagt. Der Herr Hauptsturmführer und ich haben was zu erledigen. Geheime Reichssache!«

Er lachte laut auf und stieß die Tür auf.

Daut folgte ihm nach draußen. Es war stockfinster, der Strom war ausgefallen. Die Bomber dröhnten über sie hinweg. Detonationen übertönten alle anderen Geräusche.

»Alles halb so wild«, rief Schwarz Daut über die Schulter zu. »Die Tommies fliegen nach Mitte. Meinen wohl, dass sie da den Führer in der Reichskanzlei erwischen. Dummköpfe. Der ist schon vor zwei Tagen abgereist. Nach Rastenburg ins neue Führerhauptquartier. Wolfsschanze! Merken Sie sich den Namen! Der Osten ist unsere Zukunft, Daut.«

Sie verließen das Haus, wandten sich nach rechts und betraten das Nachbargebäude. Schwarz drückte den Lichtschalter im Treppenhaus, die Lampen flammten auf. Er deutete eine kleine Verbeugung an.

»Voilà! Gut, wenn man seinen eigenen Generator im Keller hat.«

Sie stiegen die Treppen nach oben und betraten die Büroräume. Der Untersturmführer schwankte den langen Flur entlang. Am Ende des Korridors schien Licht unter einer Tür hindurch.

»Willkommen in unserem Allerheiligsten, Daut.«

Er öffnete die Tür wie ein Impresario den Vorhang im Theater. Der Raum war nur spärlich beleuchtet, wodurch die Szenerie noch gespenstischer wirkte. Über ihnen die Flugzeuge, das Dröhnen der Motoren, das Jaulen der fallenden Bomben, die Detonationen. Hier drin Stille. Fünf Männer saßen konzentriert an Tischen, auf denen klobige Funkgeräte standen. Das einzige Geräusch kam vom Arm der Aufnahmegeräte, die über die Wachsplatten kratzten.

Über den Tischen hingen Tafeln: Großer Salon, Kleiner Salon, Separee 1, Separee 2, Separee 3.

Schwarz ging zum Tisch, über dem *Großer Salon* stand. Er nahm einen zweiten Kopfhörer von einer Gabel, die seitlich am Funkgerät befestigt war, und winkte Daut heran.

»Mal reinhören, Herr Inspektor?«

Er zog einen Stuhl heran, drückte Daut nieder und setzte ihm die Kopfhörer auf.

Man hörte klar und deutlich die Geräusche aus dem Salon Kitty. Musik, Gläserklirren.

»Auf unsere Flak«, rief ein Mann mit tiefer Bassstimme.

»Flickflack, Flickflack!«, kreischte eine der Damen.

Ein anderes Mädchen rief aufgeregt:

»Wenn wir hier drin schon nichts davon haben, sollten wir wenigstens unser eigenes kleines Feuerwerk zünden!«

Man hörte eine Lunte zischend abbrennen, gefolgt von einem gewaltigen Krachen. Daut riss sich den Kopfhörer von den Ohren. Der Beamte neben ihm lächelte ihn an.

»Entschuldigung! Der Kopfhörer ist nicht richtig justiert. Das Tischfeuerwerk muss direkt neben dem Mikrofon gezündet worden sein.«

Schwarz, zwei Gläser in der einen und eine Flasche in der anderen Hand, reichte Daut einen Cognakschwenker und goss großzügig ein. Er prostete dem Polizisten fahrig zu, trank sein Glas in einem Zug aus und goss sich sofort nach.

»Na, schon genug gehört? Na ja, der Salon ist ja auch nicht so spannend.«

Noch mehr schwankend als zuvor, ging er zum Tisch *Separee 1* und hielt sich den Kopfhörer ans Ohr.

»Oh là là, das hier ist schon besser.«

Er gackerte laut los und winkte Daut hektisch herbei.

»Rücken Sie mal rüber.«

Er brachte seinen Kopf so nah an Dauts heran und hob den Hörer so weit vom Ohr, dass sie gemeinsam zuhören konnten. Keine Frage, aus dem Kopfhörer drangen eindeutige Geräusche sexueller Aktivitäten.

Schwarz blies Daut seinen Atem direkt ins Gesicht. Alkohol, Tabak. Dazu alter Schweiß, von dem der Uniformrock getränkt zu sein schien. Daut rückte ein Stück zurück und sog den Duft des Cognacs ein.

»Noch einmal, Schwarz! Weswegen musste Marianne sterben?«

Eine Bombe detonierte nicht weit entfernt.

»Hoppla!«, sagte Schwarz gedehnt, »das war knapp. Sie werden uns doch nicht unser Spielzeug hier kaputt machen. Wäre auch schade um meine Privatsammlung. Nur ausgesuchte Stücke, Hauptsturmführer.«

Schwarz nahm den Kopfhörer ab und ließ ihn auf den Boden fallen. Mühsam drückte er sich vom Stuhl hoch und wankte auf einen Schrank voller Wachsplatten zu. Er wählte eine aus und legte sie auf ein Abspielgerät. Zwei Sekunden war nichts zu hören als das Kratzen des Tonabnehmers. Dann ertönte deutlich und gut erkennbar Dauts Stimme. Es hätte nicht Mariannes Lachen gebraucht, damit er wusste, wann und wo diese Aufnahme entstanden war.

»Hätte ich Ihnen gar nicht zugetraut, Daut. Sie haben ja echtes Durchhaltevermögen. Die Kleine konnte ja nicht genug von Ihnen kriegen. Leider war sie ein bisschen zu vernarrt in sie. Plaudert über die Vorlieben des Reichsmarschalls. Das durften wir nicht durchgehen lassen, das verstehen Sie doch, oder?«

Schwarz nahm einen Schluck Cognac.

»Ah, jetzt kommt die beste Stelle, finde ich. Da klettert die Maus auf Sie drauf, oder? Hört mal alle her, Männer. Unser Hauptsturmführer hier ist ein toller Hecht, oder?«

Daut senkte den Kopf und ballte die Fäuste im Schoß. Ein Gefühl durchflutete ihn, das er schon eine Ewigkeit nicht mehr gespürt hatte. Deshalb brauchte er einen Moment, bis er begriff. Es war Scham, nichts als Scham.

Neununddreißig

Daut rannte die Treppe hoch, riss die Wohnungstür auf und stürmte in die Küche. Gott sei Dank! Luise saß auf der Eckbank und starrte mit leerem Blick vor sich hin. Walter las in einem zerfledderten Buch, und die Kleine schlief, den Kopf im Schoß ihrer Mutter. Die Erlösung, dass die drei den Luftangriff wenigstens körperlich unbeschadet überstanden hatten, entfuhr Daut mit einem lauten Seufzer. Luise blickte auf, und in ihrem Blick lagen Trauer, Verzweiflung, Angst, aber auch Erleichterung. Zum Glück, dachte Daut, der Gleichgültigkeit im Blick seiner Frau in diesem Augenblick nicht ertragen hätte. Walter sprang auf und rannte auf seinen Vater zu, der ihn fest in die Arme schloss.

»Komm, Papa, ich muss dir was zeigen.«

»Gleich, mein Sohn, einen Moment!«

Daut ging langsam um den Tisch. Vor Luise, die immer noch steif auf der Eckbank saß, kniete er nieder. Mit beiden Armen umfasste er ihren Oberkörper, soweit es ihm gelang. Luise schloss die Augen, und für einen Moment fürchtete Daut, sie könnte sich abwenden, aber auch sie schlang die Arme um ihren Mann und flüsterte ihm ins Ohr:

»Gut, dass du zu Hause bist.«

Er nickte stumm und drehte sein Gesicht nach rechts. Tränen liefen ihm über die Wangen, und er wollte nicht, dass sein Sohn mitbekam, wie hemmungslos sein Vater weinte. Luise hob den linken Arm und wischte mit dem Schürzenärmel über sein Gesicht. Als er sich wieder im Griff hatte, drehte sich Daut zu Walter um.

»Was wolltest du mir denn so Wichtiges zeigen, mein Großer?«

Walter klappte das Buch zu, in dem er ohnehin nicht mehr gelesen hatte, seitdem sein Vater die Wohnung betreten hatte. Er sprang vom Stuhl, nahm Daut bei der Hand und zog ihn ins Kinderzimmer.

»Schau dir das an!«

Mit vor Aufregung rot glühenden Wangen zeigte er auf die zwei Meter mal einen Meter fünfzig große Karte, die seit ein paar Monaten an der Wand hing. Mit Stecknadeln hatte er den Frontverlauf markiert, der seit Kriegsbeginn der wichtigste Lerninhalt des Erdkundeunterrichts war. Im Westen steckten blaue und grüne Nadeln - andere hatte Luises Nähkorb nicht hergegeben - mitten in Frankreich. Die Hauptstädte eroberter Länder waren mit kleinen Fähnchen markiert. Daut sah sofort, dass es neue Nadeln gab. Rote. Im Osten. In Russland.

»Schau, Papa! Endlich gibt es Nachrichten aus dem Osten. Unglaublich, wie weit wir schon vorgerückt sind. Blitzkrieg eben. Wie gegen Frankreich. Weihnachten sind unsere Soldaten wieder daheim, sagt Studienrat Röder.«

Studienrat Röder war Werners Erdkundelehrer. Parteimitglied wie er selbst, dachte Daut resigniert. Er fuhr Walter übers Haar.

»Na, der muss es ja wissen! Aber jetzt ab ins Bett. Jetzt wird geschlafen.«

»Und wenn es noch mal Alarm gibt?«

»Gibt es nicht, mein Junge. Die Flieger sind längst in England.«

»Nicht alle, Papa, ganz sicher nicht alle. Die meisten hat garantiert unsere Flak erledigt.«

Walter ließ seine rechte Hand, mit weit gestreckten Fingern ein Flugzeug imitierend, durch die Luft fliegen, während die linke Hand eine Flakkanone darstellte.

»Ratttatttatttattta, ratttatttatttattta!«

Die rechte Hand zitterte auf und nieder.

»Huiiiiiiiiiiiiiii!«

Walter ging in die Knie und klatschte die Hand auf den Boden.

»Volltreffer«, sagte er und schaute begeistert zu seinem Vater auf, der ihn mit zu einem schmalen Strich zusammengepressten Lippen ansah.

»Jetzt geh schlafen, mein Junge. Morgen ist auch noch ein Tag.«

In der Tür des Kinderzimmers stieß Daut fast mit Luise zusammen, die die schlafende Else auf dem Arm trug. Was für eine glückliche Familie könnten wir sein, wenn die Zeiten friedlich wären, dachte Daut.

Luise hatte eine Flasche Bier auf den Küchentisch gestellt. Wann war das zuletzt vorgekommen? Normalerweise war sie dagegen, dass überhaupt Bier im Haus war. Er sollte daheim nicht trinken. Allenfalls ein Glas Mosel zum Essen an Festtagen, aber kein Bier und keinen Fusel. Daut öffnete den Bügelverschluss mit einem lauten Plopp und nahm einen kräftigen Schluck.

»Zum Wohl!«

Luise stand in der Küchentür. Daut konnte nur mit Mühe einen Rülpser vermeiden. Luise trat von hinten an ihn heran, schlang die Arme um ihn und gab ihm einen flüchtigen Kuss in den Nacken. Ihr Atem kitzelte ihn, als sie sagte:

»Wir müssen die Kinder hier wegschaffen, Axel. Lass sie uns zu deinem Vater bringen. Da sind sie in Sicherheit.«

Daut nickte, obwohl er gleichzeitig zu bedenken gab: »Du weißt, dass es nicht so einfach ist.«

Für Privatfahrten bekam man in diesen Tagen kaum Bahnfahrkarten. Luise drehte Daut mit erstaunlich kräftigem Griff um und schaute ihm mit festem Blick ins Gesicht.

»Doch, Axel. Es ist so einfach. Du kannst das organisieren. Dazu hast du morgen den ganzen Tag Zeit.«

»Und du?«

»Ich weiß noch nicht, kann sein, dass ich noch etwas anderes erledigen muss.«

Daut traute sich nicht zu fragen, ob das, was sie vorhatte, mit dem unbedruckten Papier im Kleiderschrank zu tun hatte. Er wollte die Harmonie dieses Augenblicks um nichts in der Welt zerstören. Das erste Mal seit Wochen hatte er ein Gefühl der Sicherheit. Gleichzeitig spürte er seine Scham durch seine Liebe zu Luise wachsen. Deshalb nahm er sie in den Arm.

»Sag mir, was dich so ängstigt, Luise. Wie soll ich dir sonst helfen?«

Sie schmiegte ihren Kopf an seine Schulter und streichelte seinen Kopf.

»Du weißt es doch, Axel, du fürchtest dich doch selber vor der Zukunft. Du weißt doch auch nicht mehr, wem man noch vertrauen kann. Und dieser Hass. Erinnerst du dich noch an diese Nacht? Wie nennen sie diese jetzt? Kristallnacht?«

Luise löste sich aus Dauts Armen und schaute ihn mit feuchten Augen an. Er setzte sich und zog sie auf seinen Schoß. Bald würde ihn die Schulter schmerzen, aber er wollte die Nähe nicht aufgeben.

Er war am 9. November 1938 mit Luise im Theater des Westens an der Kantstraße gewesen. Welches Stück damals gespielt wurde, hatte er vergessen. Das war bedeutungslos. Wichtig war nur, was danach geschah. Sie wollten nach Ende der Vorstellung noch auf ein Glas Schokolade und ein Bier ins Café Möhring am Kurfürstendamm. Kaum hatten sie das Theater verlassen, rochen sie es. Feuer! Ein roter Schein hing über der Fasanenstraße. An ihnen vorbei rannten johlend und lachend Männer mit Knüppeln in der Hand. »Juda, verrecke«, rief ein sechzehn Jahre alter Bursche und schlug mit einer Axt das Schaufenster eines Hutmacherateliers entzwei. Als zöge sie der Ort magisch an, gingen Luise und Axel Daut in die Fasanenstraße. Die große Charlottenburger Synagoge brannte, ihre Kuppel stand lichterloh in Flammen. Doch Hilfe war im Anmarsch. Man hörte aus Richtung Kurfürstendamm das Klingeln der Feuerwehrautos. Zwei Löschzüge brausten in die Fasanenstraße, die Feuerwehrleute sprangen herunter und begannen, die Schläuche auszurollen.

»Nichts da! Hier wird nicht gelöscht.«

Ein Mann in Zivilkleidung, zu der die hohen Schaftstiefel der SA-Uniform in seltsamem Kontrast standen, trat vor den Hauptmann des Feuerwehrzuges. Daut konnte nicht hören, was sie sprachen, aber der Feuerwehrmann schien wütend und wollte den Mann zur Seite stoßen. In diesem Moment trat eine Horde junger Männer vor. Sie bildeten eine Art Kordon. Alle hielten Schlagstöcke, Holzscheite oder Äxte in der Hand. Einige schlugen damit bedrohlich auf ihre Stiefel. Komisch, dachte Daut. Warum trugen sie zu ihren Stiefeln nicht auch die Uniform? Die Männer umringten inzwischen die Löschzüge. Im Gebälk der Kuppel krachte es verdächtig. Eine

Feuersäule stieg in den pechschwarzen Nachthimmel. Der Rädelsführer richtete wieder das Wort an den Feuerwehrhauptmann. Er sprach so laut, dass ihn die herumstehenden Menschen hören konnten. Im Grunde genommen hielt er eine Rede an die gaffende Menge. Eine Brandrede. Sie endete mit einem Aufruf, fast einem Befehl.

»Das hier ist die Rache für den feigen Mord an dem aufrechten deutschen Ernst Eduard vom Rath. Jetzt muss die ganze Judenbande bezahlen, nicht nur der feige Polackenjude Grynszpan! Rückt ab, Leute. Für deutsche Feuerwehrmänner gibt es hier heute nichts zu tun.«

Daut traute seinen Augen nicht. Der Feuerwehrhauptmann redet kurz mit seinen Männern, dann sprangen sie auf die Autos und fuhren weg. Die Menge um sie herum klatschte und johlte.

»Juda, verrecke! Juda, verrecke!«

Rhythmisch riefen sie die Worte, als wären sie die Tageslosung. Wieder und immer wieder. Daut sah, wie Luise sich die Ohren zuhielt. Er zog sie Richtung Kurfürstendamm.

»Komm, wir gehen nach Hause.«

Danach schwiegen sie den langen Heimweg.

Heute war Daut klar, dass damals alles angefangen hatte. Nie wieder gingen er und Luise so unbeschwert miteinander um wie zuvor. Die Leichtigkeit wich einer bleiernen Schwere. Nicht aus Mitleid mit den Juden. Sie kannten kaum Juden. Die Einzigen, mit denen Daut bisher zu tun gehabt hatte, waren der Metzger Meyer, bei dem sie daheim ihr Fleisch gekauft hatten, und der Viehhändler Levi gewesen, von dessen Ehrlichkeit sein Vater immer mit einer gewissen Hochachtung gesprochen hatte.

»Weißt du, mein Junge«, hatte er oft gesagt, »der Levi ist schon in Ordnung. Der ist gar nicht so ein Jude!«

Nein, die Juden kümmerten sie kaum. Es ging um die anderen Deutschen, in deren Gesichtern sie in jener Nacht nichts als Hass gesehen hatten. Abgrundtiefen Hass. Sie hatten ein einziges Mal darüber gesprochen. Sonntags nach dem Kirchgang hatte Luise gefragt, warum der Pfarrer nichts zu den Vorkommnissen gesagt hatte. Warum schwieg er? Warum erklärte er nichts?

»Hass ist eine Sünde, oder?«

»Ich weiß nicht, warum er schweigt«, hatte Daut geantwortet.

»Vielleicht kann er es nicht erklären. Es gibt Gerüchte, nach denen der Führer nichts von alledem wusste. Die Aktion wurde vom Propagandaministerium geplant und gesteuert.«

»Und warum jagt Hitler diesen verdammten Hinkefuß nicht aus dem Amt?«

Daut hatte Luise noch nie so aufgebracht gesehen.

»Lass uns nicht mehr darüber reden.«

Und so schwiegen sie - bis zum heutigen Tag. Sie vermieden es so gut es ging, über Politik zu sprechen. Das war nicht leicht, denn vor allem Walter bestürmte sie mit Fragen, die er von den HJ-Diensten mitbrachte. Man spürte seine Begeisterung für die große, neue Zeit, in der er aufwuchs. Eine Begeisterung, die seine Eltern verloren hatten, als sie in jener Novembernacht die Feuerwehrleute von der brennenden Synagoge abrücken sahen.

Luise riss ihn aus seinen Gedanken.

»Und? Kümmerst du dich um die Fahrkarten für die Kinder?«

Daut nickte stumm.

Vierzig

Die Stimmung war bemerkenswert. Daut spürte ein Vibrieren in den Büros am Werderschen Markt, das er in all den Jahren noch nicht erlebt hatte. Alle Polizisten der Stadt schienen auf einmal mit den Füßen zu scharren. Weg, raus aus diesem Gebäude. Nach Hause zu Frau und Kindern, die ängstlich in ihren Wohnungen saßen. Würden die Engländer heute wiederkommen? Würden sie erneut über die Stadt dröhnen und wütend Tod auf die Erde schleudern? Jeder spitzte die Ohren, um schon den ersten klagenden Sirenenton zu hören. Es konnte auch sein, dass die Tommies jetzt eine ganze Zeit Ruhe gaben. Sie hatten gezeigt, dass sie Berlin treffen konnten, wenn sie es wollten. Es war eine Demonstration. Der gestrige Tag hatte das Leben verändert. Was mussten die Menschen im Westen Deutschlands leiden, deren Städte mit vielfacher Gewalt zerbombt wurden. Es selbst erlebt zu haben, schnürte einem vor Angst die Kehle zu. Vor allem nahm der Luftangriff den Polizisten ihren Triumph, die Stadt endlich sicherer gemacht zu haben. Gestern war ihnen, mitten im Inferno, der S-Bahn-Mörder ins Netz gegangen. Dabei hatte Daut mit seiner Skepsis recht gehabt. Es war nicht der Mann, der den Schuhabdruck neben der Leiche hinterlassen hatte. Das war nur ein harmloser Spanner. Dafür hatte sich am Abend plötzlich ein Zeuge gemeldet, der den Täter in der Kolonie gesehen hatte. Warum er so lange geschwiegen hatte? Niemand kannte die Antwort, es spielte auch keine Rolle. Auf jeden Fall hatte er den Mörder gesehen. Sie nahmen ihn unmittelbar nach der Entwarnung fest. Der Verdächtige leugnete. Er beschimpfte die Polizisten. Wie konnten sie ihn in so einer Nacht festhalten? Er müsste sich um sein Haus kümmern, um seine Familie. Die Ermittler ließen sich nicht beirren. Sie spürten, dass sie kurz vor dem Ziel waren, setzten ihn unter Druck, zeigten ihm Tatortfotos. Nicht die harmlosen, sondern die grausamsten, deutlichsten. Als sähe er erst jetzt, was er angerichtet hatte, brach der Mann zusammen und gestand alle Morde.

Was für ein Hohn. Während junge Männer aus Sheffield oder Birmingham über halb Europa flogen und Brand und Vernichtung brachten als Vergeltung für zerstörte Häuser und getötete Menschen in ihrem Land, machte Berlins Polizei die Straßen der Hauptstadt auf ihre Art und Weise sicherer. Alle Werte verschoben sich, was blieb, waren Fragen. Wer war böse? Wer war gut? Der S-Bahn-Mörder war böse - oder galt selbst diese Gewissheit nicht mehr? Wer traute sich noch Antworten zu, wenn Mörder nur noch die kleinere Bedrohung waren.

Während die Kollegen ihren Erfolg feierten, organisierte Daut die Reise seiner Kinder aufs Land. Er telefonierte mit dem Polizeiposten in der Kreisstadt, damit man seine Eltern informiere, dass ihre Enkel auf unbestimmte Zeit zu ihnen kämen. Anschließend besorgte er diverse Ausnahmegenehmigungen, Freistellung vom Ernteeinsatz, Fahrkarten. Wenn immer etwas nicht auf Anhieb klappte, setzte er seinen SS-Dienstrang ein, und das wirkte Wunder.

Walter hatte sich mit Händen und Füßen gewehrt, als Daut ihm am Morgen eröffnet hatte, dass er und seine Schwester für eine Weile bei den Großeltern leben sollten.

»Aber Papa, wir werden doch hier gebraucht. In drei Tagen beginnt der Ernteeinsatz, da kann ich doch nicht fehlen.«

Axel hatte energisch den Kopf geschüttelt.

»Bei der Ernte kannst du auch zu Hause helfen.«

Walter hatte ihn seltsam fragend angeschaut, erst jetzt verstand Daut, aus welchem Grund. Sein Sohn hatte noch nie gehört, dass der Vater den Hof der Großeltern als Zuhause bezeichnete. Daut merkte in diesem Moment, wie sehr er an der eigenen Scholle hing und wie wenig ihn mit Berlin verband. Am liebsten wäre auch er gegangen.

Als er alles erledigt hatte, machte er Feierabend und fuhr nach Hause. Es war erst früher Nachmittag, aber niemand nahm Anstoß daran. Sie würden heute alle zeitig gehen.

Einundvierzig

»Galatier, Albert! Merk dir das endlich. Galatier heißt der Mann. Und er wohnt?«

Albert rückte seinen steifen Körper auf dem Boden zurecht. Seit dreißig Stunden hockte er jetzt in diesem winzigen Raum, und immer noch war nicht klar, wann er endlich raus käme. Und dann nervte ihn dieser Kraftprotz Werner mit seinen Sprüchen. »Raymond Galatier, Limmatstraße 16«, antwortete er gereizt.

»Und in welcher Stadt?«

»Mensch, Werner, hör doch auf. Zürich natürlich. Wo denn sonst.«

Seelenbinder lehnte sich zurück und betrachtete sein Gegenüber. Seine Haare klebten ihm verschwitzt am Kopf. Kein Wunder bei der Hitze in diesem Drecksloch. An der Wange hatte er einen blauen Fleck, die Kleidung war beschmutzt, und auch seine Fingernägel waren schwarz. Nichts mehr von dem gepflegten Schönling, als den er ihn kennengelernt hatte. Er schien am Ende, körperlich wie seelisch. Er sollte nicht zu hart mit ihm sein.

»Mach dir keine Sorgen, Albert. Alles wird geregelt. Lerne einfach nur die Daten auswendig, die Schulze-Boysen aufgeschrieben hat. Und vor allem diesen Befehl, hörst du! Die Genossen in der Schweiz müssen wissen, was in Russland hinter der Front passiert.«

Der Kraftprotz griff in seine Jackentasche und holte einen Zettel heraus, den Albert unter einen Stein legte.

»Auf jeden Fall verbrennst du diesen Zettel, bevor man dich morgen rausbringt.«

Albert riss den Kopf nach oben.

»Morgen? Warum sagst du das nicht gleich?«

Werner lächelte.

»Gemach, mein Freund. Erst lernst du alles brav auswendig, und dann solltest du dich dringend waschen, bevor du in den Zug steigst. So wie du aussiehst, schöpfen sie an der Grenze sofort Verdacht.«

Albert winkte ab.

»Sag mir lieber, wo ich meine Papiere bekomme und wie es weitergeht.«

»Du weißt doch selbst, dass immer nur ein oder zwei Leute genau wissen, wie und wo die Ausreise vonstatten geht. Man hat mir nur gesagt, dass eine Frau deine Papiere bringen wird. Ich habe noch einen Umschlag für dich.«

Albert riss den Brief auf und schaute Werner fragend an, der die Schultern zuckte.

»Ich habe keine Ahnung, was da steht, und ich will es auch nicht wissen. Es ist die Losung für das Treffen. Merk es dir einfach, und danach verbrennen wir den Zettel.«

Albert schaute konzentriert auf die wenigen Zeilen, während Werner ein Päckchen Streichhölzer aus der Tasche nahm.

»Alles klar? Können wir?«

»Ja, wir können.«

Werner hielt das Streichholz an das Papier, das blitzschnell zu Asche verbrannte.

»Alles Gute für dich!«

Albert presste die Lippen zusammen.

Zweiundvierzig

»Du bist aber früh dran heute. Alles erledigt?«

Luise kam aus dem Schlafzimmer, als Daut die Wohnung betrat.

»Ja. Die Kinder fahren morgen, zwölf Uhr zehn, ab Lehrter Bahnhof. Du kannst den Koffer packen. Ich habe Rösen gebeten, uns morgen früh abzuholen und zum Bahnhof zu bringen.«

Luise druckste herum.

»Gut, dass du das geregelt hast, Axel. Womöglich musst du aber morgen ohne mich zum Bahnhof gehen.«

Daut schaute sie fragend an.

»Das meinst du doch nicht ernst, oder?«

»Es kann sein, dass ich etwas erledigen muss oder einfach verhindert bin.«

Daut brauste auf:

»Was kannst du denn Wichtigeres zu erledigen haben? Und was soll das bedeuten, dass du verhindert bist? Hat das etwas mit dem Stapel Papier im Kleiderschrank zu tun?«

Luise ging schnell in die Küche. Sie hoffte, dass Daut nicht sah, wie ihr Kopf feuerrot anlief. Sie hasste es, ihn anzulügen. Und sie hatte Angst. Furchtbare Angst.

Daut trat ans Waschbecken, drehte den Hahn auf und ließ sich kaltes Wasser über die Hand laufen.

»Nein, Luise! Du fährst mit zum Bahnhof. Ich habe nicht nur für die Kinder Fahrkarten, sondern auch für dich.«

»Axel, das geht doch nicht! Ich kann dich doch hier nicht mutterseelenallein zurücklassen.«

»Keine Widerrede, Luise. Ich hätte dich viel früher nach Hause schicken sollen. Da bist du in Sicherheit und kommst auch nicht mit ... mit solchen Leuten in Kontakt.«

Luise dreht sich abrupt um.

»Wen meinst du denn mit *solchen Leuten*? Doch nicht etwa Gustav und Erna? Die beiden sind die ehrlichsten Menschen, denen ich seit Langem begegnet bin. Außerdem sind sie die einzigen Freunde, die ich in dieser gottverdammten Stadt habe.«

Daut hatte einen solchen Ausbruch nicht erwartet.

»Nein, ich meine nicht die beiden, ich meine deren Freunde. Sie sind nicht gut für dich. Und außerdem ist es gefährlich, mit ihnen zusammen zu sein.«

»Du hast keine Ahnung, Axel.«

Luise stand auf und ging in den Flur. Ohne sich zu ihrem Mann umzublicken, nahm sie den leichten Sommermantel vom Haken. Wortlos kam sie zurück in die Küche, zog die Schublade des Küchenschranks auf und steckte einen dicken braunen Umschlag in die Tasche.

»Ich muss noch mal weg.«

Daut sah sie entgeistert an.

»Wohin denn, zum Teufel? Was ist, wenn es Alarm gibt?«

»Es dauert nicht lange.«

Daut war konsterniert. Luise hatte ihm immer erzählt, was sie tat und wohin sie ging. Er glaubte das zumindest. Aber womöglich war auch das nur eine Illusion wie der Glaube daran, dass die Polizei für die Sicherheit in der Stadt sorgte.

»Du sagst mir auf der Stelle, wohin du gehen willst!«

Luise schüttelte kaum sichtbar den Kopf, drehte Daut den Rücken zu und ging zur Tür. Mit einem Satz war er neben ihr und ergriff ihren Arm. Sie versuchte, ihn abzuschütteln, doch er drehte sie mit einem Ruck zu sich herum. Luise schrie auf.

»Du tust mir weh, Axel.«

Er lockerte den Griff um ihren Arm und fasste blitzschnell in ihre Manteltasche. Bevor Luise die Überraschung überwunden hatte, riss er mit den Zähnen den Umschlag auf und schüttelte den Inhalt auf den Küchentisch.

»Was ist das denn?«

Daut brauchte einen Moment, eher er erkannte, um was es sich bei dem roten Büchlein mit dem weißen Kreuz handelte. Auf dem Tisch lagen ein Schweizer Diplomatenpass, eine Bahnfahrkarte von Berlin nach Basel, einige Scheine Schweizer Franken sowie weitere Dokumente, mit denen er nichts anfangen konnte, weil sie in französischer Sprache waren. Während sich Luise mit wütendem Gesicht das schmerzende Handgelenk rieb, schlug er den Pass auf. Er wusste sofort, dass er den Mann kannte, der ihm auf dem Passbild mit verkniffenem Gesichtsausdruck entgegenblickte. Diesen Mann hatte er in der Laubenkolonie verfolgt, weil er ihn für den S-Bahn-Mörder hielt. Er strich mit dem rechten Zeigefinger über das Foto, und plötzlich fiel es ihm wie Schuppen von den Augen. Hatte er nicht bei der Verfolgung das Gefühl gehabt, er kenne diesen Mann? Natürlich hatte er sein Bild schon einmal gesehen. In Schellenbergs Büro. In der Akte, die man ihm dort gezeigt hatte. Der Mann, dem dieser vermutlich gefälschte Diplomatenpass gehörte, war der Mörder von Dora Zegg.

Daut blätterte den Pass um. Raymond Galatier sollte der Mann heißen. Daut hielt Luise das Dokument vor die Nase.

»Hättest du bitte die Güte, mir zu sagen, was das hier ist? Was willst du damit? Und was zum Teufel hast du mit diesem Mörder zu schaffen?«

»Beruhige dich doch, Axel! Ich kann dir alles erklären.«

Daut warf den Pass so schwungvoll auf den Tisch, dass er von dort zu Boden fiel. Luise bückte sich, um ihn aufzuheben, aber Daut hielt sie zurück.

»Setz dich und rede!«

»Gut, aber nur das Nötigste. Wir haben nicht viel Zeit.«

Dreiundvierzig

Daut stieg langsam aus dem U-Bahnhof am Savignyplatz in die frische Luft. Er schaute sich vorsichtig um. Niemand zu sehen. Nur schwarze Nacht. Es waren kaum Passanten unterwegs. Die Berliner saßen zu Hause und hofften, dass diese Nacht ruhig bliebe. Die Angst fesselte sie. In einem Hauseingang links von Daut glimmte ein Feuerzeug auf. Er blieb stehen und fragte, ohne sich dem Raucher zuzuwenden:

»Hast du auch eine Zigarette für mich, Kumpel?«

»Warum nicht.«

»Was für eine Marke rauchst du?«

»Ernte 23. Das ist der beste Jahrgang.«

Diesen absurden Dialog hatte Luise ihm immer und immer wieder eingeschärft. Er war der vereinbarte Code. Hätte der Mann nicht genau diese Worte gebraucht, wäre Daut sofort zurück in den Schutz der U-Bahn gelaufen. Jetzt aber konnte er sicher sein, dem wegen Fahnenflucht und Mord gesuchten Albert Just gegenüberzustehen. Daut trat auf ihn zu. Just sagte leise und erstaunlich ruhig:

»Ich dachte, es kommt eine Frau.«

»Der Plan musste geändert werden. Ist Ihnen jemand gefolgt?«

»Nein.«

»Sind Sie sicher?«

Just zuckte mit den Schultern.

»Geben Sie mir einfach, was Sie für mich haben, dann können wir beide verschwinden.«

»Geduld.«

Daut zündete sich eine Zigarette an und inhalierte tief.

»Erst will ich wissen, warum Sie Dora Zegg in Wahrheit

ermordet haben.«

»Ich kenne keine Dora Zegg. Wenn Sie diese Hure Inge meinen ...«

Just kam nicht dazu, den Satz zu vollenden. Daut schlug ihm mit der flachen Hand ins Gesicht. Der Schlag erzeugte in der Stille der Stadt ein lautes, deutlich hörbares Klatschen. Gleichzeitig fiel Just die Zigarette aus dem Mund. Daut erschrak und blickte sich um. Nichts war zu sehen und zu hören.

»Sind Sie verrückt, Mann?«

Albert hielt sich die Wange.

»Ich denke, Sie bringen mir meine Papiere, und dann verprügeln Sie mich hier.«

»Wenn ich Sie *verprügele*, gehen Sie nirgendwo mehr hin. Erzählen Sie mir, was in der Nacht passierte, als Sie Dora Zegg ermordeten.«

»Ich habe sie nicht ermordet, ich habe sie getötet. Aus Notwehr. Ich hatte keine andere Wahl. Hätte ich sie am Leben gelassen, stünde ich heute nicht hier, sondern läge im Landwehrkanal und moderte vor mich hin.«

Daut musste an Marianne denken, wischte diesen Gedanken allerdings beiseite.

»Wenn Sie diese Papiere haben wollen, Just«, Daut klopfte mit der Holzhand auf seinen vom dicken Umschlag leicht ausgebeulten Mantel, »müssen Sie mir die ganze Geschichte erzählen, von Anfang an. Warum sind Sie überhaupt in dieses Bordell gegangen? Es war doch klar, dass es gefährlich werden könnte.«

Albert zog eine Zigarette aus einem zerdrückten Päckchen und zündete sie umständlich an.

»Was blieb mir anderes übrig. Die Kameraden begannen zu reden, weil ich nie ein Mädchen hatte.«

Albert rauchte und blies Ringe in den Nachthimmel, während er in kurzen, abgehackten Sätzen erzählte. Immer wieder berichteten die Kameraden von ihren Abenteuern. Er hörte zu und schwieg. Bis sie ihn einluden.

»Mensch, Albert, das musst du probieren!«

Dabei hatten sie ihm auf die Schulter geschlagen. Ein Nein hätten sie niemals akzeptiert. Zu oft hatte er sich verweigert, jetzt musste er ihrer Einladung folgen. Man redete ohnehin über ihn.

»Du bist doch nicht etwa ein warmer Bruder?«, hatte der ansonsten so gemütliche Schwabe Rudi gefragt und schob noch nach: »Die Inge kostet auch nix! Wäre aber locker einen Monatssold wert.«

Die anderen brüllten los. Hätte er abgelehnt, wären die Gerüchte davongaloppiert.

Albert hielt Daut fragend die Zigarettenpackung entgegen. Der Polizist schüttelte den Kopf.

»Ich musste ihnen beweisen, dass ich nicht andersherum bin, denn das wäre nicht weniger gefährlich gewesen. Also ließ ich mich auf diesen Bordellbesuch ein. Natürlich wusste ich, dass ich aufpassen musste. Die Frau durfte mein Glied nicht sehen. Es würde ja kaum das erste sein, das sie zu Gesicht bekam, und sie hätte sich gewundert, wenn nicht sogar Angst bekommen. Sexueller Verkehr mit einem wie mir ist schließlich Rassenschande. Verboten. Steht unter Strafe.«

Daut schluckte. Albert erzählte ihm nichts Neues, er kannte die Paragrafen. Und doch fühlte es sich in dieser direkten Konfrontation anders an.

»Wenn Sie es doch so genau wussten, hätten Sie sich dieser Situation niemals aussetzen dürfen.«

Just lachte laut auf.

»Ich muss mein Aussehen doch ständig erklären, oder glauben Sie, niemand hätte mich bisher nackt gesehen? Ich machte mir schon lange keine Gedanken mehr darüber, führte immer das Attest mit dem Briefkopf der Charité und der schwungvollen, wenn auch gänzlich unleserlichen Unterschrift von Professor Weberknecht mit mir. Doch diesmal lief alles aus dem Ruder. Nicht nur, dass diese Dirne, die sich Inge nannte, was zweifelsohne und wie Sie mir gerade bestätigt haben, nicht ihr richtiger Name war, sich über meinen beschnittenen Schwanz wunderte, nein: Sie erkannte mich offenkundig auch. Zumindest murmelte sie etwas wie *‚Dich kenn ich doch irgendwoher'*. Das Verrückte war: Mir ging es genauso. Letztlich war das aber auch egal. Ich witterte Gefahr. Was würde passieren, wenn diese Frau mich anzeigte? Was, wenn man genauer nachzuforschen begann? Wenn man den Rebbe fragte. Gab es noch Aufzeichnungen über die Beschneidung? Sicher gab es sie. Da war doch extra ein Wimpel gestickt worden, den ich in die Synagoge getragen hatte. Aber die Synagoge existierte doch nicht mehr! Sie war abgebrannt in jener Nacht. All das schoss mir durch den Kopf, und dann lachte diese Inge noch einmal schallend auf – und in diesem Moment erkannte ich sie auch.«

Albert machte eine Pause, und Daut war fast dankbar für diesen Augenblick der Stille. Nach ein paar Sekunden fasste sich Just:

»Ich erledigte, was in einem Bordell zu erledigen ist.

Draußen versteckte ich mich hinter einer Litfaßsäule auf dem Ku'damm und wartete, bis sie kam. Dann ging alles blitzschnell.«

Was war das? Daut bedeutete Albert zu schweigen. Er glaubte, ein Geräusch gehört zu haben. Langsam drehte er sich einmal um die eigene Achse. Nichts, nur schwarze Nacht und unheimliche Stille. Albert hatte sich leicht gebückt in den Hauseingang zurückgezogen. Flüsternd forderte Daut ihn auf weiterzureden.

»Da gibt es nicht mehr viel zu erzählen. Ich umfasste die Hure von hinten, hielt ihr den Mund zu, zog sie in einen Hinterhof und schoss ihr in den Hinterkopf.«

Daut glaubte zu hören, wie Albert schluckte.

»Wissen Sie, was das Schlimmste war? Das Blut, das gegen mein Gesicht klatschte. Es war so warm und klebrig.«

Wie gut kannte Daut dieses Gefühl. Bilder drängten sich ihm auf, er verscheuchte sie mit einem Augenklimpern. Er hatte noch eine Frage, die alles entscheidende:

»Warum sind Sie sich sicher, dass die Frau Sie verraten hätte?«

»Weil sie mich erkannt hat - und ich sie. Sie war schon als junges Mädchen ein Flittchen. Hat alle Jungs geneckt. Sah ja auch gut aus, die Kleine. Nur bei mir, da blieb sie stur. Mit Judenbengels finge sie nichts an, meinte sie. Aus Prinzip. Irgendwie hatte sie rausgefunden, dass meine Mutter Jüdin war. Das war 1931, und es war kein Problem, sieht man davon ab, dass ich stocksauer und beleidigt war, weil sie mich als Einzigen nicht ranließ. Als ich sie jetzt erkannte, wusste ich sofort, dass ich einen Fehler begangen hatte. Als sie auch noch zu kreischen anfing, als sie meine Beschneidung sah ...«

»Schon gut. Sie meinen also, sie hätte Sie verraten?«

»Ich bin sicher, das hätte sie getan. Sie war schon vor 1933 eine Judenhasserin, warum sollte sie es heute nicht mehr sein?«

»Menschen können sich ändern.«

»Diese Frau nicht!«

Daut griff in die Tasche und fühlte den Umschlag. Er knisterte. Er hatte es in der Hand. Er konnte diesem Mann das Leben retten und damit selbst zum Täter werden. Denn was sonst war ein Polizist, der sich außerhalb des Gesetzes stellte? Es war nicht seine Aufgabe zu entscheiden, ob Albert Just des Mordes schuldig war oder aus Notwehr gehandelt hatte. Dieses Urteil war Sache eines Gerichts. Albert Just hatte getötet, das stand zweifelsfrei fest. Die Rolle der Polizei war es, ihn festzunehmen und der Rechtsprechung zu übergeben. Der Rechtsprechung? Welches Recht galt in Deutschland? Welche Chance hatte Just? Gab es in diesem Land noch irgendein Gericht, das ihn nicht an den Galgen brachte? Nein, solche Richter würden sich nicht mehr finden. Aber gab das ihm, dem Polizisten Axel Daut, das Recht, einen Menschen laufen zu lassen, der getötet hatte? War es seine Aufgabe, hier und jetzt, in einem zugigen Hauseingang am Savignyplatz, ein Urteil darüber zu fällen, ob Just aus Notwehr gehandelt hatte? Sollte er sich einfach auf seine Frau verlassen, die sich längst entschieden hatte? Als führte Luise seine Hand, griff er in die Innentasche des Mantels. Auch er hatte sich entschieden. Dieser Mann war kein Mörder. Er würde ihn laufen lassen.

Er wollte gerade den Umschlag herausziehen, als drei Männer aus einem Hauseingang sprangen.

»Geheime Staatspolizei. Heben Sie die Hände!«

Automatisch riss Daut die Arme nach oben. Langsam kamen die Polizisten auf sie zu. Daut blickte Just an. Nichts war in den Augen des Mannes zu lesen. Keine Furcht, keine Wut, kein Hass. Nur absolute Leere, als habe jedes Gefühl diesen Menschen verlassen.

Daut riss sich zusammen.

»Nicht schießen, Kollegen. Ich bin Kommissar Daut von der Kripo und wollte diesen Mann soeben verhaften.«

Nur Daut hörte Just leise seufzen.

Vierundvierzig

»Gute Arbeit, Daut!«

Rudat strahlte, soweit er dazu überhaupt fähig war. Zumindest verzog er die Mundwinkel zu einer Art Lächeln, das Daut frösteln ließ.

»Ich hatte nicht mehr damit gerechnet, dass wir diesen Just noch schnappen. Na ja, so ganz hat es ja auch nicht geklappt. Andererseits: Sollen sich die Geheimen halt mit dem Gesocks abgeben.«

Daut saß steif auf seinem Stuhl und schwieg. Zum Glück hatte er die gefälschten Ausweispapiere noch nicht aus der Manteltasche geholt, als die Gestapomänner aus ihrem Versteck kamen. Hätten sie nur ein paar Sekunden länger gewartet, säße er jetzt nicht zur Belobigung hier, sondern im Keller der Albrechtstraße. Er konnte nur hoffen, dass Just den Mund hielt. Zumindest die Papiere hatte Daut noch abends im Küchenherd verbrannt. Luise war dagegen, sie wollte sie Erna Neeb zurückbringen.

»Wer weiß«, versuchte sie ihn zu überzeugen, »unter Umständen retten sie einem anderen armen Hund das Leben.«

Daut ging nicht auf diesen Einwand ein. Luise war verrückt.

Rudat trommelte mit den Fingern der rechten Hand auf der Schreibtischplatte. Daut erhob sich.

»Ich habe eine Bitte, Herr Kriminaldirektor. Könnte ich heute freibekommen? Ich möchte meine Frau zum Bahnhof bringen. Sie fährt mit den Kindern aufs Land.«

Rudat stand auf und ging um den Schreibtisch herum zur Tür.

»Später gerne. Aber erst haben Sie noch etwas zu erledigen. In Ihrem Büro wartet jemand auf Sie.«

Dabei schlug er ihm kumpelhaft auf die Schulter, was sonst nicht seine Art war.

»Noch mal: Gut gemacht, Daut!«

Daut schlich über den Flur zu seinem Büro. Hatte Just geredet? Wartete die Gestapo auf ihn, um ihn mitzunehmen? Vor der Bürotür zögerte er. Sollte er einfach gehen? Nach einem tiefen Atemzug öffnete er die Tür. Auf dem klapprigen Besucherstuhl saß Schellenberg persönlich. Als er Daut sah, sprang er federnd auf:

»Schön, Sie wiederzusehen, Hauptsturmführer! Gratulation!«

Schellenberg winkte mit dem Zeigefinger, und aus der Ecke des Raumes trat Schwarz, den Daut nicht gesehen hatte, weil der Aktenschrank ihn verdeckt hatte. Er gab seinem Chef eine in dunkelrotes Seidenpapier eingewickelte Flasche.

Strahlend überreichte Schellenberg Daut das Geschenk:

»Bester französischer Cognac, mein Lieber. Damit Sie heute Abend stilvoll feiern können.«

Daut hätte fast zum Hitlergruß angesetzt, nahm aber stattdessen die Flasche entgegen. Schellenberg zog ein silbernes Zigarettenetui aus der Seitentasche des Uniformrocks. Schwarz sprang ihm zur Seite, um ihm Feuer zu geben. Nachdem er zwei Züge inhaliert hatte, blickte Schellenberg Daut an.

»Sie haben uns da einen tollen Fang ins Netz getrieben. Dieser Just hat alles gestanden. Und nicht nur das: Er hat gesungen wie ein Vögelein im Mai. Einen ganzen Ring von Volksschädlingen können wir jetzt ausheben.«

Daut hoffte, dass Schellenberg nicht bemerkte, wie kreidebleich er wurde. Der Brigadeführer fuhr aber unbeirrt fort:

»Sie verdienen unseren aufrichtigen Dank, Daut. Zur Belohnung habe ich Sie für ein Einsatzkommando im Osten vorgeschlagen. Nicht viele haben das Glück, sich noch einmal Frontluft um die Nase wehen zu lassen.«

Der schlanke Mann mit dem jungenhaften Gesicht drückte die erst zur Hälfte gerauchte Zigarette im Aschenbecher aus. Als er Daut erneut ansprach, war ein Lächeln in sein Gesicht zurückgekehrt.

»Ach ja, Hauptsturmführer, es ist eine gute Idee, dass Ihre Frau Berlin verlässt. Ihr wird das Leben auf dem Land gefallen. Außerdem soll in Westfalen der Eintopf ja auch viel besser schmecken. Und den mag sie doch so gerne, oder?«

Anmerkungen

»Codewort Rothenburg« ist ein Roman, also fiktiv. Die Handlung sowie die meisten Figuren der Geschichte sind frei erfunden, auch der Mordfall Dora Zegg.

Einige Schauplätze, Personen und Ereignisse aber sind historisch bzw. Orten oder Menschen nachempfunden, die im Jahr 1941 existierten bzw. lebten. Trotzdem entspringen die Dialoge auch dieser »realen« Personen der Fantasie des Autors.

»Codewort Rothenburg« kann insofern als rein fiktiver Roman gelesen werden. Für alle, die sich mehr für die historischen Hintergründe interessieren, gebe ich hier noch einige weitere Hinweise. Um es den Lesern so einfach wie möglich zu machen, folge ich in diesen Anmerkungen dem Kapitellauf des Buches.

Der in Kapitel fünf erstmals ausführlich erwähnte und später häufiger auftauchende S-Bahn-Mörder ist eine historische Figur. Der Eisenbahner Paul Ogorzow, geboren am 29.09.1912, verheiratet, zwei Kinder, überfiel zwischen 1939 und 1941 in Berlin einunddreißig Frauen, vergewaltigte sie und ermordete acht von ihnen bestialisch. Im Schutz der Verdunkelung und unter Ausnutzung seiner Vertrauen erweckenden Bahnuniform lauerte er den Frauen nachts in S-Bahn-Zügen oder in einem in der Nähe von Bahngleisen gelegenen Laubenviertel auf.

Nach seiner Verhaftung am 3. Juli 1941 wurde Ogorzow nach einem Schnellverfahren bereits am 26. Juli 1941 in Plötzensee mittels Guillotine hingerichtet.

Wer mehr über den Fall des S-Bahn-Mörders wissen

möchte, dem sei der dokumentarische Roman »Wie ein Tier« von Horst Bosetzky empfohlen.

Die Ereignisse um das Warenhaus Lesser sind verbürgt. Susette Lesser, der Witwe des Kaufhausgründers, gelang es 1939, den Verkauf von Grundstück und Gebäude zu akzeptablen Bedingungen in die Wege zu leiten. Der Verkaufserlös hätte ausgereicht, um die Emigration zu finanzieren. Die zuständigen Behörden untersagten den Verkauf mit der Begründung, das Gebäude werde ohnehin in kurzer Zeit abgerissen und sei daher wertlos. Susette Lesser wurde im Oktober 1941 ins Ghetto von Lodz deportiert, über ihr weiteres Schicksal ist nichts bekannt. Das Gebäude steht noch heute.

Die Gruppe, die sich regelmäßig zum sonntäglichen Eintopfessen trifft, ist erfunden. Erna und Gustav Neeb sind einzig und allein meiner Fantasie entsprungen. Einige ihrer Gäste hingegen spielten eine bedeutende Rolle im Widerstand.

Bei dem Ringer Werner handelt es sich um Werner Seelenbinder. Er schloss sich in den Zwanzigerjahren der KPD an und war ein erfolgreicher Sportler. Er gewann sechs deutsche Meistertitel im Halbschwergewicht. Als sich Seelenbinder 1936 für die Olympischen Sommerspiele in Berlin qualifizierte, wollte er ein besonderes Zeichen des Protests setzen und bei der Siegerehrung den Hitlergruß verweigern. Es kam allerdings nicht dazu, weil er nach zwei Niederlagen nur den vierten Platz belegte.

Seelenbinder baute eine eigene Widerstandszelle in der Fabrik auf, in der er arbeitete. Gleichzeitig unterhielt er Kontakt zur kommunistischen Widerstandsgruppe um Robert Uhrig und Alfred Kowalke. Als Uhrig enttarnt wurde, nahm die Gestapo am 4. Februar 1942 auch Seelenbinder fest. Nach über zwei Jahren Haft in verschiedenen Konzentrationslagern und Zuchthäusern wurde er vom Volksgerichtshof in Potsdam zum Tode verurteilt und am 24. Oktober 1944 im Zuchthaus Brandenburg enthauptet.

Harro und Libertas (genannt Libs) Schulze-Boysen gehören zu den bedeutendsten Widerstandskämpfern gegen den Nationalsozialismus. Sie waren Motor und Mittelpunkt eines Kreises linksgerichteter Antifaschisten.

Harro Schulze-Boysen (geboren am 2. September 1909) arbeitete ab 1934 in der Nachrichtenabteilung des Reichsluftfahrtministeriums (RLM), zum Schluss im Rang eines Oberleutnants. Äußerlich angepasst, knüpfte er privat ein immer größeres Netz mit anderen Widerstandsgruppen wie zum Kreis um Arvid Harnack und den Kommunisten um Hilde und Hans Coppi. Ab 1940 gab Schulze-Boysen auch militärische Informationen an die Sowjetunion weiter, vor allem versuchte das Widerstandsnetzwerk, das später den Namen »Rote Kapelle« erhalten sollte, die Sowjetunion vor dem bevorstehenden deutschen Überfall zu warnen.

Seine Frau Libertas (geboren am 20. November 1913) hatte er bereits 1934 kennengelernt. Sie heirateten 1936. Als Mitarbeiterin des Reichspropagandaministeriums und später in der Kulturfilmzentrale sammelte sie Bildmaterial über deutsche Kriegsverbrechen und Gewalttaten deutscher Soldaten vor allem an der Ostfront.

Im Juli 1942 dechiffrierte die Gestapo eine Nachricht aus

Moskau, in der sowohl Name wie Anschrift der Schulze-Boysens standen. Daraufhin wurde Harro Schulze-Boysen am 31. August 1942 in seinem Büro im Reichsluftfahrtministerium verhaftet. Libertas geriet in Panik, als ihr Mann am Abend nicht heimkehrte, und versteckte sich bei Freunden. Erfolglos, auch sie wurde wenige Tage später inhaftiert. Am 19. Dezember 1942 wurden beide wegen »Vorbereitung zum Hochverrat« und »Landesverrats« zum Tode verurteilt.

Am 22. Dezember 1942 wurden Harro und Libertas Schulze-Boysen in Berlin-Plötzensee gehängt.

Über beide sind zahlreiche Biografien erschienen. Viele Hinweise verdanke ich folgendem Werk:

Silke Kettelhake: Erzähl allen, allen von mir! Das schöne kurze Leben der Libertas Schulze-Boysen. Droemer Knaur, 2008.

Wer sich für die Geschichte des gesamten Widerstands-netzwerks interessiert, dem sei dieses Buch empfohlen:

Anne Nelson: »Die Rote Kapelle – Die Geschichte der legendären Widerstandsgruppe.« C. Bertelsmann 2010.

Der Künstler Kurt Schumacher (geb. am 6. Mai 1905 in Stuttgart) zog als Vierzehnjähriger nach Berlin. Nach einer Lehre bei einem Holzschnitzer und einer Ausbildung zum Holzbildhauer arbeitete und studierte er zunächst an der Unterrichtsanstalt des Kunstgewerbemuseums und anschließend an den *Vereinigten Staatsschulen für Freie und Angewandte Kunst* (VSS).

Seit 1932 stand er in engem Kontakt zu Harro Schulze-Boysen. Schumachers Atelier diente als konspirativer »Briefkasten«, dort trafen sich Menschen aus der Widerstandsarbeit - angeblich zum »Modellstehen«. Schumacher wurde im Juni 1941 zur Wehrmacht eingezogen, wo er unter größter Gefahr 1942 das Flugblatt »Offene Briefe an die Ostfront« verbreitete.

Schumacher wurde am 12. September 1942 verhaftet. Die Gestapo zerstörte sein Atelier und fast alle seine Arbeiten.

Wie die Schulze-Boysens wurde Schumacher am 19. Dezember 1942 vom Reichskriegsgericht zum Tode verurteilt und drei Tage später im Strafgefängnis Berlin-Plötzensee gehängt.

Die Geschichte der Pension Schmidt bzw. des Salon Kitty gehört zu den sagenumwobensten der NS-Zeit.

In den frühen Dreißigerjahren gründete Kitty Schmidt (1882 bis 1954) ein Freudenhaus für gut betuchte Kunden im dritten Stock des Hauses Giesebrechtstraße 11 unweit des Kurfürstendamms.

Wer die Idee hatte, ein Bordell zu Spionagezwecken einzusetzen, ist nicht mehr zu klären. Mit der konkreten Planung und Umsetzung wurde jedenfalls Walter Schellenberg (Weiteres zu ihm unten) beauftragt. Er ließ die Zimmer des Etablissements mit versteckten Mikrofonen ausstatten und richtete eine Abhörzentrale ein, zunächst im Keller des Hauses, später in der Meineckestraße. Zwanzig ausgesuchte Damen wurden einer Spionageschulung unterzogen. Sie sollten ihren Freiern relevante Informationen entlocken

1942 wurde das Haus von einer Fliegerbombe getroffen. Der Salon wurde in das Erdgeschoss verlegt, und bald gab das Reichssicherheitshauptamt die Spionage dort auf. Kitty

Schmidt wurde zu Stillschweigen verpflichtet und hielt sich daran bis zu ihrem Tod.

Die Gerüchte über das Nazibordell allerdings konnte niemand zum Schweigen bringen. 1976 entstand unter der Regie von Tinto Brass der Film »Salon Kitty« mit Helmut Berger als Walter Schellenberg (der im Film Helmut Wallenberg heißt) und Ingrid Thulin als Kitty Schmidt (»Kitty Kellermann«). In Deutschland durfte der Film nur in einer stark geschnittenen Fassung gezeigt werden, da den deutschen Gesetzen entsprechend NS-Symbole verboten waren.

Das beste Buch über das Bordell ist immer noch:

Peter Norden: Salon Kitty. Report einer geheimen Reichssache. Limes-Verlag, Wiesbaden u. München 1976.

Der 1910 geborene Walter Friedrich Schellenberg (gest. 31. März 1952 in Turin) war SS-Brigadeführer und wurde am 21. Juni 1944 zum Generalmajor der Polizei ernannt. Ab diesem Zeitpunkt war er Leiter der vereinigten Geheimdienste von SD (Sicherheitsdienst) und Abwehr im Reichssicherheitshauptamt (RSHA). Schellenberg war einer der engsten Mitarbeiter und Vertrauten Reinhard Heydrichs. Die meisten Zeitgenossen gingen davon aus, dass er ihn nach dessen Tod als Nachfolger beerben würde. Es sollte anders kommen. Nachdem Heydrich einem Anschlag zum Opfer fiel, ernannte Hitler Ernst Kaltenbrunner zu dessen Nachfolger als Chef des Reichssicherheitshauptamtes (RSHA).

Von 1939 bis 1941 war Schellenberg Leiter der polizeilichen Spionageabwehr der Gruppe IV E des RSHA und fungierte danach bis Kriegsende als Leiter des Auslandsnachrichtendienstes im Amt VI des RSHA.

Schellenberg wurde im Juni 1945 gefangen genommen. Er sagte recht bereitwillig aus und vermied dadurch eine langjährige Haftstrafe. Im April 1949 wurde er im Wilhelmstraßen-Prozess zu sechs Jahren Haft verurteilt. Nach zwei Jahren, in denen er seine Memoiren (Das Labyrinth) schrieb, wurde er im Dezember 1950 wegen eines Leberleidens vorzeitig aus dem Kriegsverbrechergefängnis Landsberg entlassen. Gerüchten zufolge beriet er vor seinem Tod im Jahr 1952 den britischen Geheimdienst.

Ina Lautenschläger, ein weiterer Gast der von mir erfundenen sonntäglichen Eintopfessen beim Ehepaar Neeb, kam 1917 als Ina Ender auf die Welt. Schon als Siebzehnjährige schloss sie sich 1934 dem illegalen »Kommunistischen Jugendverband« an und gehörte seitdem dem Widerstand gegen das NS-Regime an.

Mitte der Dreißigerjahre wurde Hanns Hubmann auf sie aufmerksam - einer der »Starfotografen der Naziprominenz«. Sie begann eine Karriere als Fotomodell und zierte bald die Titelseiten der Illustrierten. Dadurch bekam sie Zugang zur Prominenz, was sie vor allem nutzte, um Informationen für den Widerstand zu sammeln.

1936 heiratete sie Hans Lautenschläger.

In dieser Zeit begann auch ihre Arbeit als »Vorführdame« - heute würde man Model oder Mannequin sagen - im Salon von Annemarie Heise, wo die gesamte Prominenz der Zeit einkaufte. Als Model reiste sie auch in viele europäische Städte, was sie zu Kuriertätigkeiten für die verschiedenen Gruppen der »Roten Kapelle« in Berlin nutzte.

Im September 1942 wurde Ina Lautenschläger von der

Gestapo verhaftet. Ihre Kuriertätigkeit blieb zwar unentdeckt, doch weil sie Flugblätter verteilt hatte, wurde sie wegen Beihilfe zur Wehrkraftzersetzung im Juli 1943 vom Reichskriegsgericht zu einer sechsjährigen Haftstrafe verurteilt. Nach der Befreiung aus der Haft wurde sie im Mai 1945 in Brand-Erbisdorf umgehend als Bürgermeisterin eingesetzt. Beruflich wechselte sie später zur Polizei der DDR und war eine der ersten deutschen Kriminalpolizistinnen.

Weitere Fragen zu historischen Bezügen in diesem Roman beantworte ich gerne auf meiner Facebookseite www.facebook.com/BelaBolten
oder in meinem Blog:
belabolten.wordpress.com/ Book

3160315R00148

Printed in Germany
by Amazon Distribution
GmbH, Leipzig